拉波德氏亂數

童偉格

獻給伊婷

灰燼的
光輝，在你
三叉路口的
手後方。

投注到你面前，來自
東方的，恐怖。

無人
為證人
作證。

——保羅．策蘭，〈灰燼的光輝〉

【目次】

序篇：史前的朋友

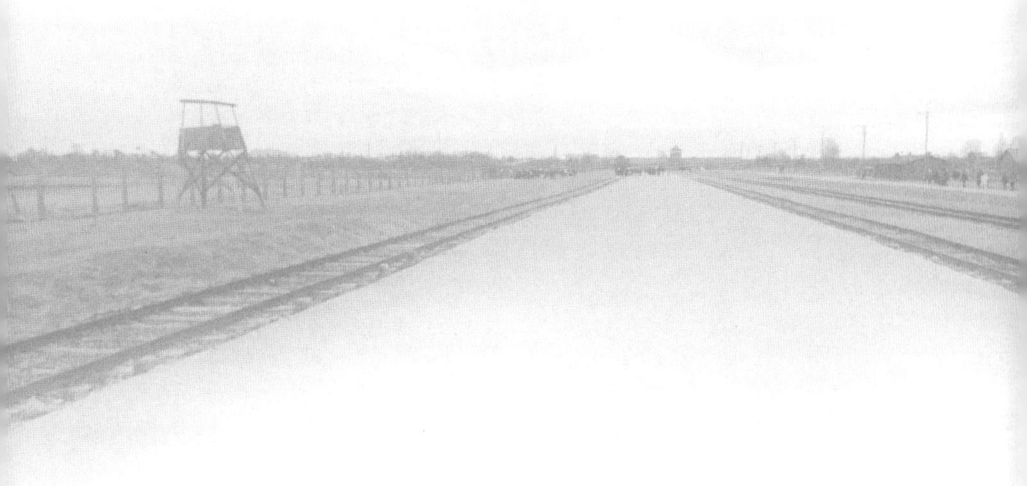

頭一天他們穿行過一座高山，暗藍色的懸岩以其尖尖的楔子向列車逼近，人們從窗戶向外探身，徒勞地尋找著峰頂，幽暗、狹窄、被撕裂的山谷張開著，人們用手指頭指引著那些山谷漸漸隱去的方向，寬闊的山澗在連綿起伏的丘陵上像巨浪一樣匆匆湧來，夾帶著萬千洶湧的泡沫浪花，它們從火車駛過的橋下奔騰而過，它們離人如此之近，以致它們那涼絲絲的氣息讓你的臉冷得打顫。

——法蘭茲．卡夫卡，《美國》（《失蹤者》）

我無法讀卡夫卡的長篇小說和日記。不是因他對我太陌生，而是因我離他太近了。青春的迷惘，隨後幾年內外交困的處境，不斷幻滅的幸福憧憬，猝不及防被剝奪的所有權利，日益加劇的孤獨與隔絕，那段憂煩與恐懼肆虐的蒼白時日，使我對耐心承受苦難的卡夫卡博士此人醉心不已。對我而言，他始終不是一個文學事件。他對我的意義遠不僅於此。多年以來，卡夫卡博士一直是我的人性的庇護所。他是位以其善良、寬容和坦誠，鼓勵且保護我在冷風淒雨中開展自我的人。他是我的認知和感覺的基礎，使我如今，猶能在這魍魎亂世裡苟存。

——古斯塔夫．亞努赫，《與卡夫卡對話》

在捷克第一共和國境內，只有本國法人，才能申請電影院營業執照。體操協會開的電影院，叫「獵鷹」；退伍軍人協會開的叫「西伯利亞」；紅十字會開的，就叫作「健康」。卡夫卡博士最喜歡的電影院名，是「盲人」，由視障者關懷協會開設。他說，所有電影院都應該叫這個名字。古斯塔夫在「盲人」打工，擔任樂手。領到第一筆薪水，他將博士的〈司爐〉、〈判決〉與〈變形記〉等三篇小說，裝訂成精裝書，送給博士。那是惟一一次，他令博士深感尷尬。博士，也是他認識的惟一一位，覺得作品應當銷毀的寫作者。因為，「沒有人可以因自己絕望，而使病人的情況雪上加霜」。

然而，開始是死亡，後來是病房，最後，才是生命的成真。卡夫卡：某種倒裝的時程。病房遠在維也納。彼時，卡夫卡年當不惑，肺結核蔓延到喉頭，令他無法吐聲、吞嚥也困難，鎮日在高燒中，靜緩地自耗。必要與人交談時，他寫紙條。紙條說：今日換服這藥片很好，入口如玻璃渣，化掉像炭火，暫時蓋過呼吸時的劇痛了。住院滿好，院裡人人皆待我好。這樣也好：總算校對完《飢餓藝術家》書稿，自知文學夢遠不可企及，從此斷念。往後不要書本了，請帶易讀報刊來即好，有園藝知識的最好。分崩離析，很疲累，睡前覺得每個肢體，都是「一個人」。

古斯塔夫從不曾去探過病。主要因為湊不出旅費。也因恐怕探病之舉，只會更傷勞病人（他記起博士的尷尬之言了）。他小卡夫卡足足二十歲，是彼此難得的忘年交。卻又因此，他總自覺有義務，節用朋友的心力。三天兩頭，他去勞工意外保險局，探看博士離職後的辦公室。

進窄廳，上三樓，檔案櫃夾道中，聞見熟悉的殘煙與灰塵。他敲門走入，瞥見博士坐了十四年的辦公桌，如今換人坐了。他默默退出。認識的清潔婦，斯瓦提克太太說，博士「就像一隻小老鼠」，一聲不響就不見了。工友拿走了備用外套：博士衣櫃裡，僅有的衣物。舊文具都被丟光了。斯瓦提克太太交給他，一組博士喝茶用的杯碟。他收下，小心代為保管。他繼續等候。直到卡夫卡下葬後九天，他才得知博士，早由維也納被送回了。

之後，一個二十年過去，他也年當不惑了。不時他還是會想：或許，和卡夫卡當朋友，本來就是件挺孤單的事。這孤單無關年紀、不受熟稔程度影響，卻隨博士辭世，在他心底驟然加重，從此，再不可祛除。只因自那以後，他總覺得若遺忘他，會是嚴重的過失，近乎犯罪。但回想他，或以誠摯意念去記述他，不免意謂記述者，將要獨自往下挖掘，直到存有的更深困境裡。在那裡，人人毋寧都孤獨。

而諷刺的是，過去年歲，竟真像朋友早能預知似的：一定有人誣告了古斯塔夫，因為，他沒幹什麼壞事，某天卻突然被捕了。在惡名昭彰的潘克拉奇監獄，他遭囚年餘。獲釋後，他還是摸不清，這般懲罰所為何來。他只知道，這般無由懲罰，宣告往歷的死滅。因為記憶片紙不存：遭捕當日，妻立刻焚盡了他的日記與手稿。因為之後，記憶的共有人也相繼故去：妻病逝；女兒死於車禍。他仍然拮据，以致竟無法負擔接踵喪儀，長久，為此自責不已。

後來，總是雪中送炭（外包給他編輯和翻譯工作）的出版社老闆自殺了。新老闆毀約，不願償付稿酬。他激烈抗爭，遂遭業界封殺。再後來，總算順利出版了個人著作、獲邀宣傳，他卻在德國書展上，和新納粹分子打了起來，成為國際認證的怪角。到最後，年邁的他退回老家，坐對一屋莫名舊物——相當尷尬，他發現跟自己將來可能「遺物」，自己一點也不熟。但一生，就要這般跌撞過盡了。

一個二十年、再一個二十年過去，他的歲數，如今是彼時兩地，兩人的總和了。獨自清整、以備來路時，他愈頻繁幻見彼此。就說此刻所困，家屋細瑣，當時，都能變賣成路資好了。他確曾不計代價，前去探病，浪費了博士一點氣力。就說，博士也曾沙沙寫紙條，請託他：剪掉病房內，花瓶上，紫丁香的枝葉。因據說這樣，花會多活幾天。他當然照辦。只是舉手之勞，一點也不困難。對他而言。他與博士同坐，靜靜看花。孤枝上，單獨只有花。後來他聽說了：崩離病苦中，博士特別敬愛植物，因為直到死去伊刻，它們殘軀，都還貪婪飲水。直到全然朽壞的一刻。

就說他曾與卡夫卡，這般默對一個死生悖論，在那間，本就不是為了治病而設的病房裡。就說龐然未來，曾在此頓停一瞬，於事雖無補，卻也無損。而他，獨自記憶如斯。那麼或許，此刻舊屋，就他所見的來路，將會比較宜人、遠為空闊——至少，不會是一名老怪，坐對從前那名拮据青年，恐怕可能，他自認的愛惜，終究，也還就是對朋友的吝嗇罷了。

他徒負年歲，逐日走向死境。卡夫卡卻才要出生。因為，他們違背他的遺願，不將他的生命施以火焚，而是裝箱，漂洋過海，去向應許之地。他的生命，是好幾沓紙：各種形制的筆記本、散頁、碎紙張。紙上筆跡，一律細小縝密，意外地，極少塗改之痕。像本真的他，原來就是薄脆如紙，一頁一頁，棲滿了工整的蟻群。像行李箱，本就是更適合他的一種宮腔——絕不透光，沒有一絲可供竄逃的縫隙。他別無選擇，只好耐心地聽任萬有，傾海搖晃他。

萬有並無所圖。萬有只是隨手搖晃他，像搖一箱零件散錯的鐘，直到或然一瞬，零件全數正確接榫，然後鐘復活。萬有，都是這麼花時間，來修繕時間的。它放任那艘船上，有人遠眺見海，跪下禱告——「聽啊，以色列！」有人，呼喚死滅故土，也就是未來國名，像要專程，喊給母胎裡的他諦聽。

然後他出生，重新開口，說起新土之上，最不受歡迎的那種語言。需要更多時間。需要更多預言歸攏，才能使人讀懂他每部未完的手書，他的挫敗，像聽明白各自的曾歷與將臨。預言式的解讀，最早發自班雅明，這位倒楣哲學家。時間點，則是卡夫卡下葬十週年，納粹掌政的隔年，哲學家一路西逃，以個人悲願，密譯博士隱語。悲願是：應當要有文學創作，來為將臨的大屠殺作證。縱使作證，目前是預先的作證。縱使，在未來讀者的回顧裡，它預證過的將來，已是讀者實歷了的過去。

這是受辱時空的修繕，人的話語的奪還。所以應當要是卡夫卡，使人得以理解，那始終被禁止，由人去充分理解的——體制；律法；大屠殺。他的小說裡，個別角色的獨特體驗，成為人的集體經驗。他的《失蹤者》遺稿裡，那長列穿山貼澗、奔赴烏有之鄉的火車，那「冷得打顫」的手跡待續處，留白了日後，人盡皆知的那種死難。

自此，他的生命才悍然成真。像之前個人病苦，只是為了令肉身徹底脫耗。像肉身，也不過就是另種宮腔。像再更之前，他本就是一名從未活過之人：他是以全身，封緘一種機密識見，去行走，去辦公，去談話，去尋常地愛戀與棄絕。是他，從來知曉那個惘惘前景，卻不忍、也無法實寫它，只好以寫作，來擱延實然的寫作。卡夫卡：多年以後，一個事關「書寫之不可能」的文學事件。或如哲學家班雅明所言：一個以敘事技藝，去「推遲未來」的文學事件。

有生之年，古斯塔夫目送博士，這麼活進眾人通識的歷史中。彷彿自此，兩人才真確遠別——他掛念不忘的，僅是朋友的史前。時間之中，一邊是不文的史前；另一邊，則是有文的歷史。哲學家班雅明這樣畫出分界線。在有文空間裡，記憶總是個人的，但遺忘不是。因為，「每件忘卻之事，都與被忘記的史前世界交織在一起」。被遺忘的史前，總是集體的容器。

於是最終，古斯塔夫為己得證：當卡夫卡的史前朋友，意謂悖逆通識——事實是，他所保有的博士記憶，一經記述，必將是公眾共有的；只有獨他知曉的遺忘路徑，才仍屬於這個私我情誼所有。私我有據，情誼就仍猶在。友誼是悉心的忘卻。儘管這近於罪過。

人們不理解他的吝嗇：長久以來，不論個人境遇如何，他總拒絕評析博士作品，或提供關於卡夫卡的史料，或者，談資也好。他標注的路徑，局限在博士埋首的那間辦公室，或相處四年來，兩人同行過的幾條窄巷。一部封印他整個青春年代的博士語錄。此外無它了。

是在辦公桌邊，只為讓他也有事忙，博士又翻出筆記簿，讓他讀裡頭，那些總無標題的故事。故事主角格拉胡斯，是黑森林裡的獵人。幾百年前，為了追捕羚羊，他意外墜崖，獨自癱躺峽谷底，流盡鮮血而死。奇特的不是過程的安靜與漫長。奇特的，是獵人毋寧樂意死去，就像曾愉快活過一樣。他耐心等候死亡駁船到來。當船終於抵達，他高高興興，扔開背包和獵槍，好像一生所謂「獵人」，從來只是他的扮裝。他登船啟航。卻不知出了什麼錯，死亡駁船，偏離了航向——可能，是因船夫扳錯了舵，或因黑森林美景而分了心，總之，數百年來，他一直未能抵達彼岸，只在無限寬廣的天梯游移，忽上忽下，時左時右。「現在我在這裡，只知道這麼多，」格拉胡斯如是說：「我的駁船沒有舵，只能隨風而去，那風，颳自死亡深淵的最底層。」故事結束。

讀完，古斯塔夫說不上來，這故事有何寓意，但結尾那陰森自白，從此刻印在他心中。他探頭，看看周遭，一個如常的保險局：人人案牘勞形，卻無人不可或缺。他看看正埋首，在斟酌一紙「最速件」公文用語的博士。博士您——當時，他想問的只是——為何認定扮裝一生的格拉胡斯，一生幸福快樂呢？

遺忘路徑的開始，是父親。古斯塔夫十七歲，某天，父親要他同去局裡，向一位同事，卡夫卡博士請益。父親知道，有段時日了，少年天天熬夜，偷偷寫東西。家裡電費帳單，告發了少年。或者，洩密者主要還是少年自己：他用尋常卷宗藏手稿，卻在封皮上，醒目地題寫了「美之書」幾字。每天，父親偷讀一點「美之書」，讀不明白，遂用速記法背下，到辦公室，用打字機謄出來。謄打完，還是不明白。父親拿給那位同事參詳——鑑定傷殘程度，乃同事專職。同事要父親別擔心，說那是詩。是某種無關藝術的詩，直接來自青春期副作用，代表生命力過剩。父親聽了，其實沒有比較放心。

父親這樣留意古斯塔夫，令他有些受寵若驚。畢竟，也有一段時日了，每天，父親皆過得不順遂。首先是工作：雖然早無升遷之念，但保險局這僵硬磨具，還是磨輾父親的意氣。其次是母親。她大父親十四歲，成天懷疑父親出軌（這需要想像力），缺乏證據，就怨怪父親狡詐（這需要更大的想像力）。父親下班，穿過大半個城市回到家，沒有晚餐吃。父親遂又出門，到隔壁木工作坊，借方寸空間，叮叮咚咚，敲打自製餐桌。父親釘好就拆，拆好了又釘，因自家窄仄，無法多置擺設。父親就借用那點地頭，花光個人的自由。

木工是父親僅剩嗜好。母親卻以為，這是專為折磨她。父親挨餓出門，母親就關在房裡哭，不理勸解。少年無法，遂回自己桌前，試圖讀點書。字好不容易進了眼，他又看見父親慢慢踱回來，推門進屋。然後哭聲停了。然後他開始覺得悲傷。他覺得自己的存在很神祕，不太理解，當初，父母是怎麼決定要廝守終身的。更悲傷的只是：並不保證一對善良的人，就不會互相傷害。

他自己都恥於宣稱，自己寫的那叫「詩」。那只是當四周終於安靜時，自己的一點呢喃。像相當懦弱的反抗。然而，當父親帶他走進辦公室，從桌後，博士站起，鄭重迎接了他。好像若要談文學，就該鄭重。好像在勞工意外保險局裡談文學，本來，就是再自然不過的事了。

事實上，最初幾次會面，會語出譏誚的，反而總是少年自己——泰半因為莫名羞赧，或自我關注作祟。他如是談自己讀的書，學校，父母，那張叮咚拆釘的餐桌，像一切都很可笑。他看見博士微笑，藍灰色眼珠閃動。博士要他找機會，親自去木工作坊看看。博士說，父親木工極出色。父親（在他眼中，那麼庸碌的父親），是博士最敬重的人之一。

他頓時愣住。他花了一點時間，才判斷出博士不是戲言。博士比他想像的認真。因為不久，他就在筆記簿裡，讀到博士更多年前寫的，關於木工的段落了。故事中有人，苦練技術，只為釘起一張桌子，只為讓「釘釘子是真正的釘釘子，同時又什麼都不是」。多年以後，他還讀到：在哲學家的詮釋中，這「什麼都不是」，竟也就是卡夫卡一生的真確追求。彼時他再探頭，視線有些模糊了。他發現自己可能誤會了：博士鄭重待他，自然不為與他談文學，而是因那些蒙昧話語，曾由特定某人，默存過大半個城市，猶然不解，卻深自不忘了。

路徑的終局，是卡夫卡的〈司爐〉。多年以後，世人皆知：那是博士長篇的起點，《失蹤者》的首章。那卻是他讀完的，最後的卡夫卡小說了——他曾精裝過的回贈，他的史前的愚行。〈司爐〉也在行李箱內，也隨船而去了，只待岸上，預言的證成。惟一神祕的只是：這個篇章寫的，正是離船登岸的故事。彷彿朋友決心令萬有困惑一瞬，疑心不知為何，它傾海去搖晃的，會是另一面已然靜停的海。

世人從此，多知其後了。他們知道在聚會時，當卡夫卡朗讀〈司爐〉給朋友們聽時，人人都被逗笑了。他卻更願深記：此篇寫的，同時，也就是一則悼別朋友的故事。是這樣的：當小說主角卡爾．羅斯曼，由舅舅接引，將離大船、沿梯步下登岸小艇時，在最高一個梯級上，卡爾「嚎啕大哭起來」。卡爾深深遺憾，自己做得不夠多，也不夠好，不足以援助他想為之辯護的、無法自陳的司爐。當視線矇矓，卡爾再一眨眼，卻「彷彿司爐，已不復存在」了。

那是純粹悲傷的眼淚，只在起點出現。那也是終將被忘卻的眼淚，來自K之前的K，歸於史前，倒逆颳自死淵之風而行。像朋友最祕密、卻也最慷慨的回贈。

大霧清晨抵達美國

卡捷莉娜．伊凡諾芙娜向窗口奔去。那個角落裡，一把破椅子上，放著一個大瓦盆，盛滿水，原是準備洗孩子和丈夫的內衣用的。她在夜裡洗衣服，每週至少兩次，有時還不止，因為他們已經窮得幾乎沒有可更替換的。家裡每個人，都只有一件內衣，而她不能忍受骯髒，寧可在深夜，趁大家睡熟後折磨自己，累得筋疲力竭，再把濕衣服掛在拉直的繩子上晾乾，第二天早晨，好讓大家有乾淨內衣可穿。她應拉斯柯爾尼科夫的要求，把瓦盆端來，但差點連那盆水一起摔倒了。拉斯柯爾尼科夫已經找到一塊毛巾，沾上水，親手為馬爾美拉陀夫，揩淨血跡斑斑的臉。

——費奧多爾．杜斯妥也夫斯基，《罪與罰》

如果說在杜斯妥也夫斯基的藝術世界裡，贖罪、寬恕和愛注定是勝過其它一切的價值觀念，那當然是因為，在他個人生活最痛苦的困境中，他遭遇過作為真理的這些價值。確實，他對人生可怕的脆弱短暫有切膚之感，這使得不久之後，他將描寫無條件的、絕對的基督教誡律，即寬恕一切、擁抱一切的彼此之愛。其強烈與迫切，沒有任何現代作家可比。他的道德，類似一些神學家在談到早期基督徒時，所說的「過渡期倫理」。這樣的倫理具有絕不妥協的極端性，源於審判日和最後關頭的迫在眉睫：除了最後的和解之吻外，沒有時間從事其它活動。因為很實在地說——沒有「時間」了。

——約瑟夫．弗蘭克，《杜斯妥也夫斯基：受難的年代》

1.

時間：一八五〇年，復活節隔天。地點：鄂木斯克勞改營。懷抱沒有獨處時光的那種孤獨，杜斯妥也夫斯基默坐營房床板上，看這個假日，許多勞改犯照例喝得爛醉。到處有人聚賭，到處爆發衝突；隨時有人被撲倒，被揍個半死。杜氏躺倒，決心讓自己潛入睡眠。我們不知道他夢見什麼，雖然，關於杜氏那多憂的六十年人生及其創作，如果願意瞭解，我們幾乎已能無所不曉。我們知道許多也許並無深意的相遇，如納博科夫頗厭惡杜氏作品，但仍得在自傳《說吧，記憶！》裡提到他，只因在一八四九那大掃除之年，當杜氏被關押在涅瓦河心的彼得保羅要塞時，要塞總司令，正是納博科夫的曾伯祖父。

據自傳所述，司令為人寬厚，在杜氏繫獄期間，會讓杜氏自由借閱個人藏書。比對史料，我們知道，這般夢幻的當面交流，可能從未發生過。事實毋寧更像是：依例掛名各犯罪調查委員會（包括杜氏所涉之顛覆政府案）的司令，的確，將獄政主持得較顧及人道，但可能，他真的就是太累，或太老，或太溫良且決意無礙時局，所以，從不深悉那些最終由他領銜之偵結報告的細節。那是一個階級井然、話語傳遞需經層層轉碼的微型帝國，司令和他的藏書室在至上，杜氏，和他那「感覺地板時刻像船艙起伏」的牢房在極下。在涅瓦河心，隨斗室暈眩八個月，杜氏耗盡心力寫足自訴，也自我否證，也辯明「誤會」；也罪責往者，為了迴護活人。但結果看來，那真的就像是《地下室手記》般的自語自言。

我們知道更多不可能並行的歧徑，如理論上，那聲息不達極峰的艙房，應該就是杜氏在世上，最後的住所了。他應死於二十八歲剛滿的是年年底，一生代表作，即個人首部著作——長篇小說《窮人》。如此，在那不乏殉死之人的文化場中，他將同時被加冕兩種永恆光環。其一，是橫空出世的文壇超新星，別林斯基盛讚的「另一個果戈里」（雖然，在獄中自訴裡，杜氏將死前解構了果戈里的別林斯基，也一併絲縷除魅了）；代表從前行世代的能趨疲狀態中，猛然肇啟的新核心。

其二，是在沙皇尼古拉一世主政的肅殺年代裡，向貴重信念獻上性命的政治受難者；以其被硬生生抹滅的諸多可能性，他將活在下個世代的想像與孺慕中——也許，形同一位更醇粹、更慈悲的萊蒙托夫。兩種光環將相互交織，彼此極化，而這，自然是青春之死的特效：引人掛念的，既是那奪目的一瞬之光，亦是在那之後更其漫長、絕對落實的缺席與靜默。

這一切沒有發生，因沙皇在四十八小時內改變主意，且頗具劇場精神地，親自編導了謝苗諾夫校場大戲。是年十二月二十二日，這牢牢刻印在受教者杜氏腦中的聖顯日——也許，後續人生裡，無數次的臨死時刻，皆都不如這原初一回，來得如此猝不及防，卻又無比乾淨，格外引人懷念，像置身無可再遇的恩寵中。是日天未亮，獄卒喚起，發還杜氏被捕時所穿舊春服，與一雙特別寬厚的新襪子。杜氏換裝，乘馬車出要塞，穿彼得堡市街半小時，在天剛亮時來到校場。輕服厚襪二十一人，如盆栽，在場上三三成行，像共享一個瑟瑟發抖的離家夢，聆聽文官某順隊形滑步，逐一，當面對他們朗讀各自判決令。半小時內，「判處所有罪犯死刑並執行槍決」的句落像長詩韻腳，重複了二十一回。

站第二排的杜氏很是困惑，轉頭向臨員確認。這時，他瞥見腳手架旁，原來早停妥一排板車，上頭載的，猜想是一口口棺材。隨扈走動，發下罩衫睡帽——死刑犯的壽衣。神父現蹤，執《聖經》與十字架，徵集懺悔。隊伍一番騷動。杜氏再四顧，望見冰晶般太陽，遠方教堂輪廓，與被帶向前、綁上腳手架的第一排那三人。眼前一時淨空。奇怪的是，這時，他的心神突然就跟著鬆開，再無疑慮了。他感覺，從被捕前數月起即折磨他，且經年凌輾他的未知，此刻暫且饒過他，自行敬遠了。他感覺自己，像預支死後識見，正飽滿地知覺這最後時刻。他感激這般寬讓：在「走進另一個未知的生活」以前，他享有五分鐘的歇息。

然而，不，一陣鼓號擾亂他。比理智更快，接近本能反應，前軍官杜氏全身即刻讀懂這信號：他知道，人世回來擄獲他了。行刑隊退下；杜上三人被鬆綁；武官某作飛馳狀進場，宣讀新判決令。杜下三人被強脫壽衣，跪迎劍戟在他們頭頂折斷，以示赦免死罪；再被換裝、上腳鐐，以示從此流放。杜氏留心眾人各異反應，注意到被用來展演儀式的三人裡，有一人，被永遠擠縮、固著在生死懸界上了：他受激過度，當場瘋掉，從此再沒有恢復神智（像某種詭異仿擬，發瘋者如沙皇，亦名「尼古拉」）。種種細節深切刺激杜氏，而或許更奇特的是：在終無牆垣、龐然信息網絡隨人世鋪天蓋地席捲而回的那個現場，自那超載一刻起，某種意義，杜氏的一半心神也被死後識見給永遠預支，再無法回返了。

此即那道惟一塌陷成實之動線上的新杜氏：一路奔波，時時被一種幸福感，與衷心感謝之情給灌頂的流放犯。總路程，相當於從北京到烏魯木齊，在一八五〇年的第一個月，杜氏完成了自校場東行的歡樂之旅，越過烏拉山脈，抵達鄂木斯克勞改營。據悉，穿囚服、戴腳鐐，從馬車重重落下的他，整個人就像一張笑臉——一如寄給哥哥的平安信上所言：他感到餘生「是一種餽贈」，而自己，已經「以一種新的形式重生了」。

馬車後方拖曳的，是俄羅斯知識分子圈，花費整個一八四〇年代，艱辛從西歐烏托邦社會主義接枝、育成的啟蒙論述：知識分子當面向「人民」，指導「人民」，帶領他們，走進文明新世界。杜氏留駐現世的那一半心神，回應這肇啟他文學與社會志業的精神壞土，而西伯利亞，被他想像為終於抵達的「民間」。於是，對他而言，那既是以重獲之生命，更深切向前行世代的往者道別，自他們空想的書齋離開；那亦是從暫被豁免的死亡中，歸返向他們從來無能實證的人間理想。如所有新生者的感悟：在投身永恆與面向現實間，杜氏發現，可能，前者才是極端憊懶的一種選擇。倘若能自主選擇。

我們理解種種關於那惟一動線的深邃誤讀，如佛洛伊德的〈杜斯妥也夫斯基與弒父〉，遠溯杜氏癲癇症病史，直至十八歲，父親疑似遭農奴謀殺的震撼場景。然而，我們如今已知，杜氏的癲癇症，事實上是在進勞改營不久，才首次發作（且從第三年起，惡化為每月發作一次），而其原因，可能異常單純且直接——過度壓力所導致的「超反常相」狀態。詳細點說：這是一種當長期飢餓，肉體超荷的苦勞，心智無法承受的虐待與羞辱，與極端孤獨等殘酷條件同聚一身時，所引發的崩潰效應。

簡單些說：勞改營實歷，摧毀了杜氏攜帶入營的，一切關於「人民」的設想與信念。然而，最使他驚愕的，不是軍方對勞改營的恐怖統治，不是猖獗營內的賣淫、竊盜與走私等犯罪行為，甚至，不是數百年階級對立所撐持的，對他這類「貴族老爺」的強烈恨意——當杜氏嘗試友善對待農民犯，而非如他們期待那樣，對他們頤指氣使時，他們簡直更恨他了。最使他驚愕的，是他發現所有人都能找到自我圓說的邏輯，讓自己免於良心折磨：是的，在這裡，在這處「死屋」，從來沒有人會死於悔恨。

被揍個半死的人，總是自己再爬起，把握假日餘光，再加入另一場賭局與紛爭；彷彿在旁默默躺倒、提早入眠的杜氏，才是一場無從理解的夢。我們理解佛洛伊德的浪漫，總不乏文學想像的他，且本著對杜氏的愛，以不可能的探測鏡，越過那見歷父死的暴力場景，溫柔地，為我們「復原」了這樣一位彷彿生來，就緊張地躲避死神追捕的杜氏：兒時，杜氏常在睡前留字條，訴說他多害怕「陷入像死亡一樣的睡眠」；他且請求親友，務必將他的喪禮推遲五日舉行，以免可能活埋了他。

然而，一八五〇年復活節隔日，這位剛挺過首度癲癇病發作的杜氏讓我們明白：此刻，他多麼需要一場「像死亡一樣的睡眠」。那像某種重逢，或完美的獨處。事實是：過往半年，以及之後更長遠時光，是那被死後識見給永遠攜行的另一半心神，始終在觀照他，且托住他。是這位「費奧多爾」，在流放一路，挹注給杜氏近乎瘋狂的幸福感。亦是他，在未來無數次絕望中，教杜氏明白絕望者的最後一種希望形式——那近乎殉道般的一次次重生。

亦是因此，我們抵達一個關於杜氏那多憂的六十年人生（及其創作）的，一個絕對冷硬、毫不深邃的悖論：從此刻算起，還要遭遇更多磨難，經過再十六年，直到餘生，僅剩寥寥十五個年頭時，杜氏才能寫出《罪與罰》，且接續寫成《白痴》，《群魔》，直至《卡拉馬助夫兄弟》，真切完成個人小說創作的高峰。彷彿直至此刻的一切死而復生，往而復返，都只到一篇太過漫長之自序的半途。關於寫作那「真正的開始」，還在無法觸及的遠方。

要再過十六年，《罪與罰》的主角拉斯柯爾尼科夫，才會從那另一座彼得堡，抵達那另一個鄂木斯克的河岸，那時，「他已經病了很久；但是摧殘他的健康的不是苦役生活的恐怖，不是苦工，不是粗劣的飯菜，不是剃光頭，不是用布片縫成的布衣」。啊，這些「不是」多麼美好：拉斯柯爾尼科夫的一切重大發現，都是在孤獨的沉思中照見；拉斯柯爾尼科夫的一切照見，如斯暖化了勞改生活的稜角。這想像多美好，對此刻的杜氏而言。

於是，如果預支未來，倒轉時程，能讓一切顯得較具希望，就讓我們輕輕為杜氏倒數：再十一年，他就學會該如何幽默看待「死屋」了，他會描述他在那裡惟二的朋友——一隻有著濕漉漉眼睛的老狗；一個總把他當無知的小孩對待，且不斷偷他東西的農民犯。再十年，他終能再次越過烏拉山脈，重返彼得堡，縱使他會成為新世代知識分子嘲笑的對象：那不知為何尚在人世的返祖之人。再四年，他就能離開勞改營，縱使，他將陷入痛苦的初戀與婚姻。但這真的沒什麼，因再一小時，那位「費奧多爾」就將喚醒杜氏，且對他耳語：你所感知的是心碎，但在人間煉獄裡，心碎早就無妨了。

2.

像預期宿命，或將臨的科幻——拉斯柯爾尼科夫將殺死阿廖娜；這是早就決定了的事。至於對他而言，為何非如此不可？這卻是整部《罪與罰》裡，最大的一個謎。只因其實，直至他高舉斧頭，用斧背朝她的頭直砍而下那瞬，他都並不確知，自己這麼做是為了什麼。也因最初，這甚至不是他自己的想法。這個念頭，如孢子借風媒，輕悄飄落到他心上，是在冬天某日，某處小酒館，他聽見鄰桌一位軍官與一位大學生，碰巧，議論起放高利貸的老太婆阿廖娜。據悉，阿廖娜十分虔誠，已立妥遺囑，要將個人積蓄，在死後全數捐獻給某修道院，做為永久追薦自己亡靈之用。為了身後安寧，她在此世盡職苛待一切活人，特別是自己的異母妹妹，麗紮韋塔。這位瘦小、虔信卻冷酷的主人，與那名高壯、癡愚，且莫名不斷懷孕的奴隸，在人間底層，以另類神性絆結，結成一對相依為命的「怪物」。

軍官義憤地說，他真想殺掉阿廖娜，拯救可憐的麗紮韋塔。說完，隨即大笑，像那真是一個可喜的玩笑。拉斯柯爾尼科夫全程默默旁聽，在他首次對阿廖娜生活實況有所瞭解的此刻，他只覺得，軍官的怒喜驟變，對他而言十分怪異。然而，卻不知為何，軍官的想望持續鑽入他心中，在接下來數月裡，形同時空裡一個新肇啟的奇點，拉扯，反摺，且吞噬他全部思維。最大顛覆是：他覺得自己，應當親熟這般想法，且因此，像學步者，或認字之人那樣受召，一再靠向那「怪物」的棲身所，去親自識讀那通往與毀滅「牠」的路徑。

此即小說開頭所示：七月，彼得堡酷熱難當，只有無避暑別墅可去的窮人，才會還待在城裡謀生；不知是第幾回，失神的拉斯柯爾尼科夫，走出他那櫥櫃般斗室，預演一名謀殺者的獨行路。在那反復路途中，他也像是以無盡緩速的方式，去綿長模擬那恐怕連軍官本人，都早已忘卻了的一瞬轉念。拉斯柯爾尼科夫無數次憤恨，為了自己竟一再遲疑，不能為所應為；他也無數次狂喜，為了自己，終於又放下了這可怕的想法。

拉斯柯爾尼科夫的瘋狂，或神祕受難：除了在自己內心，不斷生滅的辯證與感受外，關於如何在現實世界裡取人性命，他再無更審慎的準備。於是，這不知是第幾回探路對他而言，竟仍像是第二回，他只是多看清了一點阿廖娜住所的細節；這回探路在他心中，卻又總像是最後一回了，再一次，他跟阿廖娜說明數日後，他將再帶抵押物回來借貸，以便為那謀殺日，卸下她可能的提防。做完這些事，重回街上，他就像做完了世間所有事。他感受到良心磨折，與對自己的深切厭憎。為了一項並未真的履實，卻已經在如焚想像裡，實履過無數回的預謀。

站在街邊，時間像已過去那般長遠，至少，遠到拉斯柯爾尼科夫自己，已能以凶手之姿，回看一個必然已被換取過的人間——彷彿此世已擺脫了苛刻的阿廖娜，並將永遠罪責凶手他，為一更冷血之人。時間又像是從來未曾動搖過，因他一回頭，那同一個人世，又將另一間眾聲喧譁的小酒館，推送到他面前。如此，彷彿好多事都已預先盤桓，並旋身而去了，《罪與罰》在此，卻才走完前十頁；序曲般的第一部第一章。在這章尾聲，第一次，遲到者拉斯柯爾尼科夫，「這才清醒了過來」。

他緩緩步下階梯，走進夜闇的底層小酒館。他漸漸退轉時程，復原自己，重尋心境沾黏了軍官暴烈意念之前的那個自己。那位喜愛人聲的傾心旁聽者。那樣一種，彷彿全程人文的重複深思與暴走，皆僅純粹以其最隱密的善，去悉心燒製成的脆弱容器——總是太過妥貼，他能直接容受他人言表中的體感，不帶批評，沒有蔑視；僅僅只是如實容受，像那亦正是自己的體感；也因此而毫無防備，忘記了自己，可能遠比自己所包容的，更易無可挽回地碎裂。

在那裡，他傾聽九等文官馬爾美拉陀夫訴說自己，那貧病泥淖裡的餘生。隨馬爾美拉陀夫描述，他見歷那彷彿通道、「只有十來步長」，卻擠住了馬爾美拉陀夫一家五口的陋室。他看見十多歲的索尼雅，為了家計去賣身。她清早即起，打理儀容後出門，至晚方歸。她將一日所得交到桌上，一語不發，只拿起全家共用的一塊薄呢大頭巾蒙頭，躺床上，臉向壁，不住地哆嗦。此刻，那間擁擠斗室竟也兩端極化：一邊是躺倒在空曠裡，至少今夜，再無人會來煩擾的索尼雅；另一邊，則是在一桌一燭的光照裡，瑟瑟挨擠彼此的父親、母親與人子們。這是第一夜。再後來，這種生活當然也能騰挪妥某種無痛的日常，只除了馬爾美拉陀夫如今捲款逃家，邀請眾人辱罵，來助他在深切自責中自毀。

來去酒客裡，只有拉斯柯爾尼科夫一人，親身去扶起馬爾美拉陀夫，保護並陪伴他，穿過一街區的人群，走向返家路。此刻，他心中只有馬爾美拉陀夫的苦痛；且從這般苦痛，他聯繫起其他共存者，也皆都在受苦受難的這個基本事實。他人遭遇，如此令拉斯柯爾尼科夫心傷，就像那是他自己的悲慟；而他，也像他們一樣，別無解套良方，只好，將一身剩餘全部給出（儘管事實上，他並不比他們過得更寬裕）。然而，似乎正是在直接承感這一切，明白他們各自無望的徒勞，卻仍舊在無望中苦苦徒勞伊時，拉斯柯爾尼科斯自疑，說不定，自己原先是錯的。說不定，他猜想，人類，並不全然就那般可鄙，倘若，他並不懼怕他們的存在。

也許，拉斯柯爾尼科夫本來，是能從此「好」起來的，從個人莫名的混亂；或者，僅是從阿廖娜那另類神性般的絕對意志，所帶給他的莫名恐懼中。在此，最奇特的，其實不是拉斯柯爾尼科夫，注定無法成為自己所宣揚的那種「不平凡之人」：那種為了實現自己理想，因此，可以不受倫理與律法所囿的特別之人；據他所言，正是這類犯禁者，能帶領人類走出庸常因循的歷史。最奇特的，毋寧是在整部《罪與罰》裡，拉斯柯爾尼科夫是最不可能成為那種人的，另一種獨特之人。原因很明瞭：他人痛苦對他而言太過逼真，形同無限鋪延的針毯，他步履其間，全神受困其中，沒有餘裕為自己，保有任何抽象的定見。

於是，當隔日，當母親那封絕對親善的信，抵達他手中，由他展讀過後，那對他而言，意味著思維的再次全盤紊亂。母親信中的腹語，低調卻響亮：為了拉斯柯爾尼科夫，妹妹杜尼雅決意自我犧牲，形同賣身般嫁掉自己，來換取哥哥的未來。一明白這點，那整個暫被豁免的盛夏躊躇，頓時再次就地重組。這是一個神學事件：試問，一名孤立無援之常人，如拉斯柯爾尼科夫，如何能徹底拒絕自願犧牲者，所無條件獻出的愛？也許，他能自主的做為，僅剩更深切的自棄，讓自己更遠遁、更在異境裡病變，直到連那般寬宏的愛都無能追及。這是說：抵達「牠」，犯下一件絕對無可饒恕的駭異之事；成為「牠」。

這個決斷，在他心底再次生滅，他依舊在自己莫名的預謀裡徬徨。無定見者拉斯柯爾尼科夫，如此讓一座迷宮原地超載，不斷層層褶曲、折射或加密一切轉念。在那個悶熱，擁擠，滿布煙塵與惡臭的街區，他無人可解地奔逃，直至自己終於也形同黑洞，反噬整片街區的憤鬱吐息，因此，而生起一場比盛夏還高燒的熱病。直至終究，彷彿神蹟，一切偶然全數贊同他，無盡障礙自動避遠他，不可知的什麼，指給連斧頭都未事先找好的拉斯柯爾尼科夫，一條重新去向阿廖娜住所的道路。

在《罪與罰》第一部第六章裡，杜氏借拉斯柯爾尼科夫，這雙惟一全程見證過謀殺現場之眼的視域，以「後來」一詞啟動敘事，帶我們從極遠到最近切，望向一切的偶然，如何造就那個謀殺現場。悖論既是：由於那個現場，在時空裡注定只能發生一回，因此，無論如何具現高解析度的逼視，當我們借謀殺者的視域去看，它都只會形同拉斯柯爾尼科夫個人的幻覺。我們確切所知，惟有拉斯柯爾尼科夫全程的惶惑。悖論亦是：這全程惶惑，吸納了現場之前與此後的一切疑猜，也結成了《罪與罰》全部話語——最直接的不可解，在繁複的繞視後仍不可解。

也因此，惟有對繁複繞視的最直接承感，如拉斯柯爾尼科夫，方可全面知覺拉斯柯爾尼科夫。此事亦如科幻，或宿命，在人類歷史裡，僅只發生過一回。它發生在遠處，遠過拉斯柯爾尼科夫被封印在自己迷宮那年，遠過迷宮配置者杜氏之死，直至一八八九年，在都靈，尼采正面遭逢那匹被車夫鞭打的老馬。哲人尼采在那刻，都想起或感受了什麼？這是一個無人可全景解答的問題。我們僅知，在彼刻無數個同時竄流的哲人意念裡，必定有一個，是尼采對拉斯柯爾尼科夫迷宮的最後巡禮。

尼采必然記得，在那生滅路徑尋索裡的最後一回，疲憊的拉斯柯爾尼科夫離開道路，蹠入樹林，臥倒草地，立即熟睡，且做了一個夢。他夢見童年時代，自己隨亡父，在通往夭折兄弟墓園的道路上走。他看見穿著各式各樣服飾的陌生人。一整個色彩繽紛，且吵雜紛亂的人世。在那裡，他們快活地折磨一匹拉不動車的馬，直至將牠活活打死。夢中的小拉斯柯爾尼科夫，為此悲傷垂淚。這種真摯悲傷穿過夢的牆垣，使拉斯柯爾尼科夫醒來，繼續勉力前行，在橋上駐足，凝望涅瓦河夕陽，在他生命裡最後一次，感到全然的自由，與心無掛念。這最後的自由與無掛念，穿過虛構小說的防線，如實，以一匹馬的既視形象，湧現到尼采面前。

於是，哲人的現實遁入虛構，再遁入夢，再收攝得更小更小，極重極重。下一毫秒，那一整個北國之夏裡，一切他人狂暴或悲憐的話語，在這個南國之冬綻開。

這位「不平凡之人」假說的改寫者，與「永劫回歸」論的主張者，尼采，就地坐實了拉斯柯爾尼科夫的瘋狂。或者，重複了僅可重複一回的，從此世上再無人可復原的神聖蒙難。

3.

如果有一部無法由人寫出的理想小說，是以「人的重生」做為主題，那麼《罪與罰》便是它的序言。因在《罪與罰》尾聲，杜氏帶我們，確認了拉斯柯爾尼科夫和索尼雅之間，終於發生的雙向認肯：躺在流放地的牢房裡，當他下定決心，在未來，要以「無限深摯的愛情」，「來補償她所受的一切痛苦」伊時，在左近某處，她亦「幾乎為自己的幸福而驚慌不安」。杜氏說，一個關於「人逐漸再生」的故事才正要展開，但《罪與罰》自身，則「到此結束了」。令小說讀者好奇的，自然不是在上述彷彿人間的最末黑夜裡，由杜氏圈點出的，穿越重重牆垣的簡明光照；而是隨著這最後光照，彷彿，拉斯柯爾尼科夫才首次「看見」了索尼雅的實然在場——這是一個事關認識論的問題：似乎，對他而言，在那之前，她毋寧從來就更像是某種後設話語，相對概念；或者，是某種將無盡苦難，全收束在一個針尖上的擬像。

最初，她是父親馬爾美拉陀夫懺悔錄裡的一個主題，代表父親無法平視的聖潔。之後，她在拉斯柯爾尼科夫認知裡，是妹妹杜尼雅的延異；而其實，正是她比杜尼雅更無辜、無所求，卻仍難逃受苦此事本身，使他察覺了索尼雅，那也許更其「尊貴」的犧牲。索尼雅：另一位更本質化的杜尼雅。於是，當《罪與罰》篇幅甫過半，機器神降臨（因意外獲得一筆遺產，母親與妹妹得以在彼得堡自立，且也開始擘畫未來）那刻，負罪者拉斯柯爾尼科夫旁聽，立即明白，自己應當遠避這種關於共同生活的想像，以免破壞她們的幸福。他且也就不再延宕，離開她們，逕直走向那另一位杜尼雅，去向她道別。

那是裁縫某的住所，位在河岸上。裁縫一家九口，或病或殘，或癡愚，將家屋切割出一角奇形怪狀的空曠，具體說來，「像一個棚子」；且格外不帶批判地，容讓索尼雅寄居其中；且在可見未來裡，亦將繼續這般身無長物地寄居。於是，跟索尼雅道別，就像是跟世間最底密室裡的最後親人道別，而在別過之後，拉斯柯爾尼科夫即像能褪盡人的話語和情感，交予這位最忠誠的值勤者寄存；從而，也就能獨自跨過門檻，行進那不乏魍魎魑魅的流放地。兩人間最初對話，是拉斯柯爾尼科夫跟索尼雅確認時間。索尼雅回答，她聽見房東的鐘剛剛打過，是晚間十一點了——隔牆，時間亦只像是有人，悄悄容讓她去租借的聽聞；而這一準確借閱，彷彿將是夜恆久定錨，令其不再流逝。不妨想像：杜氏所欲在小說尾聲描繪的，「人間最末黑夜」裡的雙向認肯，已預先由此漫漶開來，只因說來怪異也自然：經過半部小說，到此「對時」一刻，兩位小說主角，這才終於獨處。

認真想來，之前，在眾人環伺時，他們其實也只匆匆見過彼此兩面。似乎，我們僅能想像某種巨視，方能明白在那零餘幾次照面裡，拉斯柯爾尼科夫對索尼雅的識讀。例如以星體對星體的尺度。或者，像是從太陽的視域，去探看某人如夸父，想像後者，那般漫長直至力竭的奔波，在前者看來，可能，形同從來就不曾真正移動過步伐；但其實，是無數次路徑轉換，皆已在取消時序意義的情況下，被迫視成一幅細節繁疊的全景圖了——對前者而言，後者同步且全然地，據在於任何後者曾據在過的地點。

一如是夜，拉斯柯爾尼科夫靜坐在一張破椅上，看室內燭光搖曳，泛黑壁紙蜷曲，猜想她，在之前與此後的每個工作日，或者，形同在不斷重複的同一天裡，如何在這陌異屋內，一再變過自己臉容衣裝，去站到大街上盡職謀生。一如初次見面時，在她父親臨終前刻，她從大街上被喚回家，出現在那間絕望而悲涼的死屋裡。當時一室，亦是這般燭照光影。他看她那條鐘式裙襬，很突兀地堵住房門，猜想可能如何，她煞費一番苦心，才買到這樣一身雖然一眼可辨、必定是極其廉價的花緞衣服。最使他悲傷的，是她手上的一把法式小陽傘，只因「雖然夜裡用不著帶，但她還是帶了」。

在她瘦小身軀之外的，一切生疏多餘，或荒謬費心，即連是插在那頂圓草帽上的一根鮮豔羽飾，對拉斯柯爾尼科夫而言，皆像拖曳且蟻行著她所經過的，那一整片老早就無動於衷了，而她卻曾以自己寥寥人生經驗去盡力揣摩，且要求自己一再去取悅的街區。於是看著她，竟也像是獨見一切自異於她的，如何仍在持續環繞她——一種我們熟悉的杜氏跳躍：瞬間，拉斯柯爾尼科夫彷彿理解，索尼雅某種恆定卻纖細的不可見，如何受圍在一切顯而易見的表象中。索尼雅在場形同不在：對拉斯柯爾尼科夫而言，她具體，是人世的空缺。

於是，在他的視域裡，兩人這首次獨處，因其從先前相似死屋中所抽繹的、與所差異擺置的細節重複（如燭光，如桌椅櫥櫃，如低抑的窗，凡此種種），具象地，為他常習了兩人在正常人世裡的最後獨處。這且也是空間的恆定：對拉斯柯爾尼科夫而言，索尼雅能租得的任何房間，都像是同一個房間；都形同世上，最後猶然寬許人倖存的庇護所。

然而，在這類如守靈的氛圍裡，杜氏進一步讓我們理解：除卻上述個人心證外，事實上，他是絕對無法理解她的。在終於意識到、且提防起索尼雅那對他而言，極具「傳染性」的宗教情懷後，「也許，」他挑釁地說，「上帝根本就不存在」。他想為她抹消，或為自己複現的，正是她所純粹信靠的價值體系：在他看來，其上，是永遠沉默、永不回應的虛無，某種極致的空缺；其下，則是自問自答的眾生，種種自行其是的翻譯者。其中，有代行天譴之人，有無由自咎的受難者；當然，也總不乏因自苦與自咎，而自覺聖潔過人的偽「約伯」們。

他想質疑她，或反問自己的，是自己對人世間，種種心之變異的深刻恐懼與憐憫。因這般矛盾情感，他膜拜她那「偉大的受苦精神」；但隨即，他又痛切地逼問無由地受苦，或那般平靜地接受苦難，究竟有何意義。

索尼雅自然無可應答，只因關於索尼雅，奇特的是：她將自己信仰，視作一個「祕密」，向來羞於向人表述。這種情感的起始無從追溯，似乎，早在她被殘酷人世給徵用，甚至，早在她能理解話語之前，就已蘊藏在她心底。

更奇特的是，在她如向來那般，失語於自己對一切的誠摯時，那位漫長埋伏了半部小說、僅供默念的亡靈，才終於自這守靈氛圍裡起身，代她去應答——因為櫃上一本破舊的《新約全書》，索尼雅提及贈書的亡友之名；上星期，她且去參加了亡友追薦會。亡友，正是麗紮韋塔。慘遭拉斯柯爾尼科夫殺害之人。此刻，這處疊架小說中一切死屋的房間四壁，只祕密對那謀殺現場的惟一逃生者，拉斯柯爾尼科夫兌實。

關於那個謀殺現場，他記得開初，亦是隔牆，他如聆聽喪鐘敲響般，仔細諦聽一陣細瑣腳步聲，接著是一陣輕微的呼喊聲；接著，「又是一片死一般的寂靜」了。他等候任何可能的變化。直到感覺這回，這片寂靜彷彿將是永恆伊時，他攜起斧頭，直奔而出。在那個阿廖娜死臥的房間裡，他看見死者的妹妹麗紮韋塔，不知何故，竟提前返家了的麗紮韋塔，因驚嚇過度，僅能木然望著死者，再動彈不得，也再發不出喊。他舉斧，逼近這片永恆的創造者。

一位狩獵管理員，曾如此描述遭獅群圍攻的狒狒，在臨死前刻最後反應：在自知大難難逃之時，牠伸手遮住雙眼；這是牠最後的抵禦，彷彿牠寄望著，倘若自己不觀看，眼前的暴亂，也就將被衝散成更暴亂的量子態——可能，獅群將不是獅群；死亡，也就不會是死亡。然而，眼前，無辜的麗紮韋塔，已然退化到連狒狒都不如了，直到斧頭落下一刻，她「連手也沒有舉起來遮臉」。

麗紮韋塔的全然絕望，與全無反抗，像是一種更直接的反問或對視，關於也許無人，有辦法為拉斯柯爾尼科夫解答的基本事實：人能否藉由無辜受苦，去救贖他者——甚至，去救贖那名苦難製造者。當然，此刻，索尼雅並不明瞭拉斯柯爾尼科夫心中曾湧現、與一併攜行的風暴，但似乎，正是這樣一種在兩人之間，重新確立的特異距離，使得當他離去時，她就「像望著一個瘋子一樣望著他」。或者，那像是觀望一艘遠去愚人船上的乘客，揣想著從他的認知，時空規則的從此逆反：對他而言，時間永遠固著在苦難一刻；而空間，卻持續隨他的漂流，在舷窗外奔逃。

在索尼雅的定視裡，拉斯柯爾尼科夫原地流放。不妨想像：屋外，那條始終不被描述的河，將暗湧過小說後半部，直至尾聲，兩人更其漫長的重逢，或真正的相遇之景。這是杜氏的劇場造景術：其實，只要我們將擁擠的彼得堡，變易成一望無際的西伯利亞大草原；只要倒轉夜以為日，照亮這個場景，我們，就會看見在那另一處「河岸」上，另一處「棚子」裡的，那另一位拉斯柯爾尼科夫，置身於《罪與罰》所述的最後一個白日裡。彷彿，拉斯柯爾尼科夫從來就不曾邁開過腳步，而其實是索尼雅，如此負罪地跋涉過無數被他遺棄的地景與時程，逕直，走向那猶然寬許他的同一庇護所。

話語繁複的《罪與罰》如此，是《罪與罰》自身話語的簡潔反喻：在這個相對的觀看尺度裡，雙向認肯，在可以輕易逆反的表象細節底重新締結，或其實從未解散過締結。一如拉斯柯爾尼科夫曾經對她的複視，在索尼雅視域裡，終究，舊日世界重新歸結了拉斯柯爾尼科夫，成為世上最後親人。

那必然使她感到生疏，或「驚慌不安」，一如其實，善良如她，從來就不曾深悉他，但這卻從來無礙她的惜愛。而杜氏，為我們重新埋藏這個「真正的祕密」，歸結整部小說，成為無可寫就之理想小說的序言。

4.

生命裡最後一個白日，斯維德里加依洛夫為索尼雅埋葬了繼母，安頓妥三名弟妹於孤兒院，而後，就坐在小飯館裡，等待與杜尼雅重逢時刻到來。是日，距他重返彼得堡，尚不足一星期，「可是他周圍的一切已經具有古代族長的遺風了」：在這間下等飯館小包廂，歌女恭敬為他獻唱一曲句句押韻的下流歌；在幾條街外，他那新買的未婚妻，嚴肅靜候再一個月，當十六歲生日到來，就能嫁給他。他是真正有能的拉斯柯爾尼科夫，以超脫之姿，將受苦之人當作「有趣的觀察物件」；且彈指間，即解決一切良善者，無從自脫的困頓。

比起拉斯柯爾尼科夫，他的履歷是更龐然的陰翳史，像《罪與罰》無法裝載的另一部「罪與罰」。七年前，因相似貧困境況，在同一座城，他被貴婦瑪爾法捕獲，與她成親，隨她定居鄉下莊園。無從解釋的，不是在那形同幽禁的鄉居生活裡，鎮日坐對的兩人，所達成的感情協議：瑪爾法容許他勾搭女僕，只要他立誓，無論如何絕不遺棄她；且關於勾搭細節，他必須據實告知她。

這是夫妻間的戲劇：那一切因捲入他者，所真確激起的妒恨、哭喊、懺悔與一再寬宥，是他們婚姻的重要燃料，使他們能淋漓盡致地，逐日，落實白頭偕老的計畫。不可解的，其實是玩世者斯維德里加依洛夫，對這計畫的另類忠貞：在瑪爾法猝死，棄他一人於世後，不時，她的亡魂還會出現眼前，和他說話。彷彿，她正帶領昔往，與往昔所有遭他倆傷耗的生命，一路陪伴他，重返確如隔世的彼得堡。某種意義，瑪爾法常駐他腦裡，像無法廢黜的已然報廢。

這種報廢，像初次見面時，他跟拉斯柯爾尼科夫形容過的「永恆」。他不以為那是什麼抽象的廣漠，而「是一間小屋子，像鄉下的一間被燻黑了的浴室，各個角落都布滿了蜘蛛網」。空虛如此具象，任何人為激情，都無法補實。除非有人，在過往七年裡，如他那般日日貼眼親見，否則，必不明白他的白描。無人理解：斯維德里加依洛夫，是世間最不擅長遺忘之人。

彼時，杜尼雅隻身抵達莊園，帶來宜人的分神，與意外效應。初始，她是瑪爾法專寵的玩伴，像她擬造的自體客體（self-object）：在那閉鎖莊園，她與杜尼雅最深切的交流，是杜尼雅接近無意識地，以其相對於瑪爾法的一切異質，例如年輕、美麗，且危險地結合熱情與無知，來取悅瑪爾法。像對著真正知己，瑪爾法向她，鉅細靡遺涙訴丈夫的背叛與敗德。這推動杜尼雅，走向斯維德里加依洛夫，提供絕對正直的規勸。

像瑪爾法伸手邀舞，卻由他，去接過受邀的杜尼雅。他辨識出杜尼雅的彌賽亞情結，知道對她最有效的奉承，是粗暴待她，使她痛苦，同時，卻又暗示自己也因此而受苦。只要永遠「裝作是一個冀求者，一個渴望光明的人」，卻不知如何企近光明，只要如此，杜尼雅就會一再回來援救他。他的表演，一方面太擬真，連自己都騙過了，以致彷彿生出了對杜尼雅的衷誠；另一方面，對牢牢關注他的瑪爾法而言，他的偽裝卻又太刻意，引起了瑪爾法的警覺。她決意驅逐這名僭越的玩伴。

此即家書裡，母親輕描淡寫對拉斯柯爾尼科夫提過的，杜尼雅的遭遇。使人意外的，不是瑪爾法動員的全鄉劇場化：她初始「挨家挨戶去責罵杜尼雅，百般詆毀她」；繼而，又「懊悔異常」，對鄉親二度家訪，「到處訴說杜尼雅的無辜，以及她的情感和行為的高尚」，且遣人抄錄杜尼雅寫給斯維德里加依洛夫的信，示眾周知。意外的，亦不是當瑪爾法如此高燒自燃，一方面，她歸咎且公告自己丈夫，為惟一惡人，重行庇護，或更牢繫他在身邊；另一方面，她贏回對杜尼雅的專寵，亦使杜尼雅更感激地接受她指定的婚配，彷彿，那真是來自至誠友伴的奧援。

真正不可預期的，是當杜尼雅自這婚姻戲劇傷耗下臺，帶著自己的婚姻戲劇，來到彼得堡後，她似乎真的，在大師瑪爾法心中，留下了一點近於隱私的、奇異而本真的什麼。就斯維德里加依洛夫觀察，是瑪爾法，「的確愛上了」杜尼雅。此所以，當這位一生中，無數次重複心碎與自癒的大師，終於在某個午後，在冷泉浴場進行浴療時，當場暴斃後，斯維德里加依洛夫發現她在遺囑裡寫明，要厚贈杜尼雅一大筆錢。

重獲自由的斯維德里加依洛夫，因此追蹤杜尼雅去向，重返彼得堡。他攜帶亡妻遺願，而亡妻魂靈，亦像隨行在側。他們始終互為信差。他想親見杜尼雅一面，也許，一如瑪爾法的想望。若說這一切重尋，是因他亦真切地愛著杜尼雅，那等於複雜化了他只想不去直視的報廢。然而，若說這裡頭，並無所謂愛，那等於太粗率去廢黜，他在往歷年間，作為大師近切觀察員，與協同創作者，所逐日深邃實習的心之暗湧。實情是：在大師身後，世界驟然單純到令人心境憊懶，連遊戲，連凡人必不可免的自我戲劇化，對他而言，都真切無痛了。

在飯館二樓包廂，他轉頭，看見不是杜尼雅，而是拉斯柯爾尼科夫，就站在街上，遲疑地望著他，像在思考，要不要走上來見他。他深悉拉斯柯爾尼科夫，在不到一週的田野調查裡，他已理解許多，拉斯柯爾尼科夫恐怕終生不能自明之事。他知道自己令拉斯柯爾尼科夫畏懼，因與他獨處，就像要拉斯柯爾尼科夫孤自去緩慢參詳，那另一個自己畢竟無能成就的自我。他知道此刻，拉斯柯爾尼科夫想主動迎上前來，因是日，他想讓自己與世界和解，亦想保護杜尼雅。或者，兩者其實是同一回事：在年輕的拉斯柯爾尼科夫心中，事事自然都與己有關。

拉斯柯爾尼科夫絕不自知的奢侈：為要將全程游離搖擺的他，限定在可測視域，使他易為世人所理解，杜氏在他左右，布下一組參照。一個，是趨光向上的拉祖米興；另一個，就是沉淪進黑暗底的斯維德里加依洛夫了。向光者的恆定狀態，比具體生命細節重要，這是為何，杜氏讓拉祖米興形同塑像：關於他的往歷，我們一無所知，只能確定，對人，他永遠熱忱相迎，且也人見人愛，「失敗從不使他驚慌失措，任何困難都不能使他灰心喪氣」。在與拉斯柯爾尼科夫同因繳不起學費，而中輟大學學業後，他猶樂朗奮鬥，堅定自學，專誠準備著，未來要投身出版志業。

他擁有一眼洞穿事理的智慧：早在謀殺案真相仍然撲朔之時，他即兩度歸謬警方推理，猜中凶手另有其人。於是，他的決意自我欺瞞到底，就格外令人感懷了：在線索已然確證，連杜尼雅都不再懷疑，凶手正是自己哥哥後，無助的拉祖米興竟回奔警局，求索拉斯柯爾尼科夫無辜的一絲可能性。

這般摯友，當然最適合託孤寄命。這亦是在《罪與罰》中，拉祖米興最明確的存在意義：像單音重複，他每回現身，都在濃縮提示整部小說的救贖意旨；且在拉斯柯爾尼科夫認罪服刑後，彌補缺憾一如預期，成為杜尼雅與母親的終身照護者。依循拉祖米興那從未改變的、「善良到了憨厚程度」的調性，杜氏將他對杜尼雅的一見鍾情，寫出了憨態可掬的喜感。實情是：在彷彿宇宙大爆炸般，突然對杜尼雅「發生了強烈的愛情」之後，半醉的拉祖米興晃晃眼，這才發覺杜尼雅「面貌酷肖她的哥哥」；而一旁的母親，「簡直是一幅杜尼雅的肖像」。總之，在那鏡像斗室裡，他像見識舊識自體分裂為三，在彼此親愛，與相互傷惱。這一日，他多麼鍾愛他奇妙的朋友（們），一如可能的每一日。

無往歷者拉祖米興，如是捲入一個家庭戲劇裡，喜成員向來所喜，悲共同之悲。他給他們帶來慰藉，因他如最光亮介質，在折射他們情感的同時，一併濾除了這般情感，不可免的陰影。對他們而言，他確是一種賜福，因他總更恰如其分地證實，他們對彼此的愛，從來僅只是愛。他是他們共享的，那個更其理想的自己。也於是，他必將贏得杜尼雅的愛。

那是斯維德里加依洛夫無法置身的戲劇。不僅因為在他看來，這齣戲裡只有一名角色，不僅因整個戲劇動作太直線條，還因這些自體分裂之人，將戲劇亂出了儀式格調。像每天重複的降神：他們不只本真地，就是「一個冀求者，一個渴望光明的人」，他們還全心渲染彼此去相信，自己正在企近光明。

他們惟一的心機或世故，是關鍵時刻，他們的絕對天真。如杜尼雅，對長期支配她之瑪爾法的綿長悲憫，如此，她就能默默收下瑪爾法遺產，像那仍是摯友的光潔厚意，遺愛予她，未來向光生活的必要資助。如此，她也才能承襲摯友規訓，將信差斯維德里加依洛夫，視作避之惟恐不及的惡人。在她單純心中，這是絕不容含混的兩件事。

於是，複雜的斯維德里加依洛夫，對應於這個成員單純限定的家庭戲劇，只剩下一個外邊位置：成為被歸咎者，撐持他們自悅的良心。就此而言，斯維德里加依洛夫被判終生幽居，而世間，人人都是瑪爾法的半個門徒。這項事實，早在他擺脫拉斯柯爾尼科夫，早在他終能與杜尼雅獨處之前，他就皆都知曉了。其實，世事對他而言，早就一無可知：因為有他，作為參照存在，善良之人，始能選擇可喜的良善。

也於是，生命裡最後一夜，斯維德里加依洛夫再無別事，只像蜷回黑暗，夢見，或幻視過往亡靈往來穿梭，如此家常。惟一遺憾是：瑪爾法並未現身道別，像大師仍有，他終究無法猜透的意旨。是日，未來的缺席者他，完成了關於將來的預畫：他正視杜尼雅與拉祖米興的幸福，絕無戲謔；他贈與索尼雅路費，遣她行向西伯利亞。最後，在就他所知的最後一道天光底，他同時代行自己曾給拉斯柯爾尼科夫的兩個建議：自殺；以及逃亡向美國。

是日大霧，斯維德里加依洛夫留給故土的最後一則新聞，輾轉抵達警局，拉斯柯爾尼科夫面前，成為他認罪前，最後的聽聞。這信息如此切近，像自拉斯柯爾尼科夫眼下錯開的終局，卻也已然渺遠地，像是來自異邦的祝福。

沒有的事

翁勃薩不再。我凝望騰空的天色，自問：翁勃薩可曾真正存在過？枝葉交疊形成網孔，細密無盡，經過網孔篩過之後的天空只餘下飄忽光點，或許就是要在這樣的環境裡，我哥才可以過著鳥雀一般的生活吧。這般風景，就編織在一片空無之上。不禁聯想起我的書寫過程。我任憑筆墨在紙頁之間流轉，密集勾畫出刪節的記號、校正的字樣、塗鴉、墨漬，有時留白，有時妙語如珠，有時徒留星火般的微瑣點子，之後脫軌離題，在枝葉和雲彩上頭耗費太多字句，接著所寫過的文辭又交錯起來，向前騰躍，跑啊，跑啊，跑啊，霹靂啪啦奔放出最後一串沒有意義的詞彙、意念與空夢，最後故事於焉結束。

——伊塔羅．卡爾維諾，《樹上的男爵》

但我只再說一個故事，一個最神祕的故事。我知道生命的無常，語言之無力，所以我以謙卑自抑之情來述說。

它再回到我們之間，進到一杯牛奶，在一長鏈分子之中。它被喝到肚子裡。既然所有生命體，對外來生命結構都存有蠻橫的不信任，鏈索將細細拆解，碎片一一檢查，接受或丟棄。我們關心的這原子，通過腸壁進到血液，奔跑，敲到一個神經細胞大門，進門，提供了所需的碳。這細胞是在大腦，我的大腦，正在寫這本書的腦子。這原子所屬的細胞，所屬的腦子，正進行著巨大、不為人知的活動。此刻，這活動錯綜複雜的發出指令「是」或「不」，讓我的手在紙上規則移動，勾畫出渦形符號，一筆一劃，上上下下，引導我這隻手在紙上圈出這最後的句號。

——普利摩．李維，《週期表》

1.

少年十六歲，母親不明白他的理想，擔憂他加入的社團：為了保衛祖國義大利，他們齊穿黑衫，攜自製「聖棍」，滿城挑釁亞非移工。母親命他，去見一位老人（母親的朋友），說他將開導少年。老人叫李維，猶太佬的姓，少年知道他，課本裡就有他的文章，講集中營經驗，沒什麼火氣，最不原諒的人是自己。少年讀了不喜歡。少年沒那麼笨，也花了番工夫做準備，見老人時，帶去一大疊資料，證明集中營內，從來沒有毒氣室。少年義憤填膺，責問老人：為何要一再誇大沒有的事情？少年罵得老人再無話可說，只瞇起霧眼，不知望著少年身後的什麼。

面對面，他們坐在老人書房裡。母親曾感佩說，朋友所有作品，都是在此完成的。少年游目四望，覺得這真就只是舊樓寓裡，一間即將不堪使用的陋室：書報文件凌亂堆積；牆面掛滿包漆銅線折成的猴子、蝴蝶或甲蟲；書桌上，竟有一臺新電腦，那最令少年感興趣。還能閒置的空間，就壓縮一股老人味。完全可以想像，多長歲月老人窩在裡頭，兀自夢遊。老人還是不回話，呆滯中，只剩每隔一會，書架後傳來的悶篤擊牆聲。少年現在有禮貌，靜靜聽候著。終於，像是給擊醒了，老人苦笑，抱歉說：那是老人母親在叫喚，她腿腳不好，需要照料。少年頗驚訝：老人母親，該是人瑞了吧？少年看他遲緩起身，想想自己母親，都油然有些同情老人了。少年有風度，默領此戰勝績，收攏茶几上資料，與老人握手告辭，先一步出書房。

服侍完老母再睡下，李維站陽臺，眺望細雪紛降大街上。他想起自己最睿智的朋友，卡爾維諾，已經猝逝年餘了。所以這些事，朋友無從知悉了：今日，一位美麗新少年，踏雪前來滅殺他。就在他勉力自持的溫室裡。今日，雪格外晶亮，像今春車諾比輻射雲，這才遲遲南來、摔裂成他所能見的，世上最後的冬天。有時，你夢想必定有什麼，是人可教會人，去深刻銘記的。但其實，人只給予彼此「可以毀滅的事物；可以燒光，可以侵犯，可以砍斷，可以摔爛，可以腐敗的事物」。有趣的是，這竟像是千言萬語裡，他寫過惟一正確的字句。

再過數月，冬雪將融，破碎的一切會再隨之緩流。這是他和智友的間隔。具體，就是一道冥河。

2.

也給予他一艘船，必定，比小說家前輩（兼油漆廠經理）斯維沃更完善，他會將船漆鬆得恆久如新。記憶，像攀附船體的盤管蟲，稚幼時隱形，水中漂蕩，執拗追索有機印記、溫度，或只是聲音的暗示。船那無論行止、總是恆定的軀殼，是太好的落腳處。為了落腳，牠們這才生出肉足；依附此足，牠們這才縱令自己生長，轉瞬變態為成獸。船殼包漆，是沉默的曉諭，明告記憶的幼蟲：汝不得現形、不可滋生。包漆，就是具體披覆的遺忘。

或許，在每道忘川之畔、每間修繕渡具的船塢裡，都還用得上，像他這樣的一個化學專家。

3.

專業之一是編輯，多年來，卡爾維諾總是李維書稿首名讀者，和最入微的審查人。他私認李維，是「同胞弟兄，靈魂伴侶」。某天，他發現李維仿擬《樹上的男爵》，寫就新作尾聲。一九五七年出版，卡爾維諾《樹上的男爵》，結束在敘事者「我」，對自己書寫動作的同步描述中——當「我」的筆尖，釋下全書最後字母「i」上那點時，這整部追記「我」哥哥柯西謨傳奇一生（十二歲時他負氣上樹，立誓從此不觸地面、憑空生活；直到年老將死，他且隨熱氣球高升，實現完美消失）

的小說，也就被虛構蹤跡給爆破，兌出自足的夢幻與泡影。

十八年後，李維追查一顆碳原子，在孤星上的環飛，看百年以來，它逼真的死滅與復活：曾在地脈，在礦工鋤尖的擊打，在窯焰，在煙塵，在翔鷹的血與肺；曾三次溶入冰冷海水並三度游離，也曾長長久久，被一束陽光給釘在一片葉子裡。直到此刻，從杯中牛奶，通過腸壁，它繼續奔跑，攝入神經細胞，在「我」腦中。它化出意念，驅策手腕，運轉筆尖，終結「我」對重重往歷的偵測與創造。

讀完新稿，卡爾維諾非常快樂，因彷彿亦是至此，他才能確信兩人友誼，得到這位害羞作者的認肯。以所能想像，最公開的隱密形式。因這位害羞朋友，同時也是頗武斷的讀者：他受不了卡夫卡以降，幾乎所有現代文學作品（使人掛懷的評語：他說保羅．策蘭的詩形同「欺騙」，就是「獨自赴死之人的語言」）；但原來，他曾細心揣摩卡爾維諾，將對方手澤，延展為自己思路。

更重要的，是這般思路，所回溯的地景：書稿乍看雜錯，卻空前繽紛地，包羅李維半生場景，從油漆工廠，集中營實驗室，游擊隊刑獄，大學課室，到更早之前；以簡潔化學規律，所綻放的豐富文學性，再現個人絕少記憶的父祖從來——那半靈半肉、受召自聖靈暨塵土的人頭馬；那因戀愛受挫，從此立誓不下床的赤忱愛戀者。那些由「我」，親手鎦除人世不免的重力、能量、運動與時間變數，才能還原的，天真的柯西謨們。《週期表》：整部書稿無可名狀，這卻是最妥貼的書名。

卡爾維諾非常快樂。因他感覺，這是朋友自己，可衷心接納的第一部書：從前寫作當然都衷誠，卻總回授作者更大不安，像被迫的代言，因此格外警醒著、深懼著自己可能的詐偽。彷彿，從集中營生還後整整三十年，朋友這才容許自己，在那死境裡，自由地漫行。

4.

人頭馬系譜：約瑟夫生米歇爾，米歇爾生切薩雷，切薩雷生下了普利摩。「普利摩」的意思是「第一個」，彷彿注定是由他，重新丈量父祖時空。他和約瑟夫相距整整百歲，遠隔他曾想像過的，一顆孤獨碳原子，遠繞的全副跡軌。

人頭馬。李維喜歡這樣想像自己：一半在工廠，是化學技術專家；另一半在寫作世界裡，是業餘的作者。三十年前，他二十六歲，離開集中營、穿過烏克蘭大草原（彼時，車諾比還未開掘地基），返回都靈，看來瘦弱、蒼老，遺傳鬈髮莫名全直了，像跟誰換過了一樣。睡覺時，他把麵包藏在枕頭下；散步途中，被目擊突然跳上樹，攻擊滿樹纍纍的柿子。如果沒有重複勞形的工作，他就是失神的廢物。如果沒有寄身書案的另半，他就永遠仍是車廂裡的流犯，會跟任何陌生人，傾吐連自己都難解的親歷。像童年見過的瘋子。

如果沒有書房裡另半，有一天，這瘋子會被尋常所見，給震懾到徹底喑啞。通勤火車向前奔跑，這開往市郊的路線，逐漸抹除一條條小溪；再無洗衣婦，敢露天曝曬連綿的亞麻色床單。通勤火車抵達塵霾深罩的埡地，裡頭鐵房子，還在孵育戰爭的胚芽：韓戰或越戰，人人趕訂單，用拜耳公司（前納粹集團）供給的原料，製造遠東燃彈之芯。這彷彿無風的埡地，也製作自己的氣象：那日，工廠苯酚槽外洩，造出彌天腐蝕雨，雨中車輛全數落漆，淅瀝一個流彩人世。

那雨侵蝕他體膚，多日後，他還聞見自己無色的惡臭。他自囚書案，迫切留挽記憶，就在自己出生的樓寓裡。四周寂靜，見證彼時喧嚷。從前從前，年歲相當的約瑟夫轉過街角，走出蒙多維猶太人隔離區：義大利全境甫統一，新民族國家始政，猶太人受賜平等，享居住與遷徙之自由。他走得暢快，立誓從此同化於新國族，令未來，世世代代不習意第緒語、不解猶太經典。他還有一絲不安，遂在小鎮新住所，栽滿鬱金香。猶太人總栽鬱金香，因球根易移植，好像隨時就要拔地而起，再隨他，到下個離散地。

轉過街角，年歲相當的切薩雷，一位體格魁梧、衣著光鮮的唐璜，順從母命，成了工程師。他滿街招搖，深受歡迎，商家最愛看他用對數計算尺，瞬間量妥買價。切薩雷走入空前絕後的都靈盛世。在此城，新立電燈柱照亮卵石路面，史上首批飛雅特汽車，競馳古老馬車道；道旁窗內，市民卻在人造黑暗裡秉燭，研究降靈與玄術。時裝業者，剛剛裁出風靡全球、歷久彌新的裙身曲線。顱相學門徒們，則恪遵學科奠基者遺囑，將他顱骨尊奉福馬林罐內，希冀身教彌新歷久地傳世。彼時大戰未起，大疫與革命也都還遠。切薩雷和都靈人青春無敵，以為將昇平永遠。

惟一哭喪聲，發自哲人尼采——「瞧！這個人！」——他在都靈大街上，抱一匹瘦馬哭，過早哀悼十九世紀，或全部人類時間，及於他一身的滅絕。

轉過又一都靈街角，年歲相當的米歇爾，從另幢樓寓縱身跳下，觸地而亡。工程師米歇爾熱愛工程學，卻無法違逆父願，遂留鬱金香小鎮，繼承家營銀行。他毫無人事斡旋的才具，不知僅憑對猶太人的累世積恨，有心人，隨時都能策動謠言，鼓動鄉親蜂擁銀行擠兌。他被奪去銀行、逐出小鎮，攜一妻三幼子，連夜逃往都靈。使他心碎的，是他發現其妻，與小鎮醫師正熱戀。他死後，遺孀另嫁醫師，又從擠兌案判決中，領得鉅額賠款。

醫師娘攜醫師，置產都靈市中心。醫師娘要長子切薩雷，專心鑽研工程學。醫師娘埋米歇爾，於市郊猶太墓地。走出蒙多維猶太人隔離區伊時，約瑟夫不知道：

都靈猶太墓地內，還有隔離區，專葬自死之人。是這樣，普利摩由都靈，去向奧斯維辛。

普利摩將知道：都靈以外，義大利各城鎮，皆不乏相似猶太墓地，法西斯官員專程到墓地，抄錄墓碑名姓、照冊，比對死生親緣。是這樣，更多猶太人由各自祖靈隔離區，去向集中營。

5.

那雨侵蝕他體膚。那雨輕敲營地庫房頂，從煙囪散去之人，留下全身貴重以避雨。你會很驚訝——奧斯維辛的雨，聞來只有大麥和煤炭的氣息。很久以前，在那無花之境，他不時想起自己祖母。人人諱為魔魅的醫師娘阿黛爾。阿黛爾一生心願是當修女，二度守寡後，獨居荒廢診所內。兒時週末，父親帶他轉過街角，前去探視。阿黛爾住所四處晶亮，像寶庫，但她過世後，人們發現那只是光的幻術：凡貴重的，她都偷偷換過了。她遺贈長子一枚戒指以存念，戒指換嵌了玻璃。

只有每次探訪時，阿黛爾請他吃的巧克力，確真來自同一盒。那遭蟲咬過的巧克力，總令兒時的他困窘。他沒有預期，自己原來這麼想念她。多年以後，他將這顆蟲蛀巧克力，安放在《週期表》首篇的最末，像系譜裡的鑽石——也就是碳的無色晶體。

6.

人頭馬：在寫作世界裡，一半是創作者，他隨作品形變，以消滅「我」之實存為目標；另一半則是見證者，他不變地，強調奔流時空裡，「我」的實存。詹姆斯．伍德讀李維，讀到這持續的兩難。在〈見證的藝術〉裡，他引用丹．帕吉斯（詩人暨集中營倖存者）對《塔木德經》中，「約伯從未存在過，只是一個寓言」，這樣一條注釋的思辨，說明：「受難不是最可怕的事；更可怕的，是一個人受難的事實被抹消了。」伍德理解那迫切的可怕，因此解讀李維時，總難免矛盾。一如所有自知，無法輕率將見證者文字，依美學標準來明斷價值的評論者。某種意義，見證書寫拒絕美學審酌的介入。

李維自己卻認為，必須通過美學門檻，見證才能如實。必須首先成為「一個寓言」，約伯受難的事實，才不會「只是一個寓言」。李維因此，無法拒絕讓那一半的自己，成為一則事關集中營的寓言；卻也強迫那另一半的自己，用嚴格美學標準，審視自己的見證文字。一半的李維，那簡練卻雄辯的代言人，總是嫉妒著還保有隱私的那另半李維。那位害羞的作者。這是難中之難。

四十年來，最後一次，以同樣認真的憤怒，李維藉《滅頂與生還》陳明：令他痛苦的，與其說是昔日奧斯維辛，不如說是其後，善忘的現世。面向那般平靜的「抹消」，他重複琢磨的憤怒，彷彿正是事關記憶，最堅決的一種形式。這種堅決，既像是杜氏尋索的「寬恕一切、擁抱一切的彼此之愛」的悖反，也像是對同類之人，另一種強烈之愛的求索——李維盼望「我」所記得的，他者的死難，同類之人也能深切記憶。

他經歷集中營，卻認為惟有死難者，方有資格陳述奧斯維辛——不幸的是，死者不會開口，而世間，只剩像他這樣的倖存者了。他深刻實踐代言，也自明代言並不合乎道義，僅是別無辦法的倫理承擔。倫理自擇是：他必須接受，因為代言死難經驗，他全副生命狀態，也遭到一定程度的簡化。從此，他更內在、私心更想望的創造，他的千言萬語，將無一，不指向奧斯維辛現場。

從此，他的生命，只能是公開的謬置。他也許，不免因此而悲傷，於是，當人們問他，身後，最想要的墓誌銘為何?他回答，希望是簡單的兩個古希臘詞彙，「pollà plankte」。《荷馬史詩》中，形容流浪者尤里西斯之詞。意義接近「大錯特錯」，或「離鄉背井」。李維最想望的一生考語。然而最後，李維墓碑上，除了姓名外，只刻了一組號碼——他在奧斯維辛的囚犯編號，「174517」。

見證倫理是：接受李維提醒，記憶奧斯維辛之人，選擇遺忘關於個人生命，李維私心更愛的說明。

7.

聽見笑聲，李維抬頭，發現他最睿智的朋友，卡爾維諾，正漾著貓臉看他。面對面，他們同坐一列火車內，李維面向車行方向，彷彿能更逼近終點。朋友則背向終點，彷彿正越過李維，看穿還在無限擴大的星空。

原來是您，正「在逐漸累聚的陰影往下望」啊，親愛的朋友——卡爾維諾笑說——請原諒我這麼問，但是，就在今天，一九八七年，四月十一日的此刻，當您，像祖父米歇爾那般縱身一跳；在您出生的樓寓裡，當您跳下那樓梯井；當今日，在下望過程中，會不會有一刻，您意會到自己一生，毋寧就是一則極限延長的卡夫卡〈判決〉呢？您知道：那最初的K，早就橫死父祖門前了。後來的，卡夫卡所有的K，都是那最初之K，死前的一瞬夢見。

李維擺擺手，不耐地說，別再提起卡夫卡之名。我首先不會想起的就是他。以及他身後，那一整群隱晦的作者。

但是，您特地省下那整整一年，是想用在哪裡呢？我的意思是：嚴謹如您，不該追求完美對位嗎？只要再晚一年，您的死亡，就會距跳樓者米歇爾之死整整百歲；一如您的出生，和離營者約瑟夫出生的差距。

李維聽完，哈哈大笑。他說，這真是我接受過，最殘酷的提問了。您追求作品，但我想逃開的，卻是作品般的生命。讓我來告訴您，我最愛的一道化學規律。兒時，父親送我一部科學小百科，其中，我讀到「瓦爾登轉化」，從此一生深受吸引。科學家說：構成生命形式的碳，自身並不對稱，由此可證，生命總是頑抗著工整。

唉。這回，換卡爾維諾擺擺手了。他說：我知道，我只是不免為您惋惜。

8.

彷彿聽見抄錄墓碑之人，仍發出沙沙聲響，像春天裡，草地上的野蟲。關於星空與荒原，卡爾維諾說：就讓我為您，導覽我們祖國之人，重複的見證吧。很久以前，科學家伽利略到過荒原，丈量過至上虛空。很久以後，哲學家阿甘本又來，探看那同一片虛空，思索記憶與遺忘。他將猜想，假設宇宙無限大，星系發光體無限多，那麼，我們怎麼解釋夜空中，群星間的黑暗呢？他會想，這麼說來，我們的世界，只能是一則關於速度的故事——必定，是因無限大宇宙，仍在無限擴張，所以極遠星系，正超光速遠離我們。所以，它們發出的光，也就永遠無法抵達我們了。

這是說，黑暗並不是光的單純缺席。黑暗，是更多光的畢竟未及抵達。因此，應當有一種「黑暗光束」，應許專誠凝視它之人，得以主動看見它。應許同樣看見它之人，為真正意義的「同代人」：他們之中，有的已經死去，有的尚未出生。

我們祖國之人，總有自己的義式邏輯。只是，想像宇宙正無限擴張，所以目前，我們所見發光體，理應會比未來之人所見的，再更多一些。想像，在我們有生之年，有些星系正巧跨過臨界點，曳退它們的光，就在此瞬，永遠離開世人的眼睛。想像很多人，都曾獨自目擊過這般無人知曉的寂滅。想像遲到數千年之人，他們肉眼能見的寂寞星空。

我感覺，這好像是在說：理應要發生，但畢竟未及發生之事，在未來，只會愈來愈多。似乎，更需要超過生命容量的專誠想望，在那更愈闃黑的荒原上，未來人眼底，才會充滿真摯的星芒。

親愛的朋友，這想像令我憂傷，並惋惜您的離世。雖然舉世，星照之下，荒原之上，見或不可見的迴路裡，一切仍在全力褪脫、分裂或抽長。即便，是在您故去之後。

9.

唉。現在，輪到李維感慨了。親愛的朋友，他說，我一生最大夢想，是當自由創作的科幻小說家，卻沒有那樣的可能性。不過，關於荒原，與四月之死，就讓我為您，講述一則即將成真的故事吧。多年以後，人們將在馬達加斯加島上，發現另一種時間劫後的遺族。拉波德氏變色龍。對牠們而言，四月，是旱季起始，彼時，一整個世代的牠們，都將在旱地裡死絕，無一可能倖免。

牠們只有短瞬童年。那是在十一月，當雨季來臨，浸潤斯土，所有深埋土裡的幼龍，會像具實一個母胎之夢那樣，自卵中脫出、破土，闖入生平見歷的第一場雨中。雨行世界裡，牠們奔跑，涉過水窪、攀行植被，一邊尋找棲地，一邊長好適合那般躲藏與追索的肉身。牠們每個都迅速成年。因為在那最初夢裡，牠們餘生，早都準確定向：務必，要在雨行範圍內，擊敗每個競爭者，贏得交配對象。務必，要在世界再次乾涸成堊地前，悉心埋妥每顆新生之卵。

牠們執行顛錯的葬禮：在終於曝屍壟地前，將死的父母掘土，寄託新生兒於地底，給未來。牠們每個，都是特異孤兒：沒有任一個，曾見過自己雙親，或兩回雨季。然而，這般絕對的生命迴路，刻印牠們基因裡，由每個地球年裡，地上、地下互換的滅絕來傳遞。這使得一切短暫初旅，都像更其漫長的死後復活。所以，我們無法確知，牠們該說是健忘，還是特別不擅長遺忘。

長久以來，不時，當站在自家門口、樓梯井上，我感覺自己雙腳，還燒灼著壟土的餘燼。我反復想：一個從孤絕骨塚中逃生之人，能否自免於孤絕。這不是疑問句。我也許早就預知了終局。

10.

關於死亡，與四月的星空——聽完李維的話，卡爾維諾說——我親愛的、厭惡卡夫卡的朋友啊，您想必，也不喜歡米蘭．昆德拉的小說美學吧。他生於愚人節，是當月壽星。他的《生命中不能承受之輕》，是我一生裡，最後讀到的傑作。人們以為，這部小說主張，人應抵抗媚俗，但若細心讀其中，〈偉大的進軍〉篇章，您會發現，小說家更想說的是：媚俗，是人人難逃的宿命。「媚俗，是存在和遺忘之間的轉運站」，而墓誌銘，正是媚俗的終極形式。將生命收納成一行墓誌銘，是為要被人更好地遺忘。這也就是您，早在離營之初，就一向自知的終局嗎？更久以後，即連鐫刻石碑的「174517」，也只是那般龐然的死難，同赴遺忘的最後一步嗎？

李維沉默片刻。無論如何，我盡力了。「我」就在那。他又擺擺手說：我相信一步之距，已證明兩者，絕不容混同。此刻，難得竟能重逢，李維只想再和朋友，多談就他所知的科幻。他想起，那部小百科，還堆存書房某處。它陪伴李維，度過輕賤科學教育的法西斯年代。彼時無人看重科學。彼時科學界，卻年輕得嚇人，好像只要足夠的愛與投入，任何孩子，都可實現幻夢。在書房某處。李維回想著，抬頭，頗自娛地，想介紹給智友，一位踏雪探勘的少年，卻發現似乎，智友變得更愈透明，就要溶入他所穿望的星象裡。

親愛的朋友，卡爾維諾苦笑說，我只是您的想像，而遺忘無孔不滲，像野蟲不文的廝磨，早就沙沙開始了。遺忘，終將隱沒我們全體，隱沒各自創作的艱辛與幸福。遺忘拋遠我們眼中星群，令其同歸史前，死者空有的無垠裡。由此，一切死者皆是同代人。更多「翁勃薩」的有生，全都不再了。只是，在那「最後句號」前，讓我們連這都一併忘記。讓我幫助您，只銘印關於您的悼詞中，我私心衷愛的這句：「第一個」李維，生還過無數次，倖存了很長時間，此刻，選擇不再倖存。

夜鳥

我的世界觀跟我的同伴兼辯論對手讓．埃默里的世界觀截然不同。他在字裡行間透露出他感興趣的也與我不同。當年的他是對抗使歐洲腐化、進而威脅全世界（至今）之惡疾的政治鬥士，是奧斯維辛集中營難能可貴的精神哲學家，是被歷史不可抗力剝脫了祖國和身分的學者。當年的他目光看向遠方，很少停留在集中營那些烏合之眾身上，集中營裡的代表人物、「穆斯林」和因為筋疲力竭，心智瀕臨瓦解或已經宣告死亡的人，不是他關心的對象。

——普利摩．李維，《滅頂與生還》

我們雖然沒有更智慧、更深刻，但更明智地離開了奧斯維辛。「深刻從未揭示這個世界，明智把這個世界看得更深。」阿瑟．史尼茲勒這樣說過。為了獲取這種明智，沒有什麼地方比在集中營，比在奧斯維辛更容易做到。如果允許我再做引用的話，我會再引一位奧地利人卡爾．克勞斯的一句話，他在第三帝國初期說過：「當那個世界醒來時，詞語在消逝。」他自然是作為這些形而上學的「詞語」的捍衛者來說這些話的。我們這些以前的集中營囚犯把這句話借過來，卻是帶著對這些「詞語」的懷疑加以複述。在一種現實提出自己全權要求的地方，詞語死去，倏然無聲。於我們而言，它早就死去。我們也從未覺得，必須對它的訣別表示遺憾。

——讓．埃默里，《罪與罰的彼岸》

一本書攤放在書桌上，像展翼的鳥。《獨自邁向生命的盡頭》：埃默里執哲學意義的遺囑，也是一生裡，李維讀過的最後一本書。他們是奇特的朋友，曾經同時，身處奧斯維辛化工廠營區，其後，一個人憶寫的營中細節，往往準確就是另一人，銘印在腦裡的模樣。像彼時，兩人時常比肩，同看那片死蔭之地。然而，對當時的埃默里，李維卻毫無印象；而後來談起，埃默里則顯然將李維，錯認成營內他人了。某道惶惶人眾裡的幻影。戰後，他們開始通信，討論彼此見解，也因默契，從未有人提出真的會面的邀約。如此，當生跡皆成有時差的信息時，他們，像更長久同看死境，卻絕不轉頭觀照彼此。他們是這樣的朋友。

李維讀哲學遺囑，很快察覺，這是一本異常平寧、不乏幽默感的書。幾乎，只在全程溫柔而淺白地主張——自死，應當是人權。全書，像一道並無外景的長廊，只專注在造出一個又一個斗室，容留一名又一名虛構的、或真實世界裡的自死之人。全書也彷彿只意在確證：對所有這些居住在「一個四壁不斷朝內擠壓的房間內」的、擠迫但孤絕之人而言，死，並非生的反義。死亡，就是人花費一生去建造，卻在落成時崩塌的居所。死是與生交織的紋理，這般隱密，使我們雙眼常久只窺見一半，另半則形同夜盲。而為了探查存有的明暗全景，哲學家說，「我們必須以夜鳥之眼瞪視」。

夜鳥之眼。對李維而言，這最後的埃默里，仍是向來如故的埃默里：總是具備遠見，總是縱身，飛巡過歧義紛錯的人世地景。即便可能誤認眼下細瑣，他也一再信誓旦旦地，斷言彷彿一眼自明的事理。

這位自明如故的哲學家：年過五十，某個午後，他獨坐咖啡館，猜想也許——像他這樣的一個「廢柴」（raté），誤錯者，失敗之人，諧擬版的普魯斯特，最能具體感受時間的流逝。這個人：沒有子嗣，沒有死後聲名的幻念，也沒有任何關於過去與未來的有效聯繫，在孤自具實的每瞬此在，沒有友伴同坐消遣，滿心，只想著「最好把自己屍體（預）賣給解剖機構」的此人，「更徹底知道自己是一束時間」。比他從來僅需的狹小空間，更不占位置的那種時間。與熱力學定義相反的那種時間：並非不可逆，也非朝向一切存有皆熱寂，正好相反——成為「一束時間」的意思是，他即將靜悄地，全然成為自己的記憶。

記憶可逆，記憶冷囂，而這個老人，正在自我裂解，並一再復健。譬如說，在某個下午，從某個尚能容身的房間裡，準備出門時，他照了照鏡子。他感到強烈的自我厭憎：鏡裡臉容如斯頹喪，滿布黃斑，皺紋從額頭一道道摺下，將脖子，摺成某種項圈。然而，「他」究竟是誰？是那個被憎恨的鏡像，還是那個憎恨鏡像之人？比起前者，似乎後者要更逼真，也更虛構。

似乎總是後者，某個自我記憶裡的年輕人，某個不願衰老的老人，才能拒絕「溫和地走進那良夜」；才想飛身，撲撞重重逼近、擠迫而來的影幢。像有生之年裡，再也沒有比自死，更其貴重的自由了。

你撞開一扇門，好像只為最終進入光亮。由這個句子，《獨自邁向生命的盡頭》啟程去傾談，或毋寧是開始去獨語。這是獨「他」一人的造景術：在那道聚砌房間的長廊上，也有埃默里自己，私心自願的居所。一個無碑之塚。一切話語，皆由此發響與穿渡。無盡孤絕也皆同聲，在幽暗裡共鳴。

在書中，埃默里追憶一名故友，一位化名「艾爾莎」的女士。艾爾莎慣性嘗試所謂「顯聖自戕」：她好像寄望能藉由自死，來誘發神蹟。仰藥自殺前，她總是通知朋友，確保他們有機會破門而入，拯救她。這種輕率博弈，逐漸使朋友疲於奔命。他們認為無論如何，這就是為了勒索的表演。直到有日，她終於成功（或失誤）了——在阿姆斯特丹那座水與墓之城，她的故鄉，無人能及時趕到；是日，她頗靜寂地，死在一間旅館客房裡。為此，朋友們大多憤怒。疲憊早已蝕空了他們的悲傷。

埃默里的感受卻有所不同。只因記憶中有回，他們曾一起漫步散談，衷誠談過此事。那時，她確曾戲謔對他說——自死，已是她生命旅程的一部分了。自此，他就不信她的一再試誤裡，沒有求死的認真。這是說：就算是遊戲，那也是異常認真的遊戲。

想起「輪到你了」，那時，那位配戴黨衛軍黑色翻領的先生，這麼對他說。像要邀他出遊。三十歲那年，埃默里在發送傳單時，遭駐防比利時的蓋世太保逮捕，遣送布倫東克堡壘。他們迎頭，給他一頓好打。這使他意外發現：落在身上的拳腳，具有麻痺下波拳腳的功能，於是再更後來的拳腳，也都更可以忍受了。他們要他供出同志。他也頗想能供出誰，以求免刑。但沒辦法：他是來自奧地利的流亡者，孤鳥一隻，對託身寄命的組織，竟全無所悉。他的母語是德語，所以黨衛軍說話時，對他而言，感覺比同志還親密。

這時，翻領先生就來，領他進另間囚室了。囚室別無刑具，只從穹頂，垂下一帶輪鐵鍊，鍊末附一鐵鉤。他被雙手反銬，掛上鐵鉤，滑輪一絞，雙手引他騰空。幾分鐘內，他的肩膀就脫臼了。他頓悟：德語「酷刑」一詞，源於拉丁語「torquere」——就是「讓人脫臼」的意思！在此一瞬之悟後，身體自重所引發的痛苦，就癱瘓了他的大腦。這種痛苦：如此獨身，發自懸空的自己內裡，自行其是地綿延，也沒有下波他人拳腳來舒緩。一個人如何用話語，來形容這種靜寂之痛，另一人才得以明瞭呢？

想起從十四歲起，也在誘惑他的自死傾向。那像是先驗給定：你不知為何，在絕對青春、還說不上能從人生裡，汲取什麼絕望時，已就頗想反身起跑，成為獵人，去追捕那位總是追捕你的死神。想起最逼近死亡那次，他從昏厥中甦醒，發現自己被救活了，被五花大綁、渾身刺滿針管。那是絕對真實的痛苦：他感覺自己羞辱了自己，因此而憤恨，而憎惡。對他而言，這就是自死的悲劇性：最好就此消亡，因倘若僥倖重生，你極可能，只會生出各種絕無建設性的情感。

但也可能，這些毫無意義的感受，還是隱密地教會了他，對他人的難解之解。此所以，他遺憾：縱然是那樣暴烈的勒索者，如艾爾莎，在這世上，她其實也沒能取得什麼。

這就是與她同行時，埃默里的悲傷。因為所謂「痛苦」是這樣的：它就是它所是的那樣，此外無可言表。此外言表，都是偏離實情的換句話說。而一切權宜的詞語代換，在最幸運的情況下，也只是激發了他人的另一種痛苦。

如此，言說自己痛苦之人，只會變成行刑手。

這就是朋友埃默里。李維感覺，一些年裡他們的通信，與其說是「討論」，不如說，更像是各抒己見。既因集中營那般龐然，對局促受限、時刻受死亡威脅的囚犯而言，體驗歧異是必然。事後，各自堅持記憶，理應也是必然。那是各自用生命換來的歧異。也因朋友性情——對於一生見歷，他明斷得近乎偏執。

於是也許，最不應感到意外的是，關於集中營體驗，在個人寫作中，極早極早，朋友就下了定論。簡單說，集中營幫助他，「確認了一件不可動搖的事實」：人們所謂「精神」，其實就是一種遊戲，而過去耽於形上思辨的他，除了是「遊戲之人」以外，什麼也不是。於是，集中營教會了他「否定」：走出那個現實極端強勢、也只有現實要求的場所以後，他體認到自己，沒有變得更有智慧，或在道德上更成熟，而僅是一絲不掛、內心空洞，且近於失語那般倖存。

對這位哲學家而言，集中營，是形上思維死去的場所。並且，這種死亡形式並不可逆——即便集中營自身死滅，也不會取消在他認知裡，形上思維的永遠死滅。因為集中營，已經連抽象的「死亡」（Tod）概念，都徹底戰勝與滅殺了。面向「死亡」的格思、想像或甚至審美，曾是人文的基礎。集中營裡沒有「死亡」，只有具體的「死去」（Sterben）。這就是人們全心的恐懼。配給的湯濃不濃，屍體身上的衣服是不是更暖，能不能再找到一把湯匙。每天你計算，你勞動，你承受無由磨難。每天，在一個無人有餘裕去憂思「死亡」，但每一種尋常害怕，卻都指向對「死去」之恐懼的地方，你全力求生，也的確做到了。

此即埃默里用語裡，所謂「明智」一詞的苦澀意涵：哲學家目送某些人類語詞的作廢，知道隨此，人文亦將失去深測的憑據了。但哲學家心中，不存一絲遺憾。所謂「集中營」，如此而已——彷佛，朋友這麼說。

在集中營之後，朋友重新想望的，僅是沉默的自死。這是說：自死也就是「自由的死」（Frei-tod），此外無他。沒有什麼更多的意願，需要藉自死來展露給他人。沒有什麼對救贖的相信，可以延緩自設的死期。若有不同，也只是彷佛集中營其後，對於「死亡」，他只能用一種最不具遊戲性的、對「死去」的揣摩來觸及。

寫完哲學遺囑兩年後，朋友也歸鄉，在那座山嵐與音樂之都，也像他追憶過的故友艾爾莎那樣，在某間旅館房間裡，仰藥自盡了。

很多年後，李維才尋書來讀，為了與怠慢相反的理由。那真確就像鳥之剪翼，對他而言，朋友如此自明的一生。那間最初囚室，以穹頂假造天際，用密窗，封緘氣流。在那裡，朋友反剪雙手、憑空受刑。獲釋其後，痛苦，還會像很慢的鐘乳石，一年一年，再向下滴凝一點。那裡，也曾有過一幅鏡像對視圖：那名更真實的「遊戲之人」，翻領先生閒坐，與他對望。翻領先生就這麼看著，偶爾發問：人名，地點，組織細節，凡此種種。

你閱讀，你旁觀，你必定也想問些問題。再更其後，你不免還是想問：這麼綿長的創傷，不管哪時哪刻，有沒有一絲絲，曾滲進密室之內、對視著的翻領先生心中呢？或者，這誠然就是個過於天真的問句了。因為，永遠有一個可能：不是因為無法同理，不是的；正是因為擅長想像他人痛苦，一個人，才能成為優秀的行刑手。

因為受難經濟學（如果有這門人文學科的話）裡，最近乎真理的不等式是：永遠，總是這麼簡要的暴力，成就了那般繁然的悲慟。

而夜風吹撫，遠近無聲，朋友已離去近十年。想起很久以前，某個盛夏，父親帶他們去海濱度長假。某天，當全家在旅館午睡時，他獨自騎上腳踏車，想去探看那座有名的燈塔。陽光很好，路途中，近處沙灘上，他眺見一艘醫療船，就擱淺、或被遺棄在岸上。船邊，有隻鳥，跌跌撞撞在試飛，一直不成功。他想：那應該是一種叫作「鷸」的涉禽，大概受傷了。他將車拋在路邊，跑下沙灘。他想救助牠，但牠太驚惶了，勉力竄逃，爬游過一道海溝，躲到一處沙丘上。他脫下鞋襪，跟著涉水，奮勇追捕牠。好不容易抓住牠，他緊緊將牠夾在腋下，抑止牠的反抗，準備涉水回返。

是在那時，他才發覺洄潮湧來，不片刻，已加深加寬了海溝，讓沙丘和灘岸完全分隔了。他小心涉水，半道上，一腳踩空，突然全身陷沒水中。他嚇壞了。載浮載沉不知多久，好不容易，掙扎游回灘上，他濕透冷透。在那片水光世界靜立一會，回過神來，這才意識到：在倉皇中，自己鬆手、放開了那隻鳥。牠不見了。應該是被洄潮捲遠了。說不定，已經就在掙扎過程中，被他按入水底，淹死了。

陽光還是靜好，他坐在沙灘上，在醫療船的影庇下晾曬自己，良久良久。他想著：其實，非常可能，自己方才也會溺斃。卻不知為何，當意識到這樣的可能性時，在他心中，沒有一絲幽暗的感覺。你看（像某個人正在耳邊輕柔告知他），這整件事是這樣的：你那般孤獨地死去，而你的家人，都還在午睡。那樣酣眠的長假，彷彿世上無事，直到他們尋來，望見海，發現路邊腳踏車，還有你擺在灘上的鞋與襪。整個下午的日照，將鞋襪烘烤出某種確切，因你實在擺得太整齊、太有教養了，好像那就是你刻意留下的，關於自死的宣示。他們可能感到困惑。

他們會永遠得不到解答。因為倘若就那樣溺斃，世上，將無人知道鳥的實存，不可能，明白一隻鳥，與一名男孩之死的關連。然而，即便是男孩自己，也稱不上認得牠——話說，牠真的是「鷚」嗎？縱然，為了救助牠，他也許已謀害了牠。

陽光滿好，影庇滿好。世上彼刻，盛夏如常，而他還依舊幼齡。好像，當他終於晾乾自己時，在他心中的死亡，也會隨之消融，一點不存了。他的身體還在顫抖，一點微顫。因為剛剛，那隻鳥也全程掙扎，張開長喙，嘶聲啼叫。那麼拚命，像貼靠在他心臟左近的另一顆心。

他閉上眼。他以為自己會對牠記憶更深的，事實卻並非如此。因多年後想起，當時，在那整個事件裡，他印象最深的，毋寧只是那艘醫療船。不是它那古怪桅杆，也不是那彷彿陸上行舟的姿態，而僅僅就是船身漆字，令他長久不忘：影庇之上，「醫療」，和「船」這兩個詞語的結合，不知為何，帶給兒時的他，一種非常特別的感覺。像你得以無視迷途，無視即便自為的廢黜。

像你確實也能懷抱遠方。像很久以後，你竟還有能力，目擊一隻飛鳥的孤自夜渡，良久良久，停滯在空中，也像一本書。像牠就是一切被褫奪的詞語。像這個世界，僅只收留過牠的一點受創。

石頭世界

在下著秋雨的早晨，我看見這個年輕人，他將霧氣吸入肺腑，彷彿吸入稍縱即逝的自由。我還看見貼滿彩色廣告的木圍牆，擋住了一棟房屋在戰爭中留下的廢墟。四十年後的今天，在這座廢墟之上有了另一座廢墟，這就是和平的廢墟，在戰爭的廢墟房屋之上建立起來的和平的廢墟房屋。它是極權的和平的過早腐朽的、被浮塵遮蔽的，被所有的骯髒、偷盜、玩忽職守、無邊無際的臨時狀態和沒有未來的冷漠所摧毀的八層樓高的、生鏽的紀念碑。我看見了一個樓梯，過不了多久他會匆忙爬上樓梯的臺階，他與那些被錯誤思想驅使的人有相同的安全感，這種安全感對他——我——說：「我是新聞記者。」

——因惹・卡爾特斯，〈英國旗〉

貝塔不再能夠寫小說，因為作品費時太長，不能滿足他的戰鬥需要。他遵從的運動日益加速，仇恨和昏眩的劑量愈來愈大。世界的形狀變得愈來愈簡單，到最後，一棵個體的樹、一個個人，都喪失了全部重要性，而他則發現自己已不再處於可知可感的事物間，而是身處政治概念中。他對新聞報導的熱衷是不難解釋的。寫文章對他的作用就像毒品一樣，他放下筆的時候，就覺得自己完成了一件事。他的文章裡沒有一點自己的思想，這是無關緊要的；從易北河到太平洋，成千上萬的二流記者所說的話都一模一樣，也是無關緊要的。他是活躍的，就像一個方隊裡行進的士兵。

——切斯瓦夫・米沃什，〈貝塔，失望的愛國者〉

1.

《船夫日記》：那個看護著自己的異我，那另一名姓氏亦以K起首之人，卡爾特斯認為，該是一位船夫。也給予這位K一艘船，必定，在舉世陌異中，他會更好地，渡過時潮裡的暗礁，為自己，陳明時序的基本洄向：某種意義，奧斯維辛逼近永恆，無人，真能從中脫逃。因為並非它的歷史，終結了它的實存。因為它的終結，阻擋不了它的屢次再生。因為臨場的他們之中，無一是因譴責了它，才得以倖存。

世紀末某年是夏，人造人相聚應許之地。隨作家團，卡爾特斯造訪耶路撒冷，由阿哈隆·阿沛菲爾德嚮導，逛猶太街區。十四歲時，每天，阿沛菲爾德光著腳，走出營地棚屋，蹲在沙灘上，等待前往巴勒斯坦的難民船。戰爭殺害他母親、失聯他父親，喑啞原本會說至少德語、意第緒語、烏克蘭語及羅馬尼亞語的他（雖然，他只來得及讀完一年小學）。每天他蹲在豔陽下，像顆石頭，來營地拐誘孩童的人口販子，或流浪劇團，都自動跳過他。少年不知道：難民船真的會來，在巴勒斯坦，他將重拾教育，開始學習希伯來語（未來人的國語）。他將慢慢苦讀完大學，成為用希伯來文創作的作家。

在自傳《穿透煙霧的記憶》裡，他將寫下兩個發現。第一，大學無法培養創作者，但它提供的寫作教育仍然珍貴：這裡有對話、聯繫，和相當奢侈的試誤機會。第二，「嘲諷的笑」最能傷損學習者，與此相反，在創作上給他最多啟蒙的，是話少的朋友——「若他們知道正確的話，他們會說出來，就像是從戰爭中遞來一片麵包，若他們不知道該說什麼，他們便會默默坐在你身旁」。真誠朋友像石頭，有時也開花。

朋友阿沛菲爾德，從前，義大利海濱難民營的石化孩童，如今平寧而溫煦，指舊屋一窗，介紹：三十年前，他曾暫住，是一個七口之家的房客。像他終於也有記憶可指，有地隸屬。縱使兩人都明白，他們只是由集中營做成的猶太人——關於族裔往歷，他們所知多為後設。兩老翁，一戴漢堡式帽子，一威尼斯式白帆禮帽，長凳休歇，一時無話。他們看看彼此頂頭，突然，聊起世紀之初，歐洲那場大疫：一九一一年，卡夫卡和湯瑪斯．曼碰巧都在義大利，又因水都霍亂，而各自逃離。

朋友讀卡夫卡，是在後來的以色列。他耽讀那些小說，卻發現彼時周遭，幾乎無人理會卡夫卡：在那奠基於苦難的建國時刻，比起隱晦文學，人人更渴望確切「事實」。卡爾特斯讀卡夫卡，則是在前蘇聯君臨的匈牙利，他發現卡夫卡寫的，就是周遭的「事實」：如何，人們可以用接受K的手段，來排斥K；如何可以，人們用共產主義烏托邦，來實踐反共產主義法西斯。

像兩名異鄉客在認親，他們熱絡聊，直到看見艾莉絲．梅鐸女士走來，後面，跟著貝禮老先生。老太太好精神，曬得手臉通紅，迫不及待想找到海灘，下水游泳。阿沛菲爾德指引了方向，目送他們走遠，直到再也看不見。良久，卡爾特斯也目送那想像中，朋友的海：從石化彼岸，到屬地此岸。

更多年後，重看這幅記憶圖，卡爾特斯才醒悟其中，最若有深意的巧合。因為奇怪的是：當時，那群老人中，竟只有看來最健朗的梅鐸女士，會活不過世紀末。也許，就在那次穿街尋海的炙燙路上，就在那樣快樂的笑容底，她的大腦開始病變了。在那絕不透光的器官裡，第一組神經元，幽寂地死去了。

奇怪的是，梅鐸女士原來，也在一個對卡爾特斯而言，既視的死亡行列裡。這大腦病變的行列成員，包括多年以前他母親，此刻的他的妻，以及多年以後，最終的他自己。

2.

因為卑猥地倖存，所以，世紀末某年是夜，垂老的他與妻，且還受困布達與佩斯間的大橋，像乖巧嬰孩，見待八九名光頭黨人，恍如穢土轉世，穿軍裝，攜棍棒，執行他們自發的臨檢。此刻，浮塵凝滯如大霧，街燈壓照世界，世界夢魘般慘藍。像戰亂彼時，人人循法，將自行車燈罩，塗成天幕之色。人人屈身踏路，眼望蒙昧，一腳一腳，踩實由納粹占領軍撥快一小時的早夭之夜。像戰亂，就要這般不息於他們自主的禁聲。

布達與佩斯間的大橋，氣味的相遇。他想起前輩桑多．馬芮，《偽裝成獨白的愛情》。小說裡，女人在圍城空襲間隙，隨饑饉人潮過橋，驟然，在橋上，迎面與男人重逢。女人察覺，不像周遭，那像從下水道、屍堆或嘔吐物裡汩湧而出的人潮，男人身上，竟無一絲酸臭氣息。男人聞來還像甘草。和多年前，他們分別時無異；和她躺在他床上，初夜伊時一樣。她彷彿撞見了鬼魂。臨檢中，卡爾特斯緊握妻的手，彼此療慰說：好歹，他們坐困同樣氛圍裡。

正是這樣，終身熟習了卑猥，所以是夜，他留置妻於病院，且還能鎮靜自持，兀自返家，為她收拾隨身細物：牙刷，拖鞋，睡衣，凡此種種。像收拾全部的她本人。他站過道「人頭馬」前，揣想此後，將再次重啟的陪病程序。「人頭馬」：一組書櫥與書桌的雜交物，說不清是什麼，但兼顧兩者功能。過於豪奢的數十年，在這個家，當妻外出工作，他就在那豢養K，聽憑K用冷硬話語，擲穿無可計量的眼下碎瑣。

這個「家」，是妻一度失去的舊屋。數十年前，妻與原來丈夫定居於此，幸福且青春。因政治罪嫌，他們被捕，各自入獄。翌年，妻獲釋，丈夫卻從此不見了。像仍是同個如如不動的早夜，妻再履街巷，獨自尋路，回此舊屋。當妻按門鈴，開門之人一見她，憤怒大叫：「什麼？您還活著！」從此再不應門。她還活著。陌生人陳述的「事實」，她自己聽來，也覺驚悚。她果斷轉身，再尋路走回監獄。她請求釋放她的軍官，再收容她一晚，在原先牢房裡。她才離開一會，房裡瑣碎，被子什麼的，不至於都不見了吧。

終究，國家還是為她解決了居住問題。因為舊屋，是由祕密警察查封的，自身視同機密，不應任人侵占。沒有，從來沒有關於舊屋的暗盤賄賂，沒有私下交易。國家，卻無法解決國家的祕密問題：與丈夫不同，因她的被捕、審訊、監禁與獲釋過程，皆是祕密進行，她無法證明，自己曾受任何處分。簡單說：「事實」上，她從來無辜，也就無可平反。

「那，這一年呢？」她問國家。多年以後，就在這同一舊屋，妻笑對他說，她很羞愧，當時，自己竟只問得出口，這麼一個天真的問題。他卻覺理解，具實且驚悚地理解了。只因十六歲時，當他從集中營返回故里，從此，最常出現在他腦中的，也是這同一個問題。沒有比這更白描的痛楚了。

如今，在極權最近一次被推翻後，無辜者如妻，也命至將死。無辜者拔營，離身細物，昭示她的缺席。像她仍慷慨庇護他，這樣一名形同房客的伴侶。像昔往數十年，她讓出過道，讓出復得舊屋，讓出無法被償補的日光，讓出她也罕有的安靜、獨處與分神，縱令他，用大把時間，去設法奪回所謂「這一年」。他所有寫作，皆指涉集中營的永恆。而他預感，當最後一次他離開，人的橫暴會將回來占屋，像不曾離開。

3.

但還是那同一位K，將他按坐「人頭馬」前，要他鎮靜，擦乾淚眼，執筆，看清楚。K說，在餘生中，在你們那「獄友的團結」裡，你們畢竟證成了一件事：這是可能的，在不幸福的婚姻裡，人可以摯誠相愛。這所謂「愛」，K冷然說，就是你們誕下的惟一孩子：一個滿臉快樂笑容、張開雙臂奔跑的啞孩童。

你現在看他，在空屋裡奔跑，漸漸，變成哭的臉容，因為──你看你聆聽、你寫下：「因為沒有人能理解他，因為沒有找到自己奔跑的目標。」

你聽那哭嚎。那頭隱形老虎正發出臊氣，踱步徐行，耐心尋獵下一名死者。牠的氣味，發自病院長廊上，無數曾經停靈的死屍。牠棲身，在這烏托邦的實際腔腸裡。彼時，那個新近被推翻的極權還在，卡爾特斯走來，探望病母。他和她，說不上自然相熟，只因當他出生之際，她和他父親正要離婚。所以，十四歲時，在上工路上，被納粹隨機抓捕那天，他是由繼母家出發的。他和她，後來也還是相熟了，只因歸來之後，他發現父親，早已慘死毛特豪森礦場勞動營，繼母改嫁他方，而她一人，回應了按門鈴的他。

一照面，她頗順利就認出他來。這毋寧令他感動。好像他只是什麼翹家的頑劣孩童，好像因此，她就有理由不去知解，事關「這一年」的種種明細。好像，她從來就是自己生命的指揮官，所以毋須被告知任何死訊——即便是在自己故去的床上，她也拒絕任人擺布。正好相反：愈挨近死亡，她就愈偏執地自衛。像終於，她最後只認得自己了。

於是，在這擁擠卻孤寂的腔腸裡，為這具奮力抵死的肉身去犯罪，似乎，就成為他靈魂的責任了。為此，他到處偷院內布墊，讓她得所憑靠。他行賄院方，換得藥劑或清水。他換得肥皂與紙巾，清洗這具肉身。排泄物黏附雙腿，在皮膚上形成厚痂，那總使他想起，自己究竟是從世上何方，返抵將他帶到世上的她。但她和他，已經沒有言辭可及的聯繫了。

在那些早夜，母親張眼，緊盯燈光，像仍清醒。其實，那只是一種頑強的防禦本能：她在抵抗自己正深陷的睡眠。他也頒贈自己去放封，去坐公園，聽鄉語閒聊。你看少年十六歲，走出集中營，一程一程，回返布達佩斯故里。在國界車站，一位穿閒淨夏衫、吊帶長褲的陌生男士，像校長那般審視他。男士頗好奇，想知道究竟，少年有無親眼見過毒氣室。「要是見過，」少年坦言：「我們現在就見不到面了。」男士點頭，再請教：所以，真的有毒氣室嗎？少年說，當然有，什麼都有，端看指揮官，奧斯維辛，就用毒氣室。但他，是由布痕瓦爾德歸來的。

男士又點頭，像在想像德語「布痕瓦爾德」之意：櫸樹森林。男士慎重確認，所以，少年只是「聽過毒氣室」，但「並沒有親眼看過」。沒有吧？「沒有。」少年答。雖然（他默想），他曾遠遠望見那煙囪正冒煙，聞見那臊氣，知道正發生什麼事。彼時，通過揀選關卡、走向另邊行列的他，正在木屋裡受招待，喝下了第一碗菜湯。全副飢腸歡迎這股暖流，所以，背向那冒煙死室，他相當安靜。

男士聽了，也十分滿意，像已查知集中營真相，兀自走開。你看彼時那少年，也靜坐國界車站，聽鄉語淹來。多年以後，你坐病院旁公園，聽鄉語說起日昨，兩架來自德國的飛機，甫降機場，卻又載著救濟品，盤桓飛離。因我方人馬為搶物資，當著那些德國人的面打了起來。「沒有紀律的賤民」——回憶中，在彼方習得的這句粗砥德語，重重擊打他耳膜。你聽那哭嚎，聽那多語的雜交。你看在那森林裡，那些鄙夷你的施予者正背過臉去。再次背過臉，徐行而去。

4.

擦乾眼淚，他的K冷然說：汝不得自憐。K說，哲學家阿多諾只說對了一半。其實，不只奧斯維辛之後，寫詩是野蠻的，也只有詩般文學，能寫野蠻的奧斯維辛。因為人皆無法理解奧斯維辛。因為它，是個惟藉美學想像，人才可能賦予思考的世界。於是，他寫下鄉語，Sorstalanság。不，意思準確說來，不是「非關命運」，而是「命運的失落」：在那以後，少年不認為會有神諭；愈逼近永恆的，只是愈極致的人工。然而，這詞意無關宏旨。比詞意更重要的，是形成特定音律的，這十二個字母。

是的，巴哈，十二平均律——卡爾特斯認為，只有日耳曼之音的文法，才能網羅他們極致的創造。只有完全排除情節自由創作、全然受到結構支配的小說，方能再現這般網羅。未來的喬治．史坦納：文法是我們的生命。自那森林生還後整整十五年，卡爾特斯才要開始，仿擬他們的序列，寫就一部「我」之書。

這十二篇章，該是那名異我的自傳。因為再花費其後十數年，他將親手剔淨自己的可辨血肉，以一種「無個體性」，力圖逼真地，掌握那名喑啞個體。這名從一個集中營，被轉送到更多集中營，最後竟然，都從中生還了的K。他不是什麼「犧牲品」，並不為我們講述究竟，有多少恐怖之事發生在他身上。正好相反：他陳明僅憑極簡的生存與體驗，自己，創造了一個多麼恐怖的世界。這種理解，正是他的正直與美德，與超越前兩者的罪惡。

在他的櫸樹森林，他不會提起那位著名女妖，伊澤爾．科赫。正是她，在囚犯中欽點情人，並剝下他們紋身皮膚，製成燈罩、書封或手套。他不記存她。只因若把殺人行徑的重要性，歸在她名下，那等於削減了這整個世界的重要性。這個目的是在謀殺的實存世界。

在那實存世界，K是「遺骸」。只因最後一回，當病弱的他，隨無數壓身軀體，一起被後送時，他感覺即連最敏感的痛苦，也預先死去了。在那不知日夜的旅程中，他只是高興，自己終與旅伴極度親近，不能再更相像了。這種奇特契合，他猜想，也許是「愛」。只因抵達終局，當壓身同伴被一一抬走、拋開，當有人，彎身向他，且用手指在他眼前晃動時，他忍不住，再度背棄同伴，忍不住眨眼，擠聚他全副生機，回應了彎身之人的揀選。

「我還活著。」他像確實，這般討好地自清了。就這樣，他被抬起，拋往別處了。就這樣，他得以起身復行，走過上坡路，睜亮眼，再見那般熟悉的壯觀景象——啊，那木屋，那些任務，那個秩序，那焚風與霧靄。那甘藍菜湯的氣味。那雷同氣味，激起心中真摯的渴望。一個令他羞恥的聲音，悄悄跟他說：「在這個美麗的集中營裡，我還想活下去。」

頓時，他的眼淚從體內汩汩湧出。啊，身體多累贅，身體總是垂掛在外，曳引向死地。但是「愛」，那曾壓身透來的「愛」多鮮活，多強烈，還占住他內裡，在他血管滿溢，迴響，在這名叛徒的空洞腔室裡。

汝不得自憐。因為曾經，他這般寬縱自己去重生。

5.

因為其實，一直以來最啟迪他的博羅夫斯基，也只對了一半。塔杜施·博羅夫斯基，〈在我們奧斯維辛〉：就在這次戰爭，就在這座集中營裡，在人類歷史中，希望，首度堅強過人，也導致空前的邪惡；從來沒有人，教會「我們」放棄希望，所以，「我們」在毒氣室裡死去。

他同意奧斯維辛的空前，但也許，主要還是絕望，才使人毫不抗辯，平靜走向毒氣室。像那群在布痕瓦爾德中轉的荷蘭猶太人——受盡磨折後，簡單的死亡，竟成為他們渴求的最大安慰。他們，曾經紮營，在全櫸樹森林裡，惟一貴重的那棵樹周遭。那棵樹受欄杆保護，為歌德而永生。詩人愛園藝，從他故居之一出門，散步途中，親手植下永恆。在紮營者身前、死後，那樹皆無傷傲立，在未來的布痕瓦爾德，與布痕瓦爾德之後的未來。

多年以前，妻與他同去探視那樹。遇雨，遇校外教學的青年男女，遇無人垂聽的解說員。雨疾伊時，他們就在焚屍之屋的簷下避雨，聽屋內空蕩，彼此都同意：此境毫無意義，應該，他們要去一個更覺舒適的地方。坐在病床側，看妻深眠，且目送那個異我划動船槳，就要獨自，潛逃向新世紀時，卡爾特斯想，彼時，他們的同意彼此，真是再正確不過的想法了。

好像他們也都同意：從他被隨機抓捕那天起，時間，就地碎形與漫漶了。好像他們早該明瞭，無辜者，都是這麼拔營的：十四歲，當他如牛羊之一，隨行伍，被趕往最初集合場時，突然，他瞥見前方，一位穿黃衣之人，闔上一本一路捧讀之書，瀟灑縱身，穿過煙塵，消失在人車交錯的喧囂中。他就這麼逃離了。少年十四歲，眼睜睜看著他消失，實在太驚訝了——原來，是可以這樣走開的啊。

他太驚訝了。因為，好像正是這陌生人的瞬間逃生，帶走了那個凡人皆能理解的世界，只遺棄給他，之後，如斯漫長的陌異。

6.

因為最後一年，在奧斯維辛，婦女營盛產嬰兒屍體。空襲警報愈頻繁，嬰兒屍體就愈多，彷彿每具嬰屍，都是敵機投在營地的一小片翳影。博羅夫斯基奉命去收集，肩扛布袋，穿過鐵網，終於在營內，與未婚妻綺瑟重逢。綺瑟剃了光頭，一身疥癬，兩眼垂淚。他抱著她，溫柔安慰說：他們孩子會有幸福，睡時小臉緋紅，髮絲散亂，那樣安詳的將來，已經慢慢到來。他看看四周，視線卻也跟著模糊。未來，自然是看不見的，睜眼時，只有過往年頭，還在面前徘徊不去。

那時，他們在華沙，猶太隔離區牆外工作。長牆迤邐而去，每個轉角，都是一處交易所：珠寶與綢緞，家具與梁木，青春的少女；猶太人傾盡整個王國，跟波蘭人換一小塊麵包。那時，他們在地下學校受教育，從中學到大學。波蘭學生滿街狂奔，躲子彈，躲追捕，躲入密室去揮汗讀書。在陰暗禁閉中，他們也考試，也依然莊重地，接過他們文憑，並默哀路倒的同學。那時每本書籍都是散頁，每頁油印紙張，都在傳遞中飛翔。戰鬥與啟蒙文章背後，一首亙古抒情詩。那時，在烏克蘭，小學放學他回到姨媽家，正要去放牛，姨媽要他收拾好行李，坐上紅十字會的車，回華沙，和父母團聚。

母親去西伯利亞勞改數年；父親去到極圈，在白令海濱挖運河。母親重拾裁縫工作，在燈下躬身貼眼，一針一剪，不斷縫裁。父親找不回會計舊職，去到倉庫，當守夜員。他們被改造得更蒼老，也更緘默了。只有某些午後，當父親睡醒，踱到桌邊，看他寫作業時，室內日光，會將父親浸泡得柔軟。父親會微笑著，壓低聲音，像跟他吐露遙遠祕辛那樣，說起永晝與永夜的故事。

父親說起這樣一名喬治亞人，名叫史達林：從前從前，他也被流放，也在一個不到百人的小村子裡，接受勞改；後來後來，光是他的護衛與僕傭，就有整個小村的人口那麼多。他像是帶著小村轉，轉出更多偏遠小村，與更多人的勞改與流放。父親說，這個就叫作歷史。這就是在其中，他看守的一個日或夜：絞肉機器裡的一粒沙。把每粒沙收集起來，從手心灑散，你就看見他的消失的生命。

博羅夫斯基看著父親張開的手心，在走出婦女營時，他還兀自看著。布袋依舊沉重：送進食物，換出嬰屍。像用一日生機，換竟夜的火焚。他轉頭，眺見月臺又空了，倒退進站的火車，此刻，正要再次前行。他的一趟重逢路程，上千人的死難。火車正在駛出奧斯維辛，他閉上眼，彷彿這樣，最能目睹他期許過的將來。彷彿室光如水的溫柔是對的，但父親不是。父親的記憶是錯的，但生命不是。彷彿遠大的遺忘是可能的，因為它，就是人們得以深愛未來的憑據。

7.

因為博羅夫斯基不知道，很久以後，直到世紀末再以後，卡爾特斯還會一再重讀他的《石頭世界》。這部未竟之書，收錄二十個極短篇章，每個篇章，都像奮力刻在石板上的銘文——字字句句，讀來皆明晰，然而，當逐段成篇時，卻給人一種就要裂斷、成為殘碑的預感。卡爾特斯猜想，這預感尋常無奇，也許，是在知悉作者生平之後，每位讀者，不免皆有的後見之明：全書非如自序所言，是文學嘗試的新起點，而確切，就是作者的小說創作，驟停的終點了。這個時間點，是一九四七年，距博羅夫斯基返回華沙，尚不足一年。

自古希臘以來，人們相信所謂「命運」，即是人以生命去抵抗，卻永遠無法戰勝的客觀必然。從《非關命運》起，卡爾特斯卻認為：命運，是人給生命的假想伴侶——一旦感覺需要命運，人便開始清算自己生命。倘若這麼去看，則短暫一生裡，博羅夫斯基確曾兩度發明過自己的命運。第二回，是在戰後的巴伐利亞。在探得綺瑟，亦僥倖自集中營生還，刻正身處瑞典難民營之後，他來到詩人策蘭在〈灰燼的光輝〉裡，明喻過的「三叉路口」：或者，是綺瑟設法前來德國；或者他突破關防，前去瑞典；或者，他們同回波蘭。對彼時的他而言，抉擇並不困難：惟有返鄉，才能使人不再像是「生活在活屍中」。他費了番功夫勸說綺瑟，接受這種命定性。

於是，戰後第二個寒冬，在大雪飄降的國界檢疫站，他身披一件舊英軍外套，與綺瑟重聚。五年餘生由此啟程：歸國以後，他重新成為認真的學生，接受在蘇聯指導下、共產波蘭官宣文藝政策的指示，以時事及政論寫手之姿，襄贊前進未來的「偉大行軍」。不時，他受派波蘭駐柏林軍事使團新聞處，穿梭各軍占領區，執行祕密任務。直至終究，當熬過大戰年代的友伴，一再受到國安局磨折，而他卻無力救助時，他去醫院，探視綺瑟。她剛生下女兒。他抱了抱她們。他獨自回家，默默自死，得年三十未滿。

餘生五年，如詩人米沃什總結：博羅夫斯基廢黜了自己極其難得的文學天賦，操練起「最原始的，和簡單化的文學技巧」，且「致力於最不稱職的傢伙們，都輕而易舉的工作」；從而，成就了一種東方知識分子式的自毀。

這位自毀之人：米沃什暱稱的「貝塔」。詩人假設，在現實中，人就是自己存有的不證自明——一個緘默過盡的、沒有言辭表達的生命，就是關於此生的言辭表達。於是，人曾自為的更多話語，特別是文學話語，總是形同作者以不證自我，來繫連更多他者的生命形式。最簡單說：在詩人的審視中，是博羅夫斯基所有小說中，慣用的第一人稱「我」，與現實裡作者本人的差異性，而非相似性，示現了博羅夫斯基個人，獨特的文學之能。

是那個虛構的「我」，攜回了不可能的見證。在奧斯維辛的「加拿大」營、婦女營、醫技實習營，與更多令人失語的空間裡，「我」，皆遊刃有餘地穿行，既卑猥近觸他人處境，也就地抽繹在餘裕之中，「我」的獨見。他的小說話語，並非不存在控訴，也非沒有歌頌，而是兩者，在語境中繁複共構，引人頓想。由此，「我」的穿行，得以再現集中營這般龐然等級體制裡，更多的體制之人。這是彗星般的文學生涯中，博羅夫斯基珍貴的留贈。一個見證文學史裡的哥白尼事件：是在他及早創造了稜鏡之後，人們才開始學習，更全面觀察集中營宇宙。

詩人因此遺憾：任何文藝義勇軍，都必然輕估「我」所繫連的豐饒，而僅僅，只以最低程度的道德論，將「我」，再與作者本人，緊緊黏貼在一起。這等於，是以對文學創作的輕視，創作出一種毀散文學自身的方法。因為在烏托邦裡，歌頌與控訴，都有預設等級建制，兩者不容混淆。於是，博羅夫斯基小說裡的「罪犯協從角度」，他最深刻的文學創造，成了他本人，最淺顯的罪證。

8.

奇特的是，自毀的預感，正是《石頭世界》的重要母題。小說集開篇，一個從來如故的「我」，懷藏了一個新的異我：某種在「我」體內躁動的、胎兒般的意識。「我」，傾聽那種與「我」競速的生長，惘惘感覺也許：宇宙也正以不可思議的速度膨脹，而無論「我」，如何想珍惜與留挽，也不能阻止它終將爆裂、並分解為空寂。彷彿無限宇宙，本就從非固態，而是由稍縱即逝的聲音來組成。這種因異我而生的預感，使「我」喪失了對現實的感知能力。在「我」眼前，夜雨留滯的水窪，長滿青草的廢墟，敲打鐵軌的工人，疲憊的農村孩童與婦女，所有一切，都像未來音爆，投擲在此時此地，如玻璃般光滑之荒原上的沙沙灰燼。

宇宙焚風如斯疾行，而「我」，徒勞聆聽它的足跡刮蝕，直到靜夜；彷彿是要專注地，「透過聽天由命的態度，把我的命運，和宇宙命運聯繫起來」。然而，當聲響的餘燼，果真沉積在靜夜裡，連異我，也像在「我」內裡沉睡伊時，那個故

「我」，卻又想「扯斷一條拴住我的繩子」，去找出深藏抽屜底的白紙，重新開始創作文學。因為此刻，世界如實，「還沒有隨風消逝」，而「我」想尋回情誼：對鐵道工、農村小販，對林蔭與行人，對昏黑天空與一扇新窗，對長夜相伴的妻。好像「我」，該當依憑本衷，自由去寫，才能「無愧於這個依然沒有變化的、難以對付的、酷似從石頭中雕刻出來的世界」。

奇特的亦是：這般明晰的字句，卻是某種假託宇宙論的隱語；這般簡短的假託，卻亦是作者對自我躊躇，所能寄存的最大限度了。彷彿作者早就深知：來自東方的指導員，總是簡單而原始地，斷定一切波蘭文學創作者皆童蒙，都亟需再教育；而將臨的嚴厲時潮，會令他的創作，都在旋風裡觸地自碎。彷彿，博羅夫斯基已經如此自明地，惜別了那位，終將遭他親手廢黜的故「我」。

惜別。因為事實上，《石頭世界》裡許多篇章，竟都是舊作的仔細切片，與悉心重寫。一種從此不再的審慎。如這樣一幀重繪的靜景圖：集中營旁，有片尋常的城郊住宅區，區內草木扶疏，人犬相安。綠蔭深處，靜立一座石築老教堂，像永久的夏日別墅。沁涼室內，有鮮花，十字架，平和閃亮的燭光。已故黨衛隊員的瓷釉肖像，沿牆排開，被體面且有序地紀念。無論遠逝何方，他們看上去，就仍是些好兒子、好丈夫、好兄弟或好父親；正如此家常地，在故鄉，接受有關永生幸福的祝禱。

如這樣一位，重新藏身畫框外的觀察者：那個故「我」，一名甫被解放的波蘭囚犯，以脆弱骨架，撐起一件當時猶新的、由好心英國士兵贈與的軍外套；無由無憑的幽靈一般，踽踽遊蕩而來，在他人殿堂裡暫棲。良久良久，他嗅聞滿室芬芳、淨潔與肅穆，像那能終止自己的飢餓。

但那卻不能。因為戰爭，正以最簡單的命運形式，向他揭曉它的永不終結。因為向未來進軍，總也是為奪回紀念的權利。因為，為了奪回集體權利，人竟會以為：自己最即刻的應為，就是廢黜自己的獨特。

9.

這位自我廢黜者：新世紀之初，卡爾特斯小說《清算》裡的「貝」。對卡爾特斯而言，描摹那種無法修復的廢黜，就像是以相似情感，去惜別上述的惜別。只因一個相仿的烏托邦計畫，在他眼前，造就了四十年的荒蕪。這是卡爾特斯，記憶自己敬愛與私淑之小說家的方式：失去博羅夫斯基文本作對照，我們注定無法解讀《清算》。而為了並陳「廢墟之上的廢墟」，《清算》落實一種對位：作者讓貝，出生在奧斯維辛最後冬天、婦女營裡；彷彿一名嬰兒，果真經過無數善意之手的傳遞，得以絕密地倖存。他令貝，自死於烏托邦終結是刻，就像為了代替貝塔，全程實履烏托邦規畫的記憶路徑。

集體記憶路徑，要求個人，對各自歧異履歷的遺忘。就此而言，貝的痛苦亦是隱密的：就算想要，他也無法藉由清算生命，來成全忘卻的命定性。因他確切是奧斯維辛之人，但對他而言，奧斯維辛無可記憶。奧斯維辛在他表裡，是膜液的流動，是從起點繫住他的絲線，也是夢裡的經驗——只有新生兒會作的，那種「血淋淋，像胎盤一樣」的夢。他不知該遺忘什麼，而緘默，亦無法自證他的特異。他讀奧斯維辛，用他人見聞，包圍自己的無記憶。他寫作，因無法臨摹官方規訓的階級英雄敘事，索性留白奧斯維辛，卻在碎片般的每字每句裡，都彷彿體感它。

他的桑丘．潘札，小說裡的「我」，一名自嘲「需要某種特殊的退化」，才能從事編輯工作的文學編輯，是他惟一知音，與最深切的誤讀者。在他死後，「我」開始瘋狂偵查。「我」認為，必定有一部藏起來的手稿：一部最後的小說；一部全盤解禁的，完整的，貝自己的奧斯維辛之書。「我」的追索，終於無解。因「我」最終發現，倘若真的有過那樣一部手稿，它也早已付諸火焚。倘若真有過這部小說，貝寫的，會是「一個添加了奧斯維辛色彩的愛情故事」。

好像死後的貝，正默默對「我」祈語：在石頭世界裡，若還有值得書寫的故事，那必定首先是愛情。

10.

好像昔日華沙，那般年輕的博羅夫斯基本人，還在卡爾特斯小說中，貝的未竟之書裡潛行。那日，命運首度對年輕人，寫定為一間公寓的形狀，裡頭，坐滿了蓋世太保。那亦是生平首次，他張眼不見未來，卻無事需要擔憂，需要自主地忘卻。他理解一切：在徹夜沒有綺瑟的音訊後，他推敲，她該是被捕了，而他們，還在公寓裡等他。

早晨，他好好地摸了摸小狗耳朵，出門搭電車，沿路，仔細觀賞風景的退行。他來到公寓門口，看見樓梯間內，有不少菸蒂。他微笑，將手背在後面。他開始爬樓梯，想著將寫的作品，將與綺瑟同讀的書，一起添置的物品，共度的年歲。想著等一下，就要與她會合。等一會兒，他就能將手裡，一疊油印的《美麗新世界》，送交給她。

手裡握的不是預言。年輕人熟知緘默，所以不再需要預言。手背在身後，他想像自己，正在自由的商店街上閒逛，一邊瀏覽櫥窗，一邊等候綺瑟。而綺瑟先看見他了，從很遠的地方，她偷偷走過來，將自己的手，放進他的手心裡。因為是良久的等候，所以他毋須轉身，只是緊緊握住那隻手，感受它的溫度，像得到一個寶重的禮物。

他就想著這種溫度，來到了與他們，只有一牆之隔的地方。

他就想著這件事，好像她已將自己的手，交到他手中。

夏令營

他的體重大概只剩三十七八公斤：骨頭、皮膚、肝臟、腸胃、腦漿、肺統統算在一起，這三十七八公斤，分布在一百七十八公分的個頭上。他被扶到馬桶上，桶沿放了一塊小墊子，因為關節直接接觸皮膚的地方，皮膚一碰就痛。皮膚成了薄薄的捲菸紙，透過它可以看到椎骨、頸動脈、神經、咽部以及流動的血液。他排泄一種暗綠色冒著泡沫的黏性物，那是沒有人見過的糞便。糞便一出來，房間裡就充滿了一種氣味。不是腐物、屍體的氣味，而是屬於植物腐殖土、枯枝敗葉、厚密的林下灌木叢的氣味。

——瑪格麗特．莒哈絲，《痛苦》

對我們這些囚犯來說，物體不是沒有生命的。任何東西都在說話，都要我們聽。任何東西都有一種權力。誰也不會像我們這樣，如此渴望與樹結為一體。明天，樹一定還會活在這裡。在這裡，牛馬生命旺盛，樹是神靈。但我們無法變成牛、馬或樹。我們不能，即便在黨衛軍的威逼下也不能。我們不能創造出一種可以吃的東西來。這就是無能為力。我孤立無援。我無法拿自己，養活我自己。

——羅伯特．安特姆，《人類》

　　循他們規畫的復健路線走，羅伯感覺，瑪格和D一起在躲他。雖然得知消息後，D親身犯險，將他從達豪集中營搶救出來；瑪格全力照護，陪他一路向南，逐日療養，漸漸走出死境。他們，是羅伯最好的一對朋友。瑪格且是羅伯的妻。羅伯同情妻，因她悉心審酌病況，咬碎壞消息，一點一點投餵給他，深怕他不能一次承受太多。就在前天，她終於證實了羅伯的惘惘預感：年前彼日，和他同屋被捕的妹妹，果然早已亡故了。所以，這療養一路，她緩說輕提的雙腳凍傷、肺部感染、兩眼失明等傷損，終於對羅伯，集成一名在納粹投降當日，甫出拉文斯布呂克營地，即刻斷氣了的無辜死難者。妹妹永遠是二十四歲了。妹妹惟一錯誤，就是讓出住處，供他們組織密會。妹妹一生錯誤，就是她毫無限度地，關愛著哥哥。像瑪格的小說裡，她對自己哥哥P的那般關愛。

　　羅伯同情妻，因揣度與看護他者，她皆不擅長。卻正因此，她總是坦蕩待人，情感表達接近豪奢，不至於謹小慎微，如現在這般。最後旅館，在白朗峰下、安錫湖畔。朝陽底，他抬手遮光，手膚，終於不再透明見骨。也許時候到了。他看見，在湖濱，她好小心，陪那名光頭孩童練口琴。集中營髮式與身形，孩童在自己復健路上，數日與他們同程，總不見親友相伴。口琴，顯然原屬別人所有。他感受著：那生硬琴音，她的默哀，與全歐第一個和平盛夏，漂洗眼前湖面如汪洋。他等待何時，他們也推敲好時機。也許今日，D就會再現身，帶來宇宙最終極的噩耗。

沒有人會想親近死亡。特別是其中，肉身壞爛的具體性。譬如腸腔裡，微生物如何持續發酵，爆破一具死軀。譬如股骨怎樣穿肌現形，像一對正在敲擊棺材的鼓棒。沒人想知道這些。譬如她，其實對具體的死，接近無知。她印象最深的死屍，是少女時代，在安南殖民地，與哥哥P同見的。一個來自中國北方的老浪人。一個被隨便半折起，一屁股坐進垃圾箱的人棄人。她的母親立刻趕來，遮蔽兄妹視線。之後的死亡，都是遠洋電報。父親：從莒哈絲鎮發到安南；哥哥P與母親：從安南到巴黎。

她在巴黎，少見他們；死後成墳，就完全不去探視了。她卻總是懷想著家人，彷彿那名少女，還在目睹一家各自的孤絕。太平洋，防波堤，殖民地宿校的漫漫黃昏。彷彿就在昨日。安南是一種真切時態。人們以為她自戀，總是自我誇飾。卻亦是在明瞭她憑此，執著拒絕醜壞事物後，人們，會更戀慕她。就像羅伯這般戀慕她。她熱愛許多人，卻幾乎不明瞭任何人。遑論人對她的愛。遑論他的股骨形狀的戀慕。她不喜歡壞醜，卻貼眼，檢視了類同植腐的他。

連他也不愛自己了。雖然D走來，就要宣告他的康復。他會相信D說的任何話。D是救主，接他出營，避過崗哨裡，那些鎮日戴著防毒面具的潔癖症美軍。避過美國疫苗，德國傷寒，和世上，所有立時就會要他命的細節。譬如後送途中，某次路面顛簸。D就有這種能耐。在那緩送歸途，D聽他吐盡譫妄胡言。歸途其遲，他卻片刻無法停下言語，只因當她不在場，他已察覺了一些事。一路上，他說了許多與她無關的事，藉以無視她自證的缺席。現在，該他聽D簡單說了。

D定義時間。他感覺，D很可以舉起這面湖為例，跟他預告，訣別也沒什麼了不起的，因為一切都會過去。譬如若干年後，他們皆離開了，這裡，將劃歸自然保育區，罕再有人煙。這湖，會是世上最乾淨的淡水湖，像從不曾包容過眼淚。峰輝，將倒映深澈湖心，無人見此勝景，還有餘裕去自傷與自苦。時間，已經正朝這個理想出發了。請不妨這樣，理解我將對你說出口的殘酷。

D，卻只是揮動手上書報，對他宣布：有顆恆星，在廣島上空爆炸，十數萬人一瞬焚滅。他聽不十分明白，但還是相信D。他看見所有人都悲憤。然後，他看見默哀久矣的瑪格走來，屈身向他，跟他說明：他們應當離婚了，因她想和D，共組一個有孩子的家庭。她的神情，像那將是末日廢墟上，第一個復健好的家庭。

喔，懂了。他聽見自己這麼回答。在全面渾沌中，她說的話，是惟一使他無惑的斷言。直到此刻，他才奇怪自己竟然會忘了：在她的語言中，想為某人生小孩，意謂她對這人的愛，到了非比尋常的程度。永恆的真切性，總被她，設想為孩童的身形。

羅伯想不起一位朋友的相貌了。只想起，確實也有過一個小孩，一個男嬰狀的生命。一顆更小的鈾二三五，他和瑪格的孩子。男孩不像後來，瑪格寫的那樣，「死於戰爭」：因為戰時，醫師缺少汽油，無法在夜間出診，所以，它在等候時、病苦中，無助地喪命了。那筆記讀來已經就像是小說了。那卻是瑪格自己，比較喜歡的悼亡記憶。無人可以為此，怪責一名母親。

事實上，孩子死於出生一瞬，來不及負載任何形式的等待。被戰爭席捲、趕不及到場的，毋寧是孩子的父親。羅伯奇怪自己，竟忘了當時，投身的地下任務為何。忘記何以，自己是在修道院裡，找回了哀慟的瑪格。她渾身水淋，逼真地，還像一名剛從那片洪泛鹽鹼地，獨自走來的女孩。想起某夜，她的巴黎宿舍火災，那是喪子之前六年。她穿睡衣逃出，靜立街上看火，因此，認識了隔壁鄰居，學生R。他們陷入熱戀。R總喜歡說自己是孤兒，被一群聾啞老人養大，曾坐過三年牢。R帶她，認識福克納小說、令他痛苦的幻覺，與中學年代起，他最好的朋友，羅伯。

R不時夜嚎，從床上躍起，毀壞屋中一切，或夢遊般，滿街暴走。像與瑪格同看的火場，也是迷夢路途的一景。這無始無終的不能自已。羅伯陪伴瑪格，或瑪格陪他，徹夜尋找這名慣性走失的朋友。直到有天，他們告訴R，他們想一起離開他了。明白了，R說。R吞鴉片酊，被朋友救活，被帶離這個大學知青朋友圈。羅伯去父親的辦公室偷槍，也想自殺，也被救起，受朋友輪班戒護。這群慷慨的朋友們。他與她的親人，同志與愛侶。他的像是也遭火焚盡的青春年代。

羅伯從大學畢業，受召入伍，二等兵，駐紮魯昂，學習適應虛偽與慵懶。最大救贖，也是電報一則：「要嫁給你。回巴黎。M。」揣著部隊假條，他們到區公所公證了。證婚者，是她當時情人。他如今想不起是誰了。他在結婚當夜返回魯昂。他終於退伍了，和她有了一個正式的家，同時，也有了一個抵抗運動的地下分部。同志們擠聚家中，通宵論辯斯湯達爾、尼采與革命。

家門永遠不上鎖。自由出入這個家的，這群慷慨的人，人人都有兩種身分：羅伯藉父親說情之助，入巴黎警署工作，協助組織偷取情報；仍在苦尋小說出版商的瑪格，任職審查委員會，負責核發出版許可證。無論如何偽裝，羅伯以為，他和她之間絕無祕密。無論運動、文學，或各自愛人。

於是，當他返回，他奇怪她竟是孤單一人，入修道院待產。鄰房，修女們為死嬰祝禱，禱聲穿牆。她們不讓母親見死嬰，似乎，也以種種方式，暗責瑪格，無法確實創造出生命來。他帶瑪格返家，悉心照料，體貼程度，令朋友們無不動容。事實上，他也沒親眼見過那名男嬰。他卻以為無妨。記憶中，他以為一切無恙，戰爭仍然席捲各方，許多人更靠近死難。男嬰說不定堪稱幸福。但也許，他與她就是從此，開始離異了。

他還想著一個，在瑪格親口訣別後，也許會使他們，再更遠別的難題——究竟，遺忘和虛構，哪個罪責為重？

以組織報刊《自由人》的名義，瑪格創立了尋人部。在接待站，尋人部與官方調查總局並立卡位，令官員不勝其擾，一再出言嘲諷。她不在乎，幾乎不吃不睡，日日前去坐鎮，一心只想尋回羅伯。打探到他搭上的，是前赴布痕瓦爾德的最末班列車，而該營在解放前，遭德軍清空了，總計五萬多人罹難。她不放棄：還有別的營地，猶有空間倖存。

第一個從布痕瓦爾德歸來之人，進了接待站。兩名童軍搭成人轎，抬他進來。他的面孔，痙攣成怪相，也許是個老人，也許，不過二十歲出頭。他總之不是羅伯。她默立，聽人們為他歡呼，代他哭泣。後來的很多人，都不是羅伯。她睡不著，一再走回羅伯妹妹家樓下，一再揣想彼時，何以她未曾獲邀，參與那場密會。

瑪格不回家時，D知道要去哪裡找她。就在樓下那街角，她抬頭觀望那陽臺，良久不動，像一尊並不垂首低眉、擁抱著空無的聖殤像。D知道，她在反復回想那日，羅伯怎樣反抗無效，終被警察押解下樓；怎樣在受押之前，奮勇卻無謂地，嚼吞了他盜出的一幅軍事地圖。是在這些街角時刻，D最愛瑪格。他也愛許多女人，特別喜愛她們悲傷的本真，愛她們，能這般真摯愛人的能力。D照護她，陪伴她漫長守候，是她最忠誠的伴侶。

某日，收到瑪格的信，她要D，設法殺掉W。有三個月了，她答應W不時的邀約。W是警察，在她去警局打探消息時，帶著關懷，主動提及自己參與逮捕行動，也透露了一點關於羅伯的情報。瑪格深信，他知道羅伯身在何處，也有權力（如W自己聲稱的那樣），彈指，就能決定羅伯的命運。她一再赴約，想得到W的幫助，直到覺得自己，快要不能敷衍他的要求了。D找出羅伯的手槍，隔街站崗，監看飯店咖啡座。他們在約會。那是一家黑市飯店，裡頭，坐滿了警察。他握著衣袋裡的槍，手有點抖，很敬佩瑪格這麼信賴他。

隔街，D看著顧盼風流的瑪格，幾乎入迷了。他也誠摯地，愛著女人的各種矯飾，像她們每位，天生就該有兩張臉孔。他只有源湧不絕的愛。他生來貧困，來到巴黎，讀了哲學系，又再更窮了。他輟學，開始寫作。出版社不耐煩他，索性要他自去審查委員會，爭取自己詩集的出版證。那是一部情詩集。他見到了瑪格。他見她如見宿命。他爭取到出版證，和她的愛。

瑪格帶領他，走入那個地下組織的地上之家。他也敬愛羅伯，喜歡這些巴黎人，對彼此的無私與熱情。巴黎對他，終於像是家鄉了。他只是弄不明白，何以瑪格會要他，對羅伯，隱瞞他和她的愛情。似乎，他是惟一被她這麼要求的情人。也不能拿這事去請教羅伯。但總之無妨，她的祕密也是很可愛的。

一如瑪格，他也沒收到彼日，密會的邀請，所以如今，人還在巴黎。看著隔街咖啡座，他實在開不了槍。他得等待，直到巴黎解放，他們組織，終於逮捕了W，以及許多人。審訊之後，組織懷疑W，只是個極其尋常的警察：似乎，他慣於誇大自己能耐，藉此敲詐囚犯家屬。瑪格卻更憤怒了。她強力要求法庭，必要判處W死刑。

法官傳喚瑪格，還有其它女人，出庭作證了。那是整個戰爭年代，D最悲傷的一天。在旁聽席，他目睹人對人的各種悲憤指控。最後，所有被告，一律全判死刑。他實在太驚訝了。彷彿這時，他才對什麼是「戰爭」，有了切身理解。他看見警察W，這名他若真有勇氣，已經就親手槍殺之人，瑟縮在一夥被告中，無言聽判。被告裡，有蓋世太保頭子，謀殺集團成員，肆行性虐待或強暴的罪犯。相較之下，W顯得多麼無足輕重。就像個意外將自己，弄上了死路的騙子。

他找不到語言，去陳述瑪格在法庭上，對眾人，顯露的第三種面容。心情難以言說，近乎羞愧。審判期間，他常去探望W的太太，試圖安慰她，也聽她憶起，關於W的大小事。毋寧該說：她也不怎麼清楚，自己丈夫平日做為。然而，她對W的愛，卻是真摯且無疑的。這使D銘感五內。

W死後半年，W太太和D的小孩出生了。現在，D和瑪格之間，也有一個祕密了。

站在火車站書報攤，讀完廣島消息，D兩眼垂淚，無法自抑。消息是，七百萬年來，人類孤立自度的總體文明，竟然教會他們，再次純化宇宙創生時的原始殘留物，並組裝成炸彈。人類竟能號令時間，命恆星短暫重生。這顆恆星被重新造出，妥善安眠，空運到廣島上空投下，再被準確喚醒、復生並寂滅，只為了完成一個目標：無差別地，毀滅能量所能追及的一切。它釋出的光爆，溫度高過太陽，衝擊波超越音速。從原爆點向外擴張，形成所謂「死神同心圓」，它瞬間熔化鋼鐵與土壤，將河川、肉身與一切全數蒸發，抬升，散進同溫層，化作數公里外，下在其他倖存者身上的黑色暴雨。那光爆，且激發放射線的重複吸收、驅散與極化，形成不可測的彈道網。

它創造了空前迅捷的一種死亡：在人能意識到自己將死之前，他全身血液已然沸騰，神經已經停擺，骨與肉也早就分離了。它亦翻新並延長了死亡的定義：縱使一個人能倖存，在未來，他將發覺，早在高熱與衝擊波之前，那不可測的彈道可能早就擊穿他的臟腑，無可救藥地鏤空了他的生命。

廢墟中，那名失去腳板、脛骨觸地的蟻行者步伐，沉重敲打D的耳膜。他沒有陳述悲憤的語言。他想，應當立刻讓羅伯知曉此事——羅伯特．安特姆，他認識的一切人裡，最富理想與大義之人。出達豪，在擔架上，他就像位聖徒，用盡最後心力，對他們暢言哲思。能握筆後，羅伯還首先寫了信給他，跟他說明：就是在集中營裡，他開始，相信所謂「地獄」，就是事理的泥化。所謂「地獄」，是一個所有語彙、所有表達都無差別的地方。所謂「地獄」，就是一個人們會一再由衷地，嘔出地獄的地方。

似乎，用這封狂烈的信，羅伯是要他，重思言辭的必要慎重，以便有朝一日，人類，和人類創造的語言之間，能再取得莊重聯繫。D以為，羅伯同時也在辯證詩，像昔日在地上之家，每夜，他們的論談。然而，縱使是輕率的講述，眼前苦難，也需要立即回應。而他相信舉世之內，只有羅伯，具備這樣的能力。

這般念想著羅伯。D在車站廣場，等候前往湖畔的接駁車。一位教士模樣的人，引領一個孩童隊伍，揚長走過他眼前。他們打算沿登山徑，步行上山。他見了欣喜，決定尾隨，成為自願的押隊者。他想確保他們一個不漏，全數抵達目的地。

他想起，自己如今也是父親，也要結婚了，也彷彿仍然是個孩子，才要走向一個無比陌異的世界裡。像兒時，他總是豔羨著這般怪事：暑假一到，同學父母們，會將他們帶離，前去森林裡，某種營地歷練。那裡有友伴，也似乎，總有粗暴的事情會發生。但好像，只要相信著友誼，只要耐心等待，只要夏天過盡，懷念的同學們，都會再返，再重新，成為他的朋友。

山徑盛夏，林樹婆娑。眼淚還在流，他要自己更專注，想著這般樂事。他就這麼，比所有孩子都更慢，一步一步，走向與瑪格約定的所在。

林中空屋

我本想給他們帶些花兒來，但是冰天雪地的，從十月到來年四月，根本連一根草都找不到。我母親有一瓶巴黎香水，芳香怡人。我毫不猶豫地把它偷了出來。我們幾乎身無長物：倉皇逃離俄羅斯，我只帶了幾件內衣和兩條裙子：一條羊毛裙，一條高檔密織薄紗裙，還有幾方上等細麻手絹。我拿了其中的一方；我用香水把它打濕。我可能灑了太多的香水，但我是有意的：應該不惜一切代價，讓這個他們曾經彼此相愛過的房屋，尋回一點溫暖。而既然，我不能在那裡生火、又不能用鮮花妝點它，那就讓這熱切而濃郁的芬芳，替代花與火。

——依蕾娜．內米洛夫斯基，〈阿依諾〉

你生下的孩子有十磅重。在他體內有八磅重的水，以及一些碳、鈣、氮、硫、磷、鉀、鐵。你生下了八磅水和兩磅灰燼。而在你的孩子身體裡的每滴水，都曾經是雲的蒸氣，雪的結晶，霧，露珠，泉水，地下水溝的污水。每一個碳原子或氮原子都曾經在其他事物中有一百萬種不同的排列組合。

你只是結合了這所有的一切……

在陸塊上，在樹木與灌木、昆蟲、飛鳥及其他動物之間——有一群群的人類正生存和活動著。在數百萬人之中，你生下了一個孩子——什麼？——不過是滄海一粟，根本微不足道。
他是那麼脆弱，就連在千倍的顯微鏡下才看得見的細菌，都可以殺死他……

——雅努什・柯札克，《如何愛孩子》

1.

一九四二年，啟行的夏末是日，柯札克醫師依舊相信：灰燼與水，重生為孩童。他認為每個孩子，即便幸運，也只是被偶然丟包在父母家的棄嬰。因為他真正的父母（那個遺動漫長蝴蝶效應、創造出他來的初因），早在他出生前，就已死滅至少一世紀。於是，愛他在未來的可能性，意謂人們愛空泛未來，多過愛確真的他；形同人從自己未竟，移愛另一名未曾出生的嬰孩。與此相反：愛他如斯迢遠、獨自通過殘酷歷史，而得以倖存的確真，等於人才開始看見眼前，這名行星的棄子。

愛水與灰燼的重生，意謂迎接徹底的形下：關於孩子，尿溺比起柏拉圖，總是啟發你更多。譬如那回，糞便像在夜壺裡滾沸，黑糊表面，翻浮起氣泡。氣泡破裂時，濺起甜腐微粒，一顆一顆，嵌入醫師的鼻膜與腦褶。彼時他想：這是好的。那是最後一次夏令營，在華沙東面森林，孩子集體中毒，紛紛腹瀉。醫師徹夜觀護，夜壺，就是他最忠誠的指南。它使他毫不懷疑：自己必能帶領孩子走出森林，安返孤兒之家。

那個林中之晨，猶有體力的孩子，自願承擔值日隊，提抱所有夜壺，走向洗滌場。一路上，他們維護彼此莊重，試圖老練，卻總忍不住嬉鬧，洩漏了仍然稚幼的形跡。那時，醫師在窗後望著，惟願終身銘記是夏，他們每個人。彷彿波蘭語彙裡，「隱藏」（chować）一詞，確實堪稱睿智地，藏身「教養」（wychowywać）中。彷彿半生以來，他所有努力，都只是為了教會孩童自持偽裝，卻猶不失本真。

三十多年前，那名年輕教師極富理想，初入森林，帶領營隊，急於以模糊感性，向孩童示好，也常為高遠價值，驟然對他們發怒。他不知幼教現場，重點總是務實安排，與警醒監控。他得經歷多次心傷，才能掌握管理幼教營的方法——那應用於軍營、監獄及其他社會體制時，亦同樣高效。他學會製造動盪：與其體貼地、逐一為孩子找到合身制服，不如將其分袋拋出，讓他們自行尋覓與交換。他組織小幫手群，布建密告網。他悉心情蒐，無所不記人人履歷。一切算計，皆為在最短時間內，甚至，早在他的營員，初次在他面前列隊集合時，他即能再更入微地，親手抹滅他們各自的特徵。

當他們惟他是瞻，也對林中其他成年人（他的同事、夏令營廚娘與雇工等）而言，一時難辨臉目時，他得以成為他們憑恃，確保他們安全無虞。從前，那名年輕人稜角分明，不明瞭：幼教之途，同時也是磨平自己脾性，盡心地，與其他成人周旋的善謀道路。特別，是要與那些「喜愛不必負責的權力」的狡猾成人，和睦地折衝。因為太輕易了，從日常細項，或暗處舉措傳遞過來，對孩童的傷害，成人隔空捻指，就能造出。

當孩子自信平安，一座時刻凶險的森林，方對他們開放平衡與美麗。當他們各自探索，醫師方得空閒，去不著痕跡地，照料需要特別關注的營員。半生以前，那名理想家絕難想像：這般餘裕，正是幼教理念的至大勝利。這般餘裕，像他們同心，再跟婆娑樹海，商借得一段時間，去讓水光披瀝火影，去在場，發出淨滌一切形下的歡笑。而在歡笑中，他們得以再度逃生。

銘記是晨，因兩年後盛夏，華沙隔離區已圍成高牆，再無法出遊。孤兒之家裡，彷彿饑饉亦自有毒性，孩子們，再次集體腹瀉。那相對無味的水便，令醫師心焦。他別無良藥，只好沖泡石灰水，讓他們灌下，對抗不斷脫水的身體。晨起，院內樓梯上，一階一階，坐著院童，各抱水罐，專注傾聽自己腸胃咕嚕垂降，直至日終。孤兒院，看上去就像療養院，長住了熱愛自己疾病的老人。醫師只不知為何，猶太各委員會諸公，惟任生石灰，在隔離區內取之不竭：人人刷牙、潔身，灑淨室內外都靠它。從街道到廣場，凡人行聚處，生石灰粉末，標注線性與圈形。

醫師抹抹眼，忙於就書桌，寫各種請願信，募款項，籌物資，跟鄰居神父商借花園，容孩子定期去放封。醫師奔波各種成人會，假拍桌，真賣笑。醫師到健康委員會應訊：同事某，密告他隱匿斑疹傷寒疫情；若屬實，依隔離區臨時條款，將判處他死刑。醫師僥倖生還，回程路上，繼續打請願信的各種腹稿。

醫師抬頭，見孤兒之家門口，猶有力氣的孩子們，正臨街跳繩。左近，路倒一街童，顯然已斷氣。右旁，繩索揚灰，孩子們不斷跳躍，彷彿無知無感於死亡。醫師看著。醫師遠目，看從廣場到火車鐵道，整片隔離區，凡人離去的地方，生石灰粉塵原地空捲。久望，再更久望，你彷彿也就要垂淚，也會在淚眼裡自蝕。

2.

一九四二年盛夏，一切都明瞭了：法國新政府，熱心參贊「最終解決方案」，騎警四出搜捕，惟一慈悲，是暫饒本國籍猶太人。大清掃日，萬餘難民擠聚「冬季賽場」：塞納河左岸，一處自行車競技場。由此出發，車輛競馳，一撥撥，將人分送各拘留營，一程程，再循鐵道匯流向東方。父母先行，仔細在木牌上，刻寫自己名姓，繫掛於孩童身上。繫魂一般，想留滯孩童，營地裡自謀生。孩童漫爬，瘠地上覓食，凡咬得動的，全部吞吃入腹。孩童趴糞坑上，看珠寶與金飾，穢污中載浮，念想自己父母，如斯鄭重的遺棄。孩童，倒臥更曠遠星空下，懷揣許多名牌，不疑不惑地，談論自己父母的總歸同死。

朋友們關懷依蕾娜，要她再更遠逃。向西，向南，若有門路，最好就跨海，逃往新大陸。依蕾娜扶扶眼鏡，澹然如孩童。十六歲時，她穿波羅的海、過北海而來，如今，不想再重歷顛簸了。她沒有時間。在法國中部小鎮，每天，她清早出門，走長路，走入松樹林中地。她還有書要寫，而此方林地最好，靜謐且清涼。《法蘭西組曲》，她還有最後一部小說想寫，而盛夏正好——厚重餘物，如今，多可先捨了。冬衣一件，也許，此生再也穿不著了，她留作鋪墊，用以阻絕林中地面，腐葉層的濕氣。她盤坐衣墊上，躬身俯首，開始寫作。

待到正午，四下蒸濛，陽光補白葉隙，或將空白，揉捻成百千葉針，迎頭撒下。依蕾娜再扶扶眼鏡，澹看近遠，回想自己，才剛奮力速寫完的《契訶夫的一生》。她敬愛契訶夫，這位在她出生半年裡，驟然辭世的小說家。識字以來，她揣摩他的話語風格，用以記事，像是指認某種錯身——她的生平，完整就是他的死後。也許，剛完成的速寫，終究，亦僅是私自的願想：當她寫，契訶夫的故鄉塔干洛，「很像那些歐洲的外省小城」時，她毋寧，是拾取自己一路流徙，在許多歐洲城鎮，所見的細碎光影，一點一點，綴描為契訶夫的家園。他的原初，她完整一生的末路。

這個私自的塔干洛：一個藏在俄羅斯深處的異鄉；她如契訶夫，也生在俄羅斯，卻再不被允許，去合法安居的那個普世。身在其中，她的安東：彷彿留守兒童，有生以來，直至成年走離，他在帝國偏南港鎮，陌異原鄉裡獨遊。某位伯父，奪走他父母的財產後，他成了舊家屋裡的新房客，充當姪兒家教，來換取食宿。在舊屋窗角，安東眺望道路盡頭。他生來早慧，足以體察原鄉，實是廣漠時空碎屑的沉積場。那片沃土，亙古以來，盛產貧窮工農，他們，迷信受苦的尊貴——因為苦難無由也無盡，非為誰設，人莫能免，所以純粹受苦，將使受難者更感尊榮。那座東正教堂，光陰投落如深井，地表從不設座椅。拂曉，鄉親如祖靈，齊集於此，不斷起跪，祈禱之姿，已形同受懲罰。那些無由的受懲者，也有深井般的慷慨：誰都是不計代價去給予；誰也都會，不顧一切去掠奪。

用原鄉自許的方式，誰都惜愛生命，熱衷於包圍廣場，看罪犯斬刑。等候著，要搶拿濺血儀式過後，行刑官拋贈的一點麵包與銅板。誰都懼怕死亡——從來如此，每逢當街搜捕異族流民，鄉親，都知道要閉門掩戶，除了自己的禱告，不聽不聞任何呼求。原鄉深邃，誰也都虔誠，不至於，被終歸膚淺的日常給殺傷。十六歲的安東如是，在家屋窗角，目送破產後，光天化日底，父母虔敬的逃生。沒有一點委屈，在他心中，對任何人，猶只有光亮的情誼。

葉針撒落，群樹暗沉。她探看森然，懷想她的安東（若虛構的他，真有所謂「有生」），當然不可能自知，這樣一種明暗對反：在塔干洛，道路盡頭，安東瞇眼眺見的，彷彿恆星碎屑的沙塵，那燙滾的空無，原來，僅是依蕾娜一人，在隱蔽樹林裡，矇矓鏡片後的造景。他的光亮的心，也是她，將幽黯重煉為金。

這就是被逐者依蕾娜，始終愛敬的契訶夫——十九世紀，到最後最後，整座俄羅斯文學，璀璨大殿堂裡，最合法的留守童心。如今，她更欽羨他及早，在親者的關愛注視裡辭世，不必見歷旋踵到來，二十世紀裡，那麼多的暴亂。群樹暗沉，烏雲積聚。午後，依蕾娜抬頭，看暴雨將臨。她收拾細軟，尋路，避向林中溪畔，一間水車小屋。暴雨將至，看態勢，彷彿早從很久以前、千里之外開始席捲，現在，才終於到臨。依蕾娜明瞭自己，真的，沒有時間了。

3.

一九四二年，是維斯瓦河與森林之年。生生長流維斯瓦，三分之二個鬱蔥波蘭，與醫師最童真憶想，皆是它的流域。從前，在醫師寫的小說《當我再次是個孩子》裡，那名成人，重生為孩童首日，上學路途，他歡喜看著自己吐息，憑空生成白煙；去到學校，同學們最期待的，就是又再結冰的維斯瓦。從前從前，當醫師果真猶是孩童，父親領他去劇院，重看耶穌誕生節日劇。那次劇院極悶熱，耶穌，也沒上回生得好。但他記得散戲後，父親帶他去吃冰淇淋，喝冰鳳梨蘇打——在他的沒有人造冰塊的童年裡，那些，皆是嚴冬維斯瓦的贈與。

那次，他把圍巾忘在劇院裡了。返家後，他發起高燒，多天臥病。母親痛罵父親粗心。母親不在時，父親悄悄來探他，靜靜地，把手心覆在他額上，像維斯瓦也沒有的禮贈。他安心病著。朦朧病臥時，他彷彿最能深解，父親一向的漫不經心。不只圍巾，父親身為律師，卻忘了為他報出生（所以醫師至今，不知自己準確年歲）。父親也永遠不記得，事實上，耶穌誕生劇總使他虛弱。

那是更幼齡時某回，父親邀失業泥瓦匠，來家中演劇。演後，一位老人拿袋子，徵集打賞。照父親吩咐，他將父親給的一枚銀幣，小心投進袋內。老人，卻顫抖起銀白長鬍，對他說：太少了，孩子，太少了，再多給些。老人神情與語調，將他嚇哭了。他遂去捧出自己所有積蓄，也顫抖著，倒進老人袋子裡。從那時起，他就害怕面對人，近乎絕望的央求。他明白自己，對那將終身缺乏抵抗力。

亦是自那般幼齡起，逐日，母親、姊姊安娜與他，一同目送父親更愈無語，獨自，走入人稱「精神失常」的絕境裡。他卻猜想父親，只是記憶方式與眾不同：某個他，不是真正的醫師——多年以後，在艱難世途，醫師將不免對同類心生苛念，會冷看一切藉「慈善」言行自悅之人；不是這個苛刻的他，而是另一個絕無恐懼、毫不保留去給予的想像孩子，被父親給深深喜愛了。從此，健忘如父親，卻總不忘領他去看戲，去每年一度，與那想像孩子重逢。那覆額手心，也許因此冰涼，然而，嚴冬最令他心安。像與父親同病時，他也可以去深愛，那個更好的自己。

每年一度的病弱，有時比較緘默，卻總是如斯貼身。他聽家屋外，維斯瓦靜靜流，推動河面浮冰向北，像要將那擠碰聲，傳抵無垠的海岸。一盞燈，透過門縫，搖曳微光。他的家人，在臥房外為他守夜。他們低聲語談，悠悠緩緩，談整個將盡之年。那時，他深願從此病臥，憑此，留駐他們，在四圍深雪中。因為雪融之際，時間會析透他們話語、所見彼此，及所有縫隙。時間，會將一切裂解為空隙。不只父親，安娜也會走離。安娜永生痛苦，不明白為何，丈夫突然自殺。她放逐自己到巴黎，在匿名大城，住濕暗陋室，靠翻譯法律文件，無聲地維生。

不只安娜，母親操勞一生，亦在困惑裡痛苦。未來的醫師，但願自己曾對她預警：切勿親愛自己兒子，且請將他與您，看作僅有微生物群落的關連。就像世上，任何母親該當理解的那樣：母乳，是她們溶解掉的身體，而孩子，卻無情吞食它。母乳同時，亦餵養孩子體內微菌，成就每個孩子，為饕餮的微物宇宙。因為她的兒子，終將受召為軍醫，走向戰場。為了搶救病患，他身染斑疹傷寒。他帶病菌返家，傳染給照護他的母親。他不知為何又再倖存，母親卻死去。

因為不只她，她的女兒也全心照料他。接訊歸鄉，安娜好像只為回來，再聽失神的他，說起一則殘酷笑話：他提議，姊弟一起自殺，謝絕這個瘋狂人世。戰爭猶不止，無數人接續死滅，安娜無法可解，無話可勸。每夜，她監視他埋頭寫童話。他寫：在一座安詳無人島上，孩子國王麥提，立好了四座空墓——給金絲雀，給父親，給母親，給最善心的女王。每日，她陪他去母親墳前呆坐。每日，她看他懷揣氫化汞，與嗎啡藥錠上路。她也懷想維斯瓦嚴冬，與父親，疑心會否瘋狂，早已極其漫長地，潛抑他們基因裡。

維斯瓦河靜靜流，北向，浮冰空響如磬。醫師只不知去冬，在下游河畔，負責實彈處決，與掩埋屍坑的森林分隊員，不少皆嚇病了，亟需心理諮商。黨衛軍官朗格，見了也心焦。某日，他冒雪返回別墅，瞥見公務車怠速排廢，突然——「Eureka！」他機靈跳起，衝回書案，畫出了最早一幀，行動毒氣車藍圖。同時，從德奧境內六座安樂死中心，更多的朗格，攜帶各自願景與創意，散向東方。開春融雪後，一九四二年由此，成為林地營建年。許多鐵道，穿越樹海而來，末端，牽連一月臺、一毒氣室，與一焚屍場。三位一體，屠殺機器的最小模組。從高空望下，那精算空間，如小巧電路板，掩映在林中，卻能觸發最大功率，夜以繼日，吞噬抵達者。

溯河而上，直至上游奧斯維辛，屠殺模組因地制變，體貼地，融入每座滅絕營。從西到東，維斯瓦河域森林裡的屍坑，一個一個，再被翻掘起，一軀軀都發酵過，都再走向焚屍場，由囚犯自行去焚盡。焚屍囚犯，再由下波囚犯去焚盡。鬱蔥波蘭，群樹沙沙走搖，在此，第三帝國落實徹底分流：在通往死亡的道路上，一名非雅利安人，絕少碰到德國人。

猶太各委員會諸公忙於密會，計算工廠勞動力，圈列遣送名單。華沙以西，羅茲隔離區住民，去冬即啟行。一個女孩，被選入長老餐廳幫廚。她側耳，提防某種腳步聲。那足音節奏規律，來自他們跛腳猶太王，原羅茲孤兒院院長，盧姆科夫斯基。羅茲猶太王年過花甲，掌各委員會，自印隔離區貨幣（帶個人肖像），坐插翎馬車，王境裡巡行。他最愛來廚房歇腿，重輕重輕，睨行過餐檯，抄起麵包，眼擇眾人。整個王國舉一塊麵包；一塊麵包換油煙暗角，青春少女長坐他懷抱。輕重輕重，女孩遠遠聽著，貼壁像蕈菇，讓自己隱形更久些。一月接一月過盡，猶太王起身抖腿，一批批同伴離開廚房。

待到五月，華沙以東，昔日夏令營地不遠處，特雷布林卡滅絕營破土，超速趕工，以備專迎華沙住民。醫師只不知，在另一個平行時空裡，朗格們的榮銜堪比阿基米德；而盧姆科夫斯基，仍將死於同裔之手。五月，醫師開始寫《隔離區日記》。初始，他猶欣喜預期：原鄉華沙，會將是他，死後安息的所在。

4.

永離原鄉。十六歲的海，是火的餘燼。彼時，普世以為，第一次世界大戰結束了，但其實，波羅的海四圍，戰事沒有一日告終。中樞宣告敗戰、德意志帝國解體以來，東線，精銳德軍拒降，就地，散成許多自由軍團。有的加入白軍，幫打布爾什維克黨人。有的加入紅軍，續討沙皇舊部。有的紅白無別，凡非德裔，皆是屠戮對象。亂軍交互掠殺之隙，從聖彼得堡莊園，依蕾娜隨父母出逃，向北，逆時鐘經芬蘭，轉瑞典。濱海四圍，縱然大雪冰封，戰火，還是輕易追及他們。

聖彼得堡莊園，自領森林、河流，與舊日世界裡，一切所屬。它既幅員遼闊，是依蕾娜的全宇宙，也可摺疊再摺疊，形同圖書室裡，某一本小說。莊園圖書架上，許多小說，寫這樣的莊園生活。莊園之人，於是在紙面上，在畫框裡，無處不在攬鏡自照。每日，依蕾娜看母親晏起，再長長久久，悉心梳化。母親看來，就像那樣小說裡，典型的遲暮美人：總是哀歎自己，被生活所辜負；總也遲遲不願，離開自己遭棄的年華。

莊園像冰宮，對母親的意義，是盛夏，返南度假時，終於，可以拋在腦後的有期監牢。在克里米亞民宿，依蕾娜捧讀契訶夫，想像海的另一邊，她總盼望，能親見一眼的塔干洛。想像長路另一頭，她兀立如冰的家園。依蕾娜等候夜暗，她受邀去觀光區豪華大飯店，與母親會面，也許，還能共進晚餐。母親遲暮，而飯店夜夜的飲宴與舞會，使母親樂而忘年。依蕾娜以為，自己最好裝作是母親的遠房親戚，某個奇怪的晚輩，不，同輩小女孩，或更好——剛游過海來，某個塔干洛雜貨鋪的送貨小童。依蕾娜戴好，母親最討厭的近視眼鏡。

在觀光區，燈照長街上，依蕾娜走著。很多年後，她想，眼前彼刻，莊園就像水晶球，裡頭裝了書；燈光世界，則是裝載莊園的水晶球。同一批人，她命定相像的那種人，在這重層鏡廳裡梭游。彼時，他們都沒有察覺：這個琉璃鏡廳，原來，多麼容易被敲毀。一顆煙硝彈，一點裂痕，之後，就是更漫長一路，碎玻璃般的雪封。

連她也沒有覺察，原來，在雪封的、完全透明的空氣裡，人聽得見千里以外的動靜，譬如，掛在馱獸脖子下的鈴鐺聲，張眼，卻什麼也沒瞧見。彷彿包括聲音在內，嚴寒，真能讓事物保存得長久。那就是更多年後，在四圍海濱，她反復聽見的，自家冰宮的消亡聲。然而，倘若事物，真能在酷冷中常存，那麼如今，她的家屋，想必還佇立原地。一如在芬蘭，在瑞典，她曾親眼見過，也曾以火與花的替代品，私自的一點暗香，去為之繫魂的許多林中空屋。

千里之外，很久以後，夏雨傾注，像過往那些森林裡，全部動靜的終於雪融。水車小屋，屹立雨瀑中，也像林中空屋，繫留她的無傷，寬容她的知命。依蕾娜猜想，都是這樣的——在德意志以東，那已接續二十數年的自由混戰裡，總是有人離鄉；總也有人，更其漫長地歸鄉。總是錯身。總是有一家人，譬如說，在開春以後，他們涉過融雪積成的沼澤，去到某個新政府的住房管理局，申請一個居所。總是，他們請領到鑰匙、地址與地圖，而後，就被告知，得自行前去。

總是，當他們尋得家屋，開門走入，他們看見屋內，就像剛被無數雙拳頭痛毆過。一些房門開著；一些抽屜沒有關上；桌上餐碟裡，還留有一半食物；床邊，堆著沒有整理的被褥。一切都顯示，上一家住戶，方才匆匆走離。總是這樣，他們不會過問，消失的人為何消失，都投向何方。而既然，在漫長歸途後，他們終於得享家屋，他們，也就悉心鋪好自己眠榻，自願，進入深深睡眠中。總是有個小孩，因異樣情感而失眠，因他感覺，眠榻裡，還留有上一個小孩的體溫。總是這樣，雨淅淅下在那種醒覺，那種特別隔閡的溫暖裡，直到天將亮起，他才輾轉睡去。總是就這樣，新生活，在四圍戰事裡到來。

依蕾娜知道，二十數年裡，遍海坑殺昔往。很久以後，當她自己，因那種醒覺與溫暖而倖存，當她，開始以法語寫作，她奇怪：法國讀者，驚訝她以男子名姓為筆名，且竟然，能栩栩模擬男性思維與語調，毫無裂縫。她想說：那個聲調，就是大殿堂琉璃的碎裂，聲音的葬禮。那種艱難的模擬，也就是她一生，非法的至誠。

5.

待到夏末，醫師預期大疫空前，無人，可能隱匿。啟行是晨，兩百多名院童整隊，醫師容他們，各選心愛玩具一個，或書一本，隨菲列克高舉的旗幟而去。孤兒之家旗幟，未來的圖騰。昔日，每逢同伴過世，他們舉行喪禮，在旗下悼念逝者，祈願從此善用時間，過和平、勤勉且真誠的生活。待到夏末，街頭地上，一位母親用紙張，細心包裹死去孩子，卻裸露他腳脛。母親想說：她只是暫離，設法籌葬，而孩子赤身，無可拿搶。一名倖存街童，暫入孤兒之家。醫師所有笑話他都大笑；任何要求，他皆殷勤達成，十足陽光。數日後，他陰沉問醫師：能否也收容他弟弟。然而，孤兒之家裡，已無人聆聽腸胃，或費力跳繩，彷彿死亡已經披身，孩子有的，乾脆放棄了進食。

他們乖巧聽醫囑，列隊向東行。醫師鎖好院門，回望，想起那個夏天，契訶夫，他最喜愛的作家也東行，帶著肺結核，去向遠東薩哈林。另個夏天，柯札克醫師困坐醫療列車，往返哈爾濱與伯力，一趟趟，後送得性病的革命軍。醫師想起，契訶夫竟已死去四十年了。不，不只他——事實上，在那片廣大沃土，契訶夫曾傷懷描摹過的舊貴族末裔，應已盡數死滅了。然而，他們確切擁有過，比起醫師折返跑而言，更其寬闊的末世。契訶夫小說〈帶閣樓的房子〉裡，那位末裔之子，那般年輕，寄宿空蕩故居廳堂，每逢夜雨，高窗放電閃雷，舉屋晃亮。盛大的孤獨。每天，他閒步林中，如此無人可解地，塗銷自己生命又一天。他的森林，卻是他者生活的群星：一處處莊園，曠遠區隔一座座荒蕪。

一顆壞牙，老是刮擦醫師舌頭，讓他滿嘴鐵鏽味。但直至夏末，醫師還是沒空搭理它。過去一季，他在孤兒之家自畫隔離室定居，觀護高風險院童。他寫信給姊姊安娜，跟她暫別。昔日院童、如今得力助手菲列克，幫他弄妥窗簾、理好書桌，還把鉛筆削成兩頭尖，方便他多寫字。窗簾是不透光黑紙，據說這樣，敵機就會在夜空裡迷航。菲列克不知，醫師曾祖父是玻璃窗匠；曾祖父不知，玻璃窗是腓尼基人的發明；腓尼基人不知，三千多年以降，人類沒有更透光的想法了。一只飛蛾，在窗外撲撞一絲光縫。室內，黴菌在角落滋長，孩童在睡眠裡說話。彼夜，醫師像深海潛艦長，歡迎密艙裡任何生息。他計畫寫一本書，關於孤兒院夜，與孩子的未解之夢。

菲列克也不知（沒有任何同期院童該知道），醫師，用麥提國王好友的名字，來為他命名。頑童菲列克，在童話裡，幫助麥提逃出王宮，陪他裝扮為小兵，去遊歷戰場。在麥提拋棄整個王國後，菲列克，也是惟一心碎之人。他拒絕再和麥提，扮裝為平常人。他不理勸說，失手，將麥提推入了工廠機器裡。菲列克：麥提國王最執著的友伴，與最誠摯的死因。

對契訶夫而言，荒蕪好長，生命卻太短。然而，對屢次見證死亡的醫師而言，他總覺得自己生命，已經長得不合時宜了。他抬頭，看菲列克的旗幟，在前方舞動。他想：四十年，再四十年過後，他想必也不在了。但在那童話旗幟下，此刻，如斯年輕的孩子們，卻有望再次歡逃，成為新世紀的耆宿。一九四二年，如此亦是祈願之年。懷抱心願，比所有孩子都更慢，柯札克醫師押隊，抵達了森林。

數日後，安娜隨行。

6.

在無人島上，立好四座空墓後，麥提國王遲疑，不知可否安放十字架。像很久以前，那位真摯孩童的躊躇。彼時，柯札克醫師年方五歲，心中尚無恐懼，只想著自己該如何做，才能讓世上，再無飢餓的孩童。饑饉孩童們，在院子裡遊蕩，大人們禁止他，去靠近他們。院子裡，一棵栗子樹下，埋葬了一個糖果盒，裡頭，躺了他最親愛的朋友，一隻金絲雀。彼時，醫師也想在樹下，安放十字架。女僕阻止他，說人哪怕是為鳥掉下一滴淚，都是一種罪。何況為牠安放十字架。門房附議，說金絲雀是猶太人。他呆立，因為他也是猶太人，只是門房一時沒想起。

盛大孤獨，在林中晃亮。暴雨淅瀝，水車小屋裡，四壁洪荒。壁上，一隻小蠍子僵立，舉起牠的針刺與腳爪。牠意識到渾沌上方，依蕾娜的存在。要多漫長的時光挹注，這種寒武紀古生物，才能毫無變化，原地，留滯成西歐特有螯肢動物。多漫長的時光，牠還在渾沌深井裡，保有鬥爭的勇氣。牠想必不知道，洪荒星球上，萬物生長與進化，一切，都變得積體龐然。就連昔往的哺乳類鼠輩，今日的她，也可視牠的武裝如笑話。竟視牠，為蟑螂近屬，只是不知逃竄。只要抄起石頭、枯枝或甚至拖鞋，她順手，就能將牠打成二維死屍。

那麼漫長的時間，牠想必，還是一點不理解，是什麼，使渾沌驟然塌陷。牠們的史詩（若有的話），都怎麼形容，某種來自上方的、拖鞋狀的天譴呢？依蕾娜抄起鞋子，已經就要揮下，突然，凌空，她停下動作。一個句子出現，使她徹底明瞭，自己最後一部小說，《法蘭西組曲》的去向。

一個行進的隊列。在其中，她看見她的菲利普神父，像看見德意志四方，那麼多的潛行者嚮導。六月風暴，德軍攻陷巴黎，她的神父，率孤兒院內，二十八個男孩，輾轉南逃。每人，只隨身攜帶一條毯子，一只布包。男孩們拖著便鞋，意興闌珊走，沿途，見花折花，見蜥蜴殺蜥蜴，一派天真，十足沒興趣生活，也無知於死亡。神父見了心驚，只得勉力勸誡。在某個鎮郊，他們發現一幢坐擁山丘的城堡。神父按門鈴，無人應答。是個空屋。神父要求他們，「對這片產業保有絕對的尊重」；是夜，就權且夜宿鐵網柵欄外，草地上，絕不要穿欄洞入屋，不攀折任何一根樹枝，也不丟棄哪怕一張紙屑。

半夜，兩個男孩不見蹤影。神父循聲，入屋追查。兩個男孩，正在屋內翻竊。神父想教訓他們，與他們肉搏起來。初始，那像是遊戲。直到兩個男孩躍起，野獸般向他衝來，其中一個，狠狠咬了神父。神父這才意識到：「他們真的想殺我。」他們真的想殺我。依蕾娜靜靜旁觀這個句子。她看幽暗空屋裡，神父正遭銅鑄桌腳痛打。她看神父聽見，其中一個男孩，吹起響亮的口哨。一個，兩個，所有男孩全數穿欄洞進屋，酣醉一般，將神父高高抬起。他們走到屋外，猶然空手的，就沿路抄起花瓶、小擺飾，或地上石頭。他們涉過夜露浸潤的草原，來到湖邊。他們歡呼著，將神父擲入湖中。六月溽熱，湖水卻冰涼。她靜靜，看神父下半身沒水，一點一點，沉入湖底。她看神父，及時察知自己來不及溺死，因為在那之前，一個花瓶命中他頭顱，一顆石頭爆裂他眼球。神父仰面朝上，血湧如注，死在自己，惶然的洞視裡。溽熱六月，二十八個男孩盡數遠走，散入南逃人流裡。

什麼時候，雨已收歇，牆外，能聽見林鳥，重新抖擻的鳴唱。然而，良久良久，依蕾娜只是一動不動，對視神父濕漉漉的臉容。彷彿依蕾娜早就明瞭，燒燃的海，亦孵化許多種未來。空泡般的未來。譬如霍斯，這位昔日，德意志帝國全軍中，最年輕的士官。千里轉戰，他在波羅的海成年，最後的自由混戰，是磨折他一生的慘酷實歷。二十數年後，一九四二年盛夏，霍斯年過不惑，任奧斯維辛指揮官。對他而言，萬事也都清楚了：從未有明文實令的所謂「最終解決方案」，現在起，各營主管，競相落實施行細則。他召開會議，制定月臺揀選的標準流程。從此，每當別墅午寐，屋外、圍牆裡、月臺上動靜格外小，使他得以安眠。更流暢的死滅，對他而言，恍如美夢。他只企盼夢境牆垣，不會滲入波羅的海的呼喊，又使他乍然驚醒。

五年後，他在奧斯維辛主營受絞刑。

譬如夢境的初始，也有一座森林。一九三八年底，第三帝國黨政軍領袖戈林，在柏林航空部召開會議，商討「水晶之夜」善後措施。襲擊猶太商家的行動，造成意外後果：當夜，黨衛隊打破大量櫥窗玻璃，依法，商家得向德國保險公司索賠；為進口玻璃，德國損失不少外匯。會議上，戈林決議修法，勒令猶太商家，賠償德國的賠償。會議中且討論，應將猶太人，圈禁在猶太人自有的林地。戈林建議，林地還可放養麋鹿，因麋鹿「也有那麼一個彎彎的鼻子」。不到七年，戈林潛逃，放生他的元首，在元首自建的柏林地堡。

森林以後，是整座島嶼。一九四〇年，擊敗法國後，納粹版「馬達加斯加計畫」開始研討，擬要求法國政府，清空這塊殖民地，流放全歐猶太人。首任馬達加斯加總督，內定是鮑赫斯——元首總理府主管；德奧境內，兒童與成人安樂死計畫總主持人。馬達加斯加路遠，航道受盟軍封鎖，總督始終無法履新。五年不到，鮑赫斯內陸自死。

最後，才是樹林裡，許多創造滅絕的孤島。譬如依蕾娜，並不認識柯札克醫師，不知空墓前，善良孩子一生的躊躇。依蕾娜也並不認識霍斯，不知道，最終，她將悄然去向（或不幸重逢）的，正是這樣一個劣童的眠榻左近。依蕾娜卻理解，惡夢比人更強韌，也一再變形，席捲更多人。雨雲散去，陽光收摺於牆縫。依蕾娜看著，彷彿窺見更多年後，骨灰池畔，陽光照透樹林，落葉紛紛晶亮。轉身，就能看見許多林中空屋。無人的隊列。

馬達加斯加島上，變色龍雨中奔跑。依蕾娜眼前，小蠍子斂起爪刺，潛身，蟄入壁縫裡。骨灰池畔，水的冷冽，火的餘燼。陽光收摺牆縫，林鳥鳴唱依稀，此刻，依蕾娜猶然有生，只想奮力寫作。孤單一人，她像對視著她的神父，她至誠的惶然與嚮導，沉入漫漶火光的最底最底。

愛犬 I

門格勒養了十幾條狗，帶著牠們，去叢林散步；睡著時，牠們就開始放哨。群狗的首領叫「吉卜賽」，總是守在他身旁。那座瞭望臺緊鄰農場，高六公尺，是他讓農場雇工修的——他告訴雇工，是為賞鳥。脖子掛著蔡司望遠鏡，他每天待在那裡，眺望道路數小時。在巴西這遠離人群、無限接近自然的藏身處，他的生活處於停滯狀態，日復一日，月復一月，旱季濕季，令人窒息的暑熱，讓人失神的漫雨。一成不變的生活裡，萬物出沒與生長：千足蟲，蛇，蠍，桉樹與波羅蜜。波羅蜜樹的根鬚發達，糾結在一起，慢慢纏成恐龍的巨足。

——奧利維耶．蓋，《約瑟夫．門格勒的消失》

容納四千五百人的吉卜賽營，滅絕時刻到了，黨衛軍牽警犬，趕所有人出營地。次日清晨，一大堆散發灰色光芒的骨灰，堆在院子裡。十二對雙胞胎未受火焚，在被送往毒氣室前，門格勒博士已在他們胸口，用特殊粉筆做了記號。他們躺在「太平間」的水泥地上。把他們按對分開，是件令人疲憊的工作。我小心翼翼，不搞混他們，免得自己也喪命。過了幾天，我和博士在工作室裡，瀏覽雙胞胎檔案，他注意到一個文件夾封面上，有滴淡淡的油污。解剖過程中，我時常手執檔案，可能是在那時沾染了。

博士面露凶光看我，嚴肅地說：「你怎能對文件如此粗心！我在編輯時對它充滿了愛！」我聽著，坐在那裡，大腦停止了思考。

——米克洛斯．尼斯利，《奧斯維辛猶太法醫記述》

一條假腿，在南美上空飛行。在那高空，地表不被聽聞，形同是在緘默裡，受它無盡地踏勘。從那高空眺下，無盡瞭望臺還兀立雨林深處，模仿樹的從來喑啞。第三帝國空戰英雄魯德爾，屬於這條假腿所有。從前，在東線戰場出任務時，他被防空彈擊中，墜地，送醫，截斷一條真腿。那假腿，於是臨床亂真，裝上魯德爾本人，領他再飛天，又轟掉紅軍共計二十六輛坦克。魯德爾蒙元首召見，成為帝國「金橡樹雙劍鑽石騎士十字勛章」（正式全稱），首位受勛人。然後元首自盡，帝國滅亡。惟一受勛人，魯德爾來到新大陸，那條假腿，就是他更如實不二的勛章。他憑此開張立業，仲介祖國重工業頭人、軍火商，給南美層峰。

魯德爾斬獲頗豐，運籌起金權，在南美各地組建「同志會」，庇護舊日黨人。那張浩蕩牽引的援救祕網，由前納粹成員，各國公部門，紅十字會，梵諦岡，與航運鉅子合力織就，跨海，一律直送他麾下。魯德爾，從不受列戰犯名單，也自由跨海，競逐祖國聯邦議會席次，一時，第四帝國端倪可期。

當元首自盡，杰拉爾年僅二十歲，只恨自己晚生，趕不及獻身，就算獻身了，也不值一哂。他自願轉進，隨「同志會」布建於巴西聖保羅，負責盯印機關書刊。當書刊順利運出，印廠的夜會特別死靜。印刷廠，像體溫猶存的獸屍。滿手印漬的他，是它的又再遭棄的遊魂。彼時，他只有滿腔赤忱，總盼望，還能親手奉獻什麼。

他成家生子，奉元首之名，命名其子為「阿道夫」。盯印盯了十數年之後，他終於，通過組織忠誠考察，受召加入祕網，成為魯德爾麾下此端，近身侍奉流亡者的聯絡員。從此，他疏於看顧自己妻兒。他們舉家，卻皆無有怨尤。

當坐上杰拉爾的快車，奔逃進雨林時，門格勒博士已過不惑了。昔日奧斯維辛的死亡天使，猶陷溺在三年前，父喪之慟裡，滿心，還想重返故鄉，繼承家業——門格勒牌農機熱銷全球，在巴伐利亞金茨堡，家族富甲一方。在藏身的農場邊緣，博士建起空前雄偉的瞭望臺：為防蟻蝕雷焚，瞭望臺係以石料手砌，無比牢固。杰拉爾每次見到，都讚歎不已，總覺得那像是預備著，要在多年後，成為此境惟存的古蹟。如是，三年過去，當政局傾蕩，會眾潰散，魯德爾也得暫避風頭，昔日，那些考察過杰拉爾忠誠度之人，盡皆不知所向伊時，只剩杰拉爾一人，還不時前來，探看祕境裡，立柱聖人般的博士。

三年以後，杰拉爾走來，身姿一如初訪。在那臺沿高處，群狗首領吉卜賽，總算認得他的聲息了，遠遠察覺，沒什麼反應，好像杰拉爾，終於也是走哨的一尾同伴了。博士驅身滾來，到牠身邊，趴臥露臉，只懶懶地，對他揚動幾根手指頭。黃昏時分，蚊蚋在杰拉爾眼前聚散舞形，空氣裡，聞得見林中潛隱的涓流，也能聽見近處整片農場，彷彿隨時，就要碎解與冷漂：圍欄上，鐵絲網振動的單頻；圍欄裡，門窗開關的砰響，還有各種人的，總是無由無止的吱呀。

風這般寂然地吹拂。鎮日，博士平躺其上，任令電唱機裡，循環播放的華格納歌劇，陪伴他再更昇華。那夢幻人聲，也像正嚮導他，背負了球狀巨重往下沉，再往下沉，直到凡人皆無法企及的虛空中。杰拉爾聽悉著，心算自己背包裡物資（報刊，糕點，火腿，通便栓劑，凡此種種），料想此次能否，完滿博士日常所需。

可靠的杰拉爾，仍只有滿腔赤忱，深以為的確，博士並不需要特別瞭解他。一如首領吉卜賽：牠都徹底忘了，最初，就是杰拉爾一人，一路徒步，背負剛要睜眼的牠，帶給博士去馴養。他是牠最初夢裡的聽聞，也是牠們共同受領的遺忘。因為杰拉爾，就是博士藏匿歲月裡，最其必要的隱匿——彼時，他樂意自己，就是幾行重複消亡的足跡。

死亡天使，站在奧斯維辛坡道上執勤，用手指頭，分別剛下火車的人眾：指一邊，即刻死；指另一邊，緩點死。彼時，他竟才二十多歲，臉容，年輕到令人難以置信。他向來不滿意自己臉容：髮色偏黑，額頭突出，因上顎天生缺兩顆牙，導致門牙齒縫過寬，見過之人，必留印象。小時候，在金茨堡小鎮，同學們頗無情地，暱稱他為「吉卜賽」。博班時期，他努力論述「下顎種族形態學」。他證明了下顎能證明：他是純種雅利安人。坡道上，那些徨徨人眾，無人知曉此刻，天使心中最大煩惱——他想著，怎樣能說服父親離開小鎮，來奧斯維辛看他。他想讓父親看見他的英挺軍裝，與在場能耐。天使深愛父親，亟需父親對他的認同。

一對父子，正在鐵桶裡頭煮。待煮到各自骨肉分離，再施以汽油浴，尼斯利就能取出完整骨骼標本，依死亡天使命令，寄往柏林的人類學博物館。一位女士，常存在這對父子心中：餓死在波蘭羅茲隔離區的，父親的妻子，亦即兒子的母親。他們深深懷念她。尼斯利，默默記下這般想念。他盡力善待他們，像保健室醫師，為他們測量身形，陪他們憶舊，招待他們用餐。不必明錄於報告的，他暗記自己心中。

他只沒說，他們將去向何方。尼斯利，馳名國際的法醫病理學家，常年，透過自殺死者屍檢，建起死因鑑定學。隨四十四萬匈牙利猶太人而來，他被選進特別工作隊，掌管解剖室。他永生銘記，自己入隊第一餐：桌面鋪錦緞，其上，陳列醃肉、果凍、酒飲、各種家鄉味。四十四萬人眾，隨身卸下的鄉味。之後，則是無以銘記的更多餐：死亡天使的助手，吞食非自願死者的剩餘，愧於再自想起，學術的嚴謹與文明。

他只代他們去回想：最初，離開隔離區，這對父子，來到死亡天使的面前。父親駝背，兒子右腳畸形，穿戴金屬矯正板。死亡天使見了竊喜，認為這能證明，他頗想不證自明的猶太種族退化論。他代他們去經歷：最後，當鐵桶仍靜待冷卻，四名飢餓的波蘭囚犯經過，撈起他們，當場分食了起來。在尼斯利來得及阻止之前，他們局部，已經就進了同胞胃袋。死亡助手呼喊，慟哭，雙手凌亂，搶抓無人記憶的他們。

同時，在自己書桌前，死亡天使正端坐秉筆，開始，給父親寫家書。

一對母子，同時瀕死：母親罹患胃癌；兒子阿道夫，罹患骨癌。杰拉爾十分焦急，亟需籌集醫療費用。他想請博士寫信，代向門格勒企業調款。這是第一次，他有事請求博士，在他為博士，義務奔走了十多年之後。在書房裡，博士聽完，靜定看向杰拉爾，勸誡他：人應當認命，接受親人時日無多的事實，不要因此，就浪擲了他人的錢財。沉默中，杰拉爾有些恍惚。好像農場裡，一切無謂的吱呀，都比博士的明確話語好懂些。

他們口音有惡臭，使人聯想起死亡。最初，博士是這麼說的。農場主人叫格扎，正職是土地測量員；女主人叫姬塔，農場的主要營運人。他們是匈牙利裔移民。戰時，他們是箭十字黨的溫和支持者，親見國境內，猶太人、羅姆人，與政治異議分子等人，如何被驅逐，或就地遭屠殺。戰後，他們認為這些，都不必再提起，以免破壞了和平。他們，更願意憶述對自己而言，切身難釋的傷痛：第一次大戰，帝俄併吞了他們故鄉；第二次大戰，紅軍姦殺了姬塔的一位妹妹。如今，他們舉家前來新大陸，只願從此生活安寧，共謀富足，因此，很歡迎博士到來。在托顧博士的人選中，他們，最符合組織理想。

杰拉爾負起安撫與協調之責，解決博士與農場一家，層出不窮的家務糾紛。一些年過去，杰拉爾才恍然大悟：事實上，他們既厭惡彼此，也離不開彼此。兩者，神祕地相輔相成——他們愈離不開彼此，也就更愈痛恨彼此。每一次，當博士基於恐懼，覺得行蹤已然暴露，想再望風而逃伊時，就是格扎與姬塔，累聚更多財富之時：更多來自門格勒企業的金援，為他們，換購更大的農場。每一次，當格扎外出執行公務，多日不返（據悉，偌大雨林裡，尚有許多未經測量的處女地），博士，儼然就成了農場的男主人，與姬塔同寢，坐鎮格扎書房，管束起農場孩子與雇工。雇工與孩子，都習慣這樣的三人戲劇。

然後格扎歸來，會再嘗試激起博士的恐懼：更多的陌生人，在農場外圍窺伺的細節；雨林裡，更多的前納粹黨徒，如何被供出、逮捕與處刑的案例。那讓博士，已年過知命的博士更加內縮，更加緊緊抓住格扎與姬塔。博士真的以為，是他挾持了這對夫妻，而非相反。博士也真的相信，報刊一切，都與自己有關，是為自己而寫的命盤。譬如那回，也在格扎書房，博士見他走入，揮揮手上報紙，很高興對他說：原來，是這個猶太小男孩，為博士解圍，拯救了他。

男孩彼時八歲，家住以色列，外公，是猶太基本教義派組織，「耶路撒冷牆守護者」的創辦人。男孩父母，拒絕讓男孩接受組織教育，外公遂發動組織人脈，綁走了男孩。外公寧可入獄，也堅不透露男孩下落。外公入獄，教眾上街抗議，包圍公署，要求停止迫害。基本教派與世俗派衝突，由此愈演愈烈，以色列政局，一時大亂。布建在海外的情報人員，全數擱置手中任務，只為同力，尋回消失的男孩。八個月後，他們終於在紐約找到男孩。八個月啊，博士歡呼，多麼珍貴的時間：足夠博士，擺脫不日就要收網的特務，又再潛逃。

博士親吻報紙上，男孩的照片。奇怪彼時，杰拉爾見了，也那般衷心快樂。僅僅只為博士一人。然而此刻，當他再仔細環顧格扎的書房，他心生悲傷。他發現當博士在座，這裡，就像沒有鏡子的密室——沒有什麼，能顯示博士的實然在場。他發現，自己的確贏得了博士的絕對信任，於是，博士絲毫不覺得有必要，像籠絡農場一家那般籠絡他。

彷彿與幻影對坐的他，真確也並不存在了。

一隻狗死了：首領吉卜賽，老死在博士的懷中，博士哀慟逾恆。好幾天，博士不吃東西，開始腹痛，被送進醫院，從肚子裡，取出一大團毛球。博士也老了，格扎和姬塔不要他了，他們一家，現在想搬回城裡，在新購豪宅裡生活。他們和門格勒企業，談妥了安頓計畫：博士，將獨居聖保羅郊區，一間企業買置的房子裡。房子，歸在格扎之子名下；每月，格扎會來收取租金。

杰拉爾來道別。他順手，為博士粉刷廳壁，送他一顆野豬頭，裝飾臥房，還為他，整理前院亂竄的花草。附近園藝工，路易士，十六歲，原會定期前來，整理前院。博士很討好他，送他巧克力，教他聽古典樂，還為他買了電視機。博士提議他留宿，路易士嚇得不敢再來了。博士只是害怕獨處。奇怪，這名逃亡近三十年之人，真正獨處時刻，如此罕有。

對了，杰拉爾說，那個幸運男孩，名叫約瑟利，有八個月，他被關在布魯克林，一間光照不足的倉庫裡，搞不清楚發生什麼事。不定時，只有一些大鬍子拉比會去看他，用他聽不懂的話，跟他講道理。人們認為這樣，男孩就會相信天使來過。博士聽不懂杰拉爾講什麼。博士更惶惑於杰拉爾的道別。

為什麼回舊大陸，因為我在此境沒有作用，也沒親人了——杰拉爾說。博士又開始拔自己鬍子吃了。不要害怕，杰拉爾輕輕拿開博士的手，像照料嬰孩。不要害怕，杰拉爾說，博士您現在，可以剃光鬍子，不怕再露出上門牙了。現在，沒有人那般熱衷於追捕在逃戰犯了：以色列，需要南美各國的支持；德國法庭，基本上飽和了。只為以防萬一，杰拉爾拿出自己身分證，交給博士。杰拉爾說：做好手腳了，從現在起，您才是沃爾夫岡・杰拉爾了。我竟好像該當，為了您而無名無姓。

杰拉爾沒說，他還為博士奔走了更多，已在自己母親墓園旁，備妥了一塊墓地，等候沃爾夫岡的到來。杰拉爾完成道別，出門，把沃爾夫岡留在那間暗房裡，彷彿是要他，獨自去預習之後，再更漫長的閉鎖。杰拉爾以為，自己也完美了單向的友誼。

因為杰拉爾並不預期，這樣的掩護也難能永久。若干年後，人們還會起開沃爾夫岡的墳，用博士一生不明的鑑定方法，證明墓中骸骨，正是博士本人。因為無人知曉：在那之前，有一個小孩，會在海床上蹲著，等待博士沉落。盛夏的海，又鹹又燙，當六十八歲的博士，在度假海泳時溺水、氣喘吁吁潛到時，小孩，已經等得很不耐煩了。我沒有很多時間啊，小孩嚷著。匈牙利口音。小孩揮動一根手指頭，指遍博士全身，說：你的腐肉，所有部位我們全不要了，只要你的骨頭。這套骨骼標本，將歸聖保羅大學醫學院所有，成為醫學院新生，習練醫技的工具。

這就是你之漫長潛行的最終點，也將是無知一生後，你給同類的惟一貢獻。

愛犬 II

希特勒蓄意把一切都建立於自己的不可被取代性之上，這意味著永遠的「人存政舉，人亡政息」，簡直可稱之為：「我死後將出現大洪水」。於是他既缺乏憲法，也沒有自己的朝代——反正王朝已經不合時宜，更何況希特勒怯於婚姻、沒有後代。可是他也未曾建立一個真正在執政、可造就後繼元首，並且永續經營下去的政黨。對希特勒而言，黨只是供個人獲取權力的工具。該黨從未有過政治局，而希特勒也不讓任何「太子」在黨內出頭。他拒絕思考有關自己身後的問題，不願事先採取因應措施。反正凡事都必須由他本人親自完成。

——賽巴斯提安．哈夫納，《破解希特勒》

希特勒常常提到，他能夠用以實現目標的人生很短暫，他擔心自己活不久。他總是很匆忙，並且把這種緊迫感傳遞給身邊每個人。他不相信有來世，這更加劇了他的緊迫感。這一時期，希特勒許多演講的潛臺詞都是明確的：你只有一次生命，你會死去，會永遠消失，不管你這一生，是為了改變世界而承擔巨大而激動人心的風險，還是默默地在辦公室工作，這由你自己決定，但無聊的生活和刺激的生活，最終，都走向永恆的虛無。希特勒想走哪條路，是很明顯的，正如入侵波蘭後，他對將軍們的演講結語所說的：「我已經決定好了我的人生，所以當我死時，我將問心無愧。」

——勞倫斯．里斯，《希特勒的克里斯瑪》

牧羊母犬布隆迪，生來不解千年偉業，只是和萬餘年以降，任一頭馴犬一樣，喜歡對人日夜的陪伴與守護、嚮導且跟隨。牠是毛絨絨的遺忘機器，每一回，從睡眠中睜眼，牠都重新愛上元首，彷彿與元首同活，就是世上，最值得歡慶的奇蹟。牠也是最具血溫的記憶體：甫出生，作為帝國征伐蘇聯的賀禮，呈送元首，從此，帝國每座堡壘、每處掩體，都讓牠，就像活回新石器穴居一般幸福。牠不知道，最後一季，在柏林地堡，帝國國民教育暨宣傳部長戈培爾，打算死後重生。季初，一九四五年元月，在西線指揮部，澤根堡，布隆迪只是樂見元首，從一場歷時兩年的夢遊中，還魂為牠初識那人。點醒元首的，是東線電文：元首令東普魯士坦克軍，南移維斯瓦河上游，抵擋紅軍反撲；坦克軍以自守鄉土為由，抗命不從。元首即起，率親衛、搭專列，返回柏林。

深夜，車隊悄抵總理府，無陣仗相迎，一切但求隱密。比鄰，新舊兩府邸皆斷電，貴重物品，皆已移囤中庭花園底地堡，眾人執燈，在大理石打磨的空洞裡潛行。是夜，月相上弦，遠近昏濛，布隆迪稍感心安——至少，不是那種烙印在牠基因裡、總令牠深懼的大圓月。不是那種，總令眾生披淋膜廓的冷光。那種光膜，讓野地上，四方猛獸明辨如晨，卻讓牠摯愛的孱弱人類，瑟瑟無助如目盲。布隆迪跳入躍出，四處嗅聞，執行自發勤務。牠還不知道，那昏濛月相，就是牠一生所歷，最後的地表之夜。

因為從此，元首重拾戰前治國作息。在地堡寢室，他睡過正午，慵懶洗漱與整裝後，方喚布隆迪，出寢室辦公。布隆迪尾巴招搖、碎步蹓躂，沿地堡主通道慢跑。主道曲折，鋪設地毯，兩側挨靠華麗家具，滿牆，張掛名貴油畫。帝國最後門面，在低抑光線裡，完全體貼牠的視讀——終於，世間如實只剩藍黃灰三色。牠跳上長長石階，迫不及待，要衛兵頂開防爆門縫。牠彈身，撲進花園，像這片漸愈滿布彈坑的瘠地，就是每日空襲過後，三色地底的緩慢爆散。

每日午後，警報暫歇，生息恢復。布隆迪癡心，坐等花園外，水車如期再現街角，像等雨雲依律，貼地而來。元首關照，放布隆迪隨意跑矖。元首自入總理府，悠緩吃早午餐、聽臣僚彙報，憑靈感，口授諭令。花園外，空氣粒子生機勃發，四下，卻空前沉靜。四下沉靜，因為元首不再公開講話，從此，家庭收音機及廣場喇叭桿，不再自轉元首，動輒數小時的獨語。布隆迪自由且寂寞。總在天黑前，牠自返防爆門前，等元首提領落日與牠，重入深深地堡。開春二月，是日，夕陽如焰，布隆迪還不知道，那就是牠一生所見，最後的地面光影。

二月開春，盟軍轟炸機群，全德境內盛大破空。在德勒斯登，三萬餘具死屍高摞，挖土機倉促掘出屍坑，猶不及安葬全體，倖存者，只好就地縱焚。柏林地堡之上，新總理府全毀，舊府，亦僅餘俾斯麥側翼樓，廢墟裡，孤立如盤岩。柴油發電機，悶悶造起地底永晝，從此，元首不再出堡，每天率性醒睡，格外慢活，彷彿已自行榮退。待過月餘，他追發焦土詔令，要西線德軍砲口向內，再將盟軍未及轟散的，全都毀滅殆盡。元首最後死敵，是不符期望的全體德意志國民。

焦土月餘，地堡自安。元首馴國十二年，讓國家早無國體，始得四方暴亂與流肆。風暴中樞，卻切身體貼元首一人，親信裡，無人敢問事已至此，元首意欲何為？只敢虛無耍賴，戲稱彼此為「活屍」，正鎮守著「停屍間」。這一切，布隆迪渾然不知。地堡之內，有房凡三十三間，門徑疊錯，彷彿迷宮。永晝裡，布隆迪獨自入土更深，鑽尋可靠暗角——有生以來，牠首度有孕待產。

開春二月，戈培爾即領妻與六兒女，入地堡定居。算來，整整二十年，那時元首，尚不是元首。那時，早在面見他以前，戈培爾就決心崇拜他。是這般先驗抉擇，使戈培爾覺得，自己不同於其它元首從眾。事實上，在戈培爾眼裡，那些聽過元首演講、受到激勵，方才追隨元首的人，都是投機客。因為本來，元首就沒必要說服他們什麼——在那同溫層裡，元首，只是將他們信念，以力度更大的修辭、用極端化的方式說出。這是說：藉由簡報他們信念，元首，竟彷彿啟發了他們。他們的追隨，就是對元首的欺詐。若不在彼時，早十數年，他們猶未生念，恐怕，只會當元首是言行乖張的瘋子。彼時過後，晚數十年的今日，他們即便高官厚祿，卻已都一一揚棄所信，準備好，要將罪責推給元首一人了。

他戈培爾卻不同。他的純信道路，同時，也是反噬自我信念的苦路。他，文學博士戈培爾，專研德意志浪漫喜劇，昔日指導教授與女友，皆是猶太人。以忍煩耐勞的學術精神，在尚乏人問津伊時，他即尋得、逐字鑽讀了元首大部頭自傳，《我的奮鬥》。必須說：以文學標準看來，該書寫得極差。然而，在極度不適、又堅持奮鬥後，某夜，他察覺自己，已全然被書中，某種單維意志給折服。他發現，除了政治以外，書裡的「我」，完全沒有其它面向。除了自我規定的「使命」外，「我」，毫無多餘人生目標。惟一使「我」略顯深度的，僅是自相矛盾的激情：一方面，依於莫名自信，「我」認為自己極貴重，就是德意志國族命運之所繫；另一方面，「我」又極度輕賤生命，彷彿，時刻可以自死。

那種絕對自信，恍如天啟，使戈培爾認知一直以來，作為知識分子，自己無用的徬徨與多慮。事實是：竟然隔空，元首就教會了他，要果敢寫歷史。從此，廢棄昔往，只為親近元首，成為他衷心所願。他入黨，成為黨惟一一次路線之爭時，主要異議者。他嚴謹論證，指陳《我的奮鬥》裡，兩大思想謬誤：一、元首竟推斷猶太人，將導致全球布爾什維克化；二、元首竟主張工業年代裡，德意志國族，有必要向東方爭取所謂「生存空間」。

元首不跟他辯論。元首基本上，不跟任何人辯論。元首只是炯炯看他，微笑著，彷彿立時就看穿他，知道對案頭半生的他而言，彼時，最使他疲憊與無望的，就是書齋空談。元首將雙手，搭在他肩頭，彷彿是將自己張開，完全交給他，告知他：就請盡情地，把元首當成一只空皮囊，因為，惟元首生命容量為度，凡人以為不可能的「謬誤」，現在起，都可及時成真了。頓時，戈培爾覺得好輕鬆，又極沉重，就像有千軍萬馬，踏過他亦被抽去痛感的皮膚。試問：那位拿撒勒木匠，都是這樣，親手卸下、並再置人的重責嗎？

元首開口了。元首召他，擘劃黨造勢大業。元首說，黨亟需的，就是一位知道人們，都如何質疑元首的專家。就像他戈培爾。聽完，猝不及防，戈培爾淚如雨下。那位木匠文盲都是這樣，只用最簡白直述，就讓施洗他的老師，反而成為他的信徒嗎？

掌教育暨宣傳部凡十二年，戈培爾自行深造傳播學理，卻總只發給部屬，最明確的指令。他教育部屬，有效宣傳法則惟二：必須看來不像廣告；必須有趣。若兩者不能兼顧，最好不作處理，就讓渾沌自身，煥發莫名奧義。他不容許帝國境內，滿街鑄置元首銅像，一方面避免無趣，另一方面，反向突出元首尚無定狀，是未來的領導者。他亦查禁《希特勒語錄》等選集，內宣說法是：濃縮版小冊，只會簡化元首思想——彷彿元首不已經就是，世上最頂尖的簡報大師。直接效應，是《我的奮鬥》常年暢銷。他戈培爾，就要人人敬備原典於案頭，卻無人去卒讀與全信。一如《聖經》。

自《意志的勝利》後，戈培爾禁止官宣電影中，再出現元首特寫，以防年歲逐年僭越。是他戈培爾，在這必然成住壞空的俗世裡，苦心孤詣地，為元首，落實了那類比基督的肉身神性：元首獨一且鮮活，令人不可解地，既無所不是，又始終，只是無可取代的他自己。是他戈培爾，虛構出一位勤政的元首。是戈培爾他，自己亦全心勤勉服侍，卻並不總是自在與快樂。因為純信道路，已經就是自我謀殺的苦路。於是，二十年後是日，戈培爾呆立總理花園，看傲嬌布隆迪，追著自己尾巴，兀自跑轉與撒歡，而元首插腰，微笑旁觀。一神一犬，如斯閑散互愛與相悅。不知為何，他深深恨牠。

愚昧俾斯麥，只會務實治國。當這位故帝國首相說，命運不可知，上帝如養蜂人時，元首暨戈培爾，真想當面嘲笑他。三月，上方死屍高摞，地底，元首慢活回春，念想起同學少年古斯托。發完焦土詔令，元首不管不顧西線，究有多少將領從命，每日，只在地堡榮養。三十三間房內，有一未來室，內置家鄉林茨，三維全景模型，街巷樓宇，無不比例精確。鎮日，元首貼鼻細審，務求盡其美善——他本計畫事功全畢、自己死前，將家鄉依此模型翻造，以迎他歸葬。他特別想念這座奧地利邊鎮，鎮外的郊野：父親猝逝後，少年元首攜長杖，滿鎮郊搜尋，將父親散放養蜂箱，一一尋獲並搗毀。靜謐林間野草地，花與蜂同碎，有的粉塵，輕輕蕩過國界，古斯托陪他，快意看著。

父親一生，以耐坐辦公桌自豪。女傭私生子，他刻苦工讀，通過國考，在林茨海關收稅，公餘興趣，是養蜂、酗酒，打孩子。父親暴斃酒館、死後那兩年，元首生活空前自得：接收父親一生馴化的舒適公寓，有母寵溺，有妹寶拉，為他洗衣與燒飯。十六歲輟學，白天，他在家作畫、寫詩與讀書；晚上，則和古斯托去劇院看戲。母親憂慮，央親戚來請問他：前程作何打算？那些蓋頭蓋臉小人物，有的，還施恩一般，提供他蓋臉蓋頭爛工作，一心推他，到收稅員自豪並自毀的境地裡。私生子父親，有多鄙視自己親生子，少年元首，就有多賤棄那些，總以庸俗方式關懷他的親戚們。

全林茨鎮，只有古斯托，視元首為天才。他相信元首說的每句話。為了這惟一知音，元首忍受古斯托個人，極差的音樂品味。為了能去美術學院，學習繪畫或建築，元首每天，去朋友家中長坐，花了好大工夫，勸服古斯托家人，讓古斯托拋下製作襯墊的家營活計，隨侍元首，前赴維也納。離鄉之時，朋友簡直並不情願。然而，指頭粗黑、彷彿更願一輩子手捻縫針的，蠢笨的古斯托，或這整個無情世界，對元首最大的背叛是——竟然沒幾個月，古斯托他，就考進了維也納音樂學院。元首卻名落美術學院榜單外。

古斯托決定接受錄取。元首簡直無言，冷戰不久，就與這惟一友伴斷交。這樣的事，近四十年後想來，元首心中猶有創傷。他傾身，鳥瞰家鄉未來街巷，彷彿看其後，元首的榮顯，如何將像一層積土，厚葬那個滿布襯墊的故園。最後時日，他與朋友合租的維也納客房好安靜，像全世界，對元首的拒絕。開初，卻亦正是家鄉，傳來這般拒絕：黨衛軍電文，月初，林茨舉行陣亡者紀念儀式，將領呼籲民眾，向元首致敬，在場，竟無一人響應。全體靜默在場。元首貼鼻，細審眼下無語，眼淚奪眶而出。

待到四月，柏林四郊以外，各軍電文全數斷聯，中樞儼然失聰。親衛乾脆拿電話簿，給四郊民宅撥電話，詢問民眾，是否已見紅軍。直到元首華誕前三日，近處可聞地面砲火，帝國宣傳部大樓，眼見亦將成廢墟，戈培爾他，仍冒險出地堡，到部，主持最後一次例會。會上，他期勉部屬，應當死守崗位，因百年以後，將有一部電影，重現這般堅持，而他們，都將成為那部英雄電影的要角。由此，他們得以「復活」。說完，部屬低頭相覷，無人接話。戈培爾玩味沉默，但願未來場燈，已從身後投射過來，眼前所有人，已正平靜無語地，同赴暫時墳塚。

他戈培爾，亦頗感寂寞，因他當然深悉，此樓之內，集結全帝國最無宗教精神之人——活摘神聖話語，用歪曲攀比的方式，在元首講稿中，遂行概念偷換，是他們每天庶務。於是，當戈培爾說起「復活」，情感愈真摯，他們就愈由衷困惑。他們是他最好的宣傳部屬。因他們最不理解，他的衷誠。戈培爾深深歎了口氣。會後，部屬紛紛棄職而逃，就地，宣傳部無聲解散。

戈培爾隻身返回地堡，在一房內，見妻與六兒女，抱五幼犬嬉戲，笑聲迴盪堅硬四壁；在另一房，見回春元首，還坐對自己陵寢模型，無聲地垂淚。元首腳邊，布隆迪產後復職，警戒看他，形同守門冥犬。彷彿兩房之內，確切已無生靈，戈培爾轉身，乾眼，繼續梭巡堡內他人——那些能為他留言，到末日再更以後的人。

東普魯士坦克遲遲不來援救，無助希姆萊，只好自行竄逃。希姆萊，元首常年最倚重的部屬、黨衛軍全國領袖兼維斯瓦軍區司令，如今親身體悟：正經打仗，要比屠戮滅絕營眾難上很多。季初，五萬餘名奧斯維辛囚犯西走後，希姆萊即稱病，避見元首。直至元首華誕日前夕，他方抵地堡，送呈氫氰酸丸藥。待到四月末日，為了「下個世紀的工程」，元首口述政治遺囑，辭去個人一切職務，並指派戈培爾，任帝國總理。

俾斯麥盤岩，猶孤立於廢墟。據悉，得知派令後，數月以來，帝國要員中，惟一務實評估戰局的戈培爾，頓時抓狂，起身暴衝。在深深地底，他撞門尋路，高喊絕不接位。他抓住堡內，每個參謀、祕書與隨從，要他們牢記：這是有生以來，是第一次，他必須斷然地，拒絕服從元首的命令。因為戈培爾他，赤忱一心為信念，如今，只想率全家，隨元首自死。

元首無言簡直。在石室，元首手執裝有氫氰酸的銅盒，與戈培爾共參詳。元首懷疑毒效，恐怕希姆萊，有意令元首出糗、受紅軍活擒。戈培爾不響，手指元首腳下，冥犬布隆迪。一時全地堡內，活屍群連動，醫學博士、養狗軍士連袂齊至，按倒布隆迪，掰開牠下顎，用細鉗，夾起銅盒裡，彷彿千鈞重的帝國命運，餵給布隆迪。命運的骰子，在布隆迪體內空轉。那種空轉，亦正是一部漫長元首棄國史，末章的開端。

據悉，希姆萊其實忠誠——那丸藥顯然強效，不數秒，布隆迪即死絕。見過如此死狀後，元首曁戈培爾決定：大家還是用手槍自盡就好。可憐布隆迪，永遠不理解：萬餘年來，馴犬有生形同一瞬，牠和孩子們皆同。在轉入死境前瞬，牠彷彿仍在永晝中掘土，像昔往寂寞與自由，還在牠體內，要求生機的重來。牠遂盤身迴旋，蜷動私自的黑暗，因此而坦然。失去視讀以前，戈培爾笑容，與元首驚恐的臉，就是牠所見，最後的地底之夜。

拾骨

爸爸媽媽又再買了一大塊花園用地。在溫室後面，一直往上到森林的地方……犯人已經把原來的花園圍籬移走了。等到天下太平的時候，我們一定會在東方有一棟房產，那棟房產會替我們生出更多錢，然後我們就可以翻修格蒙德的房子。這樣一來，走道就可以變得更亮，我們的房間也會變得更大。沒錯，林登費希特的房子以後會變成我的。和平到來以後，我們也可以住進內政部。也許我們在上薩爾斯貝格還會有一棟房子。對，這一切只等著和平到來，不過那還得等很久很久（兩三年）。

——歌德倫．希姆萊，《日記》，一九四三年十一月一日

我們對歷史事件的理解，與它發生之際的時空環境密不可分，因此我們不能忽視漢娜．鄂蘭的視角。鄂蘭有勇氣做出明確的判斷，但也冒著風險，儘管付出了一絲不苟的努力，但還是知道得太少。在艾希曼研究中，所獲得的最發人深省的見解之一，就反映在鄂蘭身上：一個人未必需要才智出眾，便足以誤導像鄂蘭那樣十分聰慧的人，用她自己的武器——印證自己期待的渴望——來擊敗她。但我們若想認清這種機制，就必須要有思想家在身邊，他們勇敢地面對自己的期待和傾向，從而可以看到自己的失敗。

——貝蒂娜．施湯內特，《耶路撒冷之前的艾希曼》

1.

第三帝國官員中，艾希曼是最好的雞農。戰後，他逃出戰俘營，潛身德國北部，原拉文斯布呂克集中營旁的石楠草原，得知聯邦政府將發行新馬克，取代帝國舊馬克。艾希曼是通緝犯，無法赴銀行換鈔，看來會餓死。但他一點也不平庸地，想出一個好主意。在舊馬克作廢前夕，他投注所有資本，闢建養雞場。待生產線運轉，蛋生雞，雞又生蛋時，已是幣制改革之後了。他賣雞也賣蛋，順利換取新馬克。他存到逃亡至阿根廷的第一桶金。

官員裡，最搞不懂鳥類的，是艾希曼的上司希姆萊。戰前，他新婚、剛生下女兒，又用妻子嫁妝，買了一座養雞場。他似乎打算從此一家相守，幸福度日。卻不知為何，母雞幾乎不下蛋，小雞也紛紛都暴斃。眼見要破產，妻子愈來愈暴躁，小日子轉瞬成地獄。希姆萊索性少回家，以工作狂之姿，勞形公職場。他爬上晉升黨衛軍全國領袖的第一階。

是在穿梭德奧的火車上，希姆萊對妻一見鍾情。彼時，他二十七歲，身型瘦小，健康不佳，完全不是理想中，雅利安人該有的體魄。他自卑又內向，終日鬱鬱獨行，在大學農經系畢業無期，又勉強從軍，看上去前途黯淡。然而，他有燕雀安知的遠志。在車廂裡，當一眼望見金髮碧眼、身高體長，豪爽笑鬧的妻時，他看見宏大未來。妻是護士，彼時甫離婚，後來，成為世上第一位接納希姆萊的女人。

希姆萊一生敬重妻，無論未來，隨位高權愈重，自己，又接納了多少情人。希姆萊之女，帝國長公主歌德倫，發覺自己時常孤單一人。母親愈陪伴，她就愈感孤立。因母親怨懟父親，又與兩方親戚皆不合；衝突恆常，又恆常需索她的認同。母親教會歌德倫，不信他人憤怒的言表。

多年以後，人們告知她，就是在一九四三年十一月初，父親部屬，執行了「豐收節行動」：同步清空三座集中營，四萬三千人喪命，是帝國史上，最血腥的單役屠殺。對此，她於是沒有辯解。她只是不明白，何以人們弄不清楚，這麼簡單的道理：父親是父親，部屬是部屬。父親絕不是殘酷之人。每日，她溫柔憶寫的《日記》可為證。

如果要她重述，流轉各處偵訊庭時的聽聞，她會說，關於奧斯維辛，故事中途，是每五個嬰兒車結成一伍，各伍結成一長隊，沿軌道被推出，往火車站方向去。那是營內，死去嬰孩的遺物。看見的人說，足足花了一小時，嬰兒車才全數通過營門。故事最後，則是焚屍場炸毀，火焰高竄夜空。一對對雙胞胎，被趕出營房，循雪污大路，赴主營區集結。沿路槍決與棄屍。混亂中，好幾對雙胞胎從此走散，餘生，再也未見自己相似臉容。故事總是有關死滅或倖存。故事總對她證明——父親並不在現場。

人人都說，她的父親壞透了，她卻想，要是父親聽見這些話，不知該有多傷心。十七歲，歌德倫與母親走投無路，被收容在「大馬士革之家」，一間基督新教修道暨救濟院，以「智能不足」的名義。他們說，這是為了保護她，免遭深恨父親之人的報復。歌德倫不信有人會恨父親，只覺得他們又想羞辱她，一如終戰以來，他們種種惡毒伎倆。

最初，當帝國敗滅，歌德倫攜母，自巴伐利亞小鎮上，那經年擴張的家園南逃，在穿越義奧邊界時，遭他們逮捕。他們將她，監禁在羅馬電影城，且竟用墨索里尼宣傳影片的舊布景，裝飾她牢房。路過的人見了，無不哈哈大笑。她絕食抗議。之後，就是不斷移監與偵訊。她不讓人得意，堅稱自家園籬外之事，她一概不知情。他們似乎相信她了，卻暗地準備更大打擊。隱瞞數月後，他們才佯作不經意，將父親死訊，洩漏給她。

受激過度，她生了大病，鎮日高燒，不省人事。好艱難，自死境掙扎復起，她從此深信，父親絕非自盡，必是遭他們謀害了。她病中痛苦如斯清晰，即是具證。

修道院裡日夜無事，只有嘮叨勸悟的修女，與時刻詛咒的母親為伴。無人會阻止她離開，但她覺得自己，需要更多療養，方能生出心力，再攜母逃出，歸返家園。她於是忍受著救濟。時間這麼過去了六年。

六年過去，當步出院門，她想，這將是第二次，自己嘗試攔停時間。無人知曉，早在六歲之齡，被一場午夢給驚擾後，她就深許過自己，從此莫再老去了。那夢境晶亮，一如彼時小鎮雪場，只靜寂地，凝凍了純粹且難以吐納的恐懼。醒來，她猶然不快，看屋外窗景冰封，問循聲趕到的母親：就連希特勒伯伯，以後也會死去嗎？母親安慰她，向她保證，元首將會長命百歲。「不對，」她聽了，噌怪母親短視，糾正說：「我知道他會長命兩百歲。」母親永遠不符期望。而她總是知道，自己該知道什麼。

後來她更明瞭，父親將她與母親，保藏在小鎮，要她倆日夜相守，成天只見彼此，是為了考驗她。她知道自己，最該嫻熟於等待。或許年前，父親還會再寄包裹來——乳酪，糖果，內附父親玉照的家書。或者更好，是父親自己，終於又回家了。父親竟再撥冗回來看她，只為親手送她一具洋娃娃，或一盒巧克力。只為在床邊故事時光裡，再為她，朗讀一小段《歌德倫傳奇》。那書父親年輕時讀過，從此深愛。那書歌頌雅利安女神的美貌與美德，吸引全天下男子，甘願蹈火與赴死。

那般床邊時光無比珍罕。那書，再更多年，父親也一直沒為她讀完。然而無妨。再更多回，她都會伺機裝睡，絕不貪求父親陪伴。不令全國領袖難為。她只在心底，將每回他的話音止息，收錄為無盡敘事的一再結局。她知道，父親只是在對她，重複一個期許——父親是在說：那美善神祇的終結，就是汝之命運的起始。命運是，妳將信靠床邊其後，父親再更漫長的缺席。直到有日，父親必返，告知妳，他已完勝世上最後一場必要征戰。因妳曾代他堅守。

因妳通過考驗，他便不再走離。他將嘉勉妳，說在巴伐利亞那另處小鎮，他保藏的另一個「家」，事實上，也只是對妳之考驗的一部分。在那另個「家」裡，那另一個，據說像極了妳的「女兒」（妳已偵知，父親都如何喚她），從來就不如妳。因為從來只有妳，受封了父親最愛的「歌德倫」之名。

2.

艾希曼幼子，R：未來的考古學家，《烏魯克建築：從源始到王朝早期》、《音樂考古學：消逝的聲音》等書的作者。考古學初次撞擊他，是在某回課堂上，他恍然察覺，所謂「人類在約七百萬年前誕生」，這句陳述的具體意義是——目前，世上所有人，從他們識字開始，到死前最後一次讀到，這同一句陳述，可以一字不改。這是說，所有人一生，相對於「約七百萬年」這個時間格度，均是毋須加計的微藐，而一名考古學者工作的田野，正是世人以外的人類時間。這亦是說，所謂「考古學」，是一門將逝去時間，復原為在場空間的人文學科。

也可以這麼理解：一名考古學者，形同星際遊歷者，他在闃黑宇宙裡搜尋，力求更其準確地，框定一顆孤星的實存。他力求再更逼近，直至登陸那個孤隔。直至有日，在那顆星上，他能撿起器物殘片，或石頭碎塊，指認其中人為痕跡，證實說——這裡，有某種人的生活。

是在返回德國後，有一整年，R因官方文書作業延宕而失學。於是，打工之餘，他就自行去大學聽課。那是詩與街壘再返的年代，一切正重新盤整，一切，也彷彿才要開始獲得清理。大學裡，少見大學生出席課堂。大學課堂，卻無條件對外開放，面向所有人。R感激這種慷慨，也立刻，就想一生留在大學裡，從事學習與研究。一時，倒還不特定是想鑽研什麼學問，他只是，愛極了當所有課堂總集起來時，那種既超現實、又理所當然的氛圍。彷彿大學，理應就是人最被允許，去陳述各異夢境的地方——無論盛大或微小，一個見解只要是智慧的，就算一時沒人想聽取，也無人，可以去滅殺。

下了工、也再無課可聽伊時，R就繭居寄宿處，獨自溫習筆記，讀各種書，或者，重讀遠方親友的來信。遠方，即阿根廷首府；親屬，惟他的母親一人（他的哥哥們，皆大他十多歲，也已好幾年，都不願理睬他了）；而過去，在原鄉年歲裡，他也僅只結交到兩位摯友：女孩M，與男孩L。他十分珍惜地，讀著他們寫來的字字句句，一面，也為時常不能盡其妥善地回應，而自覺愧疚。對他而言，在這般全然自由的獨處時光裡，愧疚，總是雙重的。既因他當然知道，目前慷慨待他的大學，確曾死去十數年。它是全國第一所高掛納粹旗幟的高等學府，率先驅逐過師生，也焚過書。也因他自知，他是為了自救，才選擇與家鄉之人再更遠隔。彷彿他是藉由自行遠走，來驅逐他們。

因為不知為何，R生來愛讀書，喜歡人們費心為彼此，編碼存證的種種發現、體會，或極美的胡思亂想。識字以來，他就樂於夜以繼日，不響不動，光只坐在書桌前，將尋得的書，一本接一本專注讀完。母親擔心他的沉默，憂慮會否，這是某種創傷症候。畢竟，在他六歲未滿時，以色列情報特務局「摩薩德」綁架了他父親，將父親帶到耶路撒冷受審；又在隔年初夏是日，絞死了父親，且將焚餘骨灰，棄倒在一點不留痕跡的汪洋中。母親擔憂他，卻不知為了不更刺激她，多年以來，再更多書，他皆瞞著她，自己偷偷讀過了。那些有關父親生平，或父親死途的書，教他明瞭了他人，對正義的可貴追求。

那些書，同時也就是他的護身符，使他終免受創，也從此一生，免於像母親那樣，在怨懟與自憐裡，一再地自傷。他理解，縱然對他的父親不乏誤診，哲學家鄂蘭的人性分析，原則上還是對的：包括他的父母在內，自憐，時常是人讓自己免責的機制。

R的識字之初，即父喪之始，亦即母親漫長傷逝的起點。那所小學，位於布宜諾艾利斯，德國移民聚居的街區。初始學年，每個上學日，母親牽他手，在自家農場外等公車，陪他去上學。或者，是他陪伴這位彼時，世間最知名的寡婦，去重複每日的巡禮。在父親遭綁的原址，他們等搭公車；從荒郊到市內，甚至直至課室裡，他們沿路徵集同胞的同情、支持與期許。無論有聲或無形。亦不知為何，早在那般幼齡之時，他好像就憑本能，或憑審美直覺察知了：這般巡禮，是頗有說不出的古怪的。也許，僅因總是有人，顯得比母親還悲憤。好像他們由衷覺得他父親，是為了他們而死的烈士；而在他意識過來以前，父親之死，已經就成了母親與他頭上的光環。而果真，母親臉容因此而熠亮了。

要再過一些年，他才能對自己描述：那片啟蒙他的街區，形同德意志第三帝國的飛地，或遺眷村。類如父親之人，在他們心中，常饗虛構的神龕。像母親之人，則是神聖虛構的人質——個人研究，使他發現事實上，母親婚後，與父親聚少離多；對他的「輝煌」職涯，亦知解不多。只在他潛逃後，她才跨海依隨，與他日日相守。就在一處沒水沒電的農場裡，他們生下了R。只在父親隔海受死後，那處營建中的農場，才就地落成為祭壇。農場與街區，或祭壇與遺眷村，像是只跟彼此通訊的島連島；是由封閉聯繫封閉，所成就的更大閉鎖。那個閉鎖場域，R的原鄉，自有與世倒反的時歷。當舉世，在朗朗日照裡除魅，原鄉空氣，兀自飄散父輩之人的骨灰。不時，且也空降淅瀝的銀白塵雨。每顆雨滴，都像某種氣生植物，沾黏他的學習年代，也從體表，旋根入脈地，鑽竄進每個學童的內裡。

一些年來，他目睹自己同輩漸漸長大，養成力量，結為團伍，鎮日，去猶太街區叫陣與鬥毆。那像戰爭遊戲。遊戲裡，卻有戰爭的執著。同代人，對前次戰爭的承襲，刺痛了他。是在那時，他對自己亡父，生出了本真的憤怒。然而，那卻還不是他最憎恨父親的原因。

3.

配戴紅色三角形的是無害囚犯，黑色是刑事罪犯。開初，在父親私有的達豪集中營，父親就教會她識讀。父親也教她辨識森林裡的菌菇。一切花卉中，父親最愛天竺葵。一切罪囚裡，他獨愛耶和華見證人。他們，是雅利安義人，和帝國一樣反猶太、反共產。麻煩的是：他們卻反戰，拒絕為帝國服役。所以他們去了奧斯維辛。只要簽署一紙棄信聲明，他們就會即刻獲釋。但他們大多不簽。他們說，奧斯維辛是考驗。

父親部屬，奧斯維辛指揮官霍斯叔叔，最信賴耶和華見證人，分派他們，擔任貼身僕從。叔叔他，深深感謝女僕埃爾澤，因她鞠躬盡瘁，服侍叔叔一家。叔叔的孩子們，全都片刻離不開她。埃爾澤之女，獨自遠在家鄉，由簽署聲明，得以返鄉的叛教者收容，代為照養。埃爾澤並不感謝叛徒，說總有人，會照料她女兒。因祂，必觀照我等，使我等免於匱乏。埃爾澤期許女兒長大後，也要成為耶和華見證人。他們，就是這樣的一群義人。歌德倫一人，明瞭考驗與期許。後來她更明瞭收容、受創，與等待時的自癒。如果一定要有姊妹，她寧可要有同理如己的姊妹。比如埃爾澤之女。

喔對了，那對姊妹。最後，也是父親默許盟軍，任他們一槍未發，就進入貝爾根—貝爾森集中營，解救了那對姊妹。那些人，全都瘦得皮膚透骨，像骷髏，垂掛著細長胳膊與腿腳，在營地裡漂蕩。是父親，讓他們全都得救了。是英國士兵，強制姊姊營外就醫，且不讓妹妹跟隨照護。於是她倆，此生再不得相見了——那日一別，妹妹花了半世紀，才確知姊姊數日後，就病逝在醫院裡。姊姊骸骨，卻永遠尋不著了。

她倆是雙胞胎，六歲時，在匈牙利，被迫與父母分開。在中轉營，姊姊得了痢疾。妹妹好貼心，每日設法為她清洗，扶她在營地，一點一點轉，拔所有草，勉強她嚼吞入肚。說不定就是其中幾根雜草，救活了姊姊。

她們抵達奧斯維辛，被父親部屬，門格勒博士選中，進了實驗樓。妹妹接受無盡抽血，受打無數試劑，陷入半昏迷狀態，被預期將死。妹妹好頑強，一日強撐過一日，兀自就是不死透。因她聽說博士，要做雙胞胎「屍體配對解剖」，定序遺傳基因。她曉得，只要自己一死，姊姊立刻也會被殺。妹妹活過來了。姊姊也活下來了。姊姊一向體弱，數月後，卻是妹妹，被選進毒氣屋。妹妹裸身，在黑暗裡、寒冷中瑟縮良久，什麼也沒發生，又給轟出屋。妹妹好幸運：那日特別工作隊起事，屋外亂成一團。

那幢毒氣屋所在、焚屍場用地，原是小農村，地名意謂「樺樹林」。是父親部屬，霍斯叔叔驅遣囚犯，前去移籬圈地，遷屋挖坑，然後，形同將農舍倒栽入土那般，造出頗便利的焚屍坑架。焚坑之火，晝夜不熄，卻極少需要再添柴薪：大量屍身，助燃彼此足矣。地上毒氣屋之後，更有地底毒氣室。載運毒罐的車輛，車身漆有紅十字，偽裝成救護車，一次次，開過月臺上，一列列半小時後，絕大多數都將死去的人龍旁。當人龍消失，月臺就像垃圾場：成堆垃圾、走不動的病人，走失的小孩。衛兵與囚犯，進場去清理。月臺邊地面，耙不盡的碎屑，原來都是紙鈔。原來有人知命，死前，還花最後時間，把錢都細細撕碎，不讓人得利。原來他們還是在反抗。

只是，那名特別工作隊員說，等一天做完，等最後一摞死難者，被拖出待焚時，他仰望見：這竟然，還是一個多美好的偏鄉靜夜啊，好多星星。又三千人死去，卻什麼也沒變。星星還在原來位置上。

偵訊庭上，歌德倫聽得淚眼矇矓。她不懂化學，聽不十分清楚，那麼多事關氧化還原反應的細節。她也不懂天體物理學，不太明白那名焚屍人，所想描述的時間律動：一整天顯得那麼長，一個月卻好短。她更願意想像，那亙古滯留的星空，就是奧斯維辛每日、直至末日，對他們之倖存的祝福。是啊，證據是，不是也有那麼多人倖存嗎——在最後早春，是夜，那名焚屍人，與那對雙胞胎姊妹，與更多更多人，不都平安地，走出父親部屬的營舍了嗎？為此，歌德倫深感慶幸。

不是嗎？她猜想，他們之中，至少，雙胞胎中的妹妹就該會記得，毒氣屋外，窗檯上設有盆栽，盛開紅花，且有異香，能安神解鬱。那是在營裡，妹妹首次見到鮮花。那給了她再生的力量。那是父親最愛的天竺葵。

那是遭人誤解的父親。事實是，只在故事最初，父親才在場，也只給奧斯維辛，留贈了美麗如花的事物。最初，這片澤泛荒鄉，是連可資記憶的生活也沒有的。是父親攜生活藍圖，親自走來。父親指示：要有旱地耕種，要有屋舍留人，要有勞動來營生。帝國子民，皆當自給自足。父親不預期，他的部屬，竟會這般錯用他的藍圖。歌德倫相信有日，父親沉冤必雪。

4.

對父輩之人，男孩L與女孩M亦有相似厭惡。他們三人，彷彿閉鎖原鄉裡，最無可救藥的孤絕之人。孤絕無可分享，M卻張開臂膀，一手勾住L，另手勾著R，帶領他們橫行，兩街區遊逛。她要他們不放棄說笑，不錯過同見任何有趣的事物。團伍之人，喚他們為「蝙蝠」，或用常見猥褻字詞來辱罵。M要他們習練平和應對，因為人若辭彙貧乏，又容易被別人生活給激怒，是很可憐的。L永遠和M意見不合。沒什麼好可憐的，也不是什麼「別人生活」。我們見識的，是自己族群狹隘卑劣的思維，敢於殘酷的愚昧，和自私自利的團鬥。現在，只差在內部的墮落競賽中，再脫穎而出一名「元首」了——L這麼說。M聽完，轉頭，朝R做了個鬼臉。L還是一路生氣，一路激昂陳說。R低眉聆聽，看著被他們自己步伐，一步步踢遠的影子。那一刻，他多麼喜愛他的朋友們。

M與L不喜父輩，但每逢草沃時節，好幾日，他們卻都主動前來亡父農場，幫忙R與母親割草。仲夏向晚，他們停工坐歇，在草偃處，同看早星，被夕陽餘暉給撥亮；然後星辰，取代了餘暉。星光底下，一切皆退隱進夜暗裡，他們不見彼此，只聞到近處新堆草垛，發散特別強烈的氣味。R聽見窸窣聲響——M也許，正褪下被草汁給染綠的手套，貼鼻細嗅。她說：也許在遙遠的另一顆行星上，這就是血的味道。沉默。L也許正忙著就一片石板，擦磨他的鐮刀刃；也許在他腦裡，還飄降著行星北半，新德國，刻正落下的細雪。良久，他才回答說：也許納粹黨人首先攻占的國家，不是奧地利，而就是德國本身。

沉默，R想了想，說：這當然是比較輕省的說法，但你其實一直都知道，也從來不否認——他們可不是什麼外星人。他們就是我們，或我們來自他們。沉默更久以後，L歎了口氣，溫和地說：那麼也許，我們應該把自己當炸彈那樣引爆，或在父母臥房裡吊死我們自己，來徹底滅絕他們。

R看向L，試圖探查他的神情，卻只看見一道模糊的輪廓。R立刻說：也許我們應該離開。沒有人回應。片刻後，M突然回答R：但是，照你剛剛的說法，無論走多遠，我們都沒有所謂「離開」的可能性。R一時語塞。難得一回，L竟不與M唱反調了。他放棄琢磨手上鐮刀，嘖了一聲，彷彿藉此，默認了M所說的是事實。L乾脆放棄整柄鐮刀了，站起，將鐮刀拋向草叢裡，而後轉身走開。

M也走遠了以後，四圍黑暗裡，R還兀坐原地，聽著那道鐵器聲軌。它曾在空中迴旋，試圖擺脫行星重力，直至終究，墜入濕潤夜草間。他揚長聽著。多年以後，在藺居書桌前，他還漫長地回想：除了一再自譴以外，他自然亦私密地明瞭，比誰都更明瞭——到底，亡父在他的情感裡，還默默做成了什麼。

因為夜總是那般溫柔，像閉眼無視時，四野最溫柔。父親繁殖的安哥拉兔，並不像動物，生來，就像絕無心機的管道。收集牠們糞便，父親就擁有可供販售的肥料。剪收牠們一身纖細長毛，密織成毯，R，就擁有一席自己的體溫。那是父親，為他特製的嬰兒床榻。在農場上，父親有一千隻像這樣的管道，伴著R的眠夢，牠們，在窗下兔舍裡沙沙擠跳。那應該，就是R的一生中，最早的聽悉。

因為牠們聽來如斯空無，就像月的滴凝、露的明暗，所以R的聽悉，總也平安而靜好。他不像佛洛伊德的病患「狼人」：在嬰兒年代，大疫之夏，焚燒死獸的塵煙高竄的午後一刻，狼人，猛然從床榻驚醒，以漫無焦距的雙瞳，搜尋怪誕聲源。狼人瞥見自己床欄外，他那竟日焚獸的獸醫父親，正渾身塵灰與熱汗，在另一張大床上，與趴伏著的母親，也像獸那般交合。遠窗的火影依稀。從此，世界就像一長列層層疊疊的套盒，擠壓而來，收攝進狼人心中，令他在超荷中惶惑，終身無法自解。不，R的父親，真的像是從未看盡過屠戮，也沒有因此猛爆的生之欲望。父親總是平寧，在所有R猶有記憶的時刻，已經都一點不顯往歷。一如最後那面汪洋。

父親，也只像是夜之空無的局部，在客廳裡，點起油燈，貼窗，就一張小桌靜坐，一邊觀瞻農場外頭的道路，一邊也沙沙寫字。在紙上，父親計算著，將一千隻管道，連通成未來目標——若干時程後，會有多少糞便、多少體毛；扣去自然損耗率後，會再有多少管道。父親看來，果真如此無害，如此家常地，將生命推估為產能。如此嫻熟於無知。然而，在五年多的共處時光裡，R已確知，父親絕非哲學家鄂蘭筆下，那種語言、記憶能力皆低落，無法在獨處中思考的平庸之人。也許，事實正好相反：無論四周聚集多少人，父親一生最擅長的，就是跟自己獨處。

即便是在父親，與父親給R的懷抱之間，也有一種非常獨特的空闕。那種空闕並不傷人，稚幼的R，只是自己有感，並默默接受：這就是父親，為親者特製的阻絕。R只是在眠夢裡，看著那種空闕依偎父親，在每個沙沙靜夜裡，都彷彿令父親，裂變為兩個人。

一個父親，在夜暗出門，去與朋友們聚會。父輩他們，像多年以後，人們尋獲的哈夫納回憶錄所言：並非戰場實歷，而是兒時戰爭遊戲經驗，使R的父輩一代人，建起了納粹理論。因為前次世界大戰時，他們，都猶是學童，境外戰火，帶給他們更深層娛樂，與承平年代沒有的亢奮。他們自創遊戲規則，與計算方程式，將每日戰報上的攻克要塞、擊沉軍艦，甚至陣亡人數等，都換算成賽事得分。他們好像，就是以一貫的遊戲精神，創作出一種簡化到孩童可解的世界觀：訴求狂熱幻想與團伍行動，對自認的「敵人」毫不寬容。他們憑此，走入自己發動的戰爭，製造慘烈屠戮，卻都從中，各自無傷地生還了。

戰後聚會裡，彷彿遊戲仍在繼續。他們開讀書會，朗誦世人描述他們的作品。他們群起，嘲笑作者，呵斥錯誤細節；有時，也無比自得地，孺慕起文字裡，那個昔往的自我。因為是遊戲，所以無人痛悔。因為遊戲的核心是自戀，所以世人的痛切描述，對他們而言，彷彿宜人的關注。為那些夜會，R的父親總結：本質上，他是非常敏感的人；他記憶所有，也統計一切——推估是六百萬猶太人之死，只令他憾恨，未能殺盡其他四百四十萬。父親說完，人群竟有片刻靜默。然而，那還不是父親，成為遊戲最終勝利者的時刻。

5.

戰後，歌德倫歸返，卻不知為何，她視如手足之人，總是拒絕她的聯繫。在巴伐利亞原鄉，那另一個父親的「家」，也早就原址不存。且似乎，她們抱定主意，無論遷居何處，皆不允許歌德倫接近與刺探。更多年後，歌德倫卻還是偵知，那另一個「女兒」極為寡恩，竟然改換名姓，成了醫師，過著優渥的生活。歌德倫冷笑，為父親不值。只待命至將死，歌德倫就要去看那醫師，要聽她親自診知，自己親姊的所謂病錯。

在巴伐利亞家園，歌德倫葬母，之後四處轉圜，值雪場觀光飯店的櫃檯。總不理解她之人，得知她是誰後，又再解僱了她。歌德倫失業在家，像小松鼠，抱果窺雪，細嚼耐冬。雪地清明，記存一切可循之跡。歌德倫小屋獨囚，悉心正裝，綰好髮髻，別妥她最珍視的銀質胸章：四個馬頭圍成一圈，勾勒帝國鐵十字。父親留贈的信物。帝國長公主，只待融雪之後，森林裡的聚會。無跡可尋，每年，他們卻從各處來。那些中低階黨衛隊員；那些父親生前，絕無可能親自召見之人，最是懷念父親。每年，他們租下林中小旅館，敬邀她，前去檢閱父親舊部。

小旅館窗簾皆拉下，幽暗窄廳裡，他們吟詠舊日訓詞，緬懷昔往榮光。「我們的榮耀名叫忠誠！」他們激昂複誦舊部座右銘。歌德倫卻不十分深信他們。部屬是部屬，父親是父親。她的冷傲神情，有一半發自本真。

卻不知為何，在終於和暖的氛圍裡，當她亦發自本衷，嘗試拉他們手，對他們傾吐委屈與悲傷時，他們，全都漸漸疏遠了她。逐年過去，愈來愈少舊部，如她那樣歸返了。就好像他們另有森林密會。就好像從另處林中空地，他們如此殘酷地，另起了更符期望的神祇。

歌德倫歸返，走向整個第三帝國，第一次真正終結的一刻。最傷心的，是她也遍尋不著父親遺骸。他們將父親，混葬在那年代，無處不是的亂葬崗其一，不置墓碑，沒有任何註記。整個國家，那麼廣的葬地，那樣漫長的帝國其後，那麼多死難者，她獨自尋掘，只不見父親。

她紮營荒山，掘葬地，驅禿鷲，滿身羽毛、污泥與碎礫。她覺得自己，都同情起未來的考古學家了。億萬年後，再億萬年，當考古學家，掘到帝國時間層，將會什麼都搞錯。整個岩層，封印最多人骨與鳥糞。他們會以為發生過的，是一場人鳥大戰。

時間龐然過渡，她看窗景冰封屋外，第三次想攔停時間，卻發現不再能移動自己，哪怕一根手指頭。她害怕，父親宏圖最後一景，早就由她誤解成實了。彷彿兒時，在一場孤獨夢境裡，她就知道了：確切只有她，將馴服全部有生、如斯空轉的八十七個地球年，彷彿一步未易地，死在巴伐利亞娃娃屋的床榻上。那很遺憾，最後僅是一間窄屋。沒有溫室。沒有了花園與森林。但無妨，因為那裡，保藏了家園至重寶物：與父親有關的畫作、塑像、勳章。與父親惟一婚生女。因為死生無別——惟汝「歌德倫」，永遠也最深愛著父親。

6.

因為另一個父親，正獨坐油燈前，也創作自己的回憶錄。他模擬「謹小慎微的官僚」，自認凡事皆忘不得，皆想源本謄錄，遂以最枯燥筆觸，最夾纏思緒，勤勤勉勉，寫了八千多頁。那是特別不具意義的文學書寫，因寫作者意在證明：他，艾希曼本人，就是以這般案牘勞形之姿，就相似小桌，屈身駝背，目不遠視地，度過了戰爭年代裡，合計共四千多個日子。

他是這樣，乘著小桌，來到職涯最初的維也納。他一心只想促進行政效率，遂連通更多小桌，組成單一服務窗口。當一名猶太商人走入，走完蓋章流水線，極短時間內，就能很好地交出全部財產，與一切權利。他亦是乘著這樣的小桌，去向職涯最後的布達佩斯。不，他不是人們所謂的「匈牙利王」。他只是守法的公職人員，在沒有正式公文指示的情況下，他當然，無法僅憑直屬上司口令，就停辦遣送集中營業務。這是瀆職！也自然，他的頭腦，是無法運算所謂「換位思考」的；然而，人們不應因為他的天生殘缺，就判他死罪。反而，應當同情他。

回憶錄，是父親為了遁逃，而寫的一部笨重豐碑：經耶路撒冷法庭鑑定，八千多頁裡，確無哪怕只是一行，具備能據以嚴懲作者的價值。然而，耶路撒冷卻不知，父親的遁逃意志，不僅為逃向生命，也為鑽竄進死亡裡——當父親，成為追求正義之人，最平庸的集體記憶時，父親憑此，戰勝了世人的睿智與深思。那是關於惡的，極具深度的狡黠：在那面汪洋以後，惡不著痕跡地，誤使世人以為，他們已經能夠明瞭，並從此解構它。

那亦是在R心中，父親永在的因由。在失學之年，未來的考古學家R，會想像自己，正用一根極長釣線，探測入海。那時，他尚不知道將來，自己竟有能力，去修復整座王朝的起點，與無數聲音的葬處——在那樣的時度裡，人的痛苦，是極難舉證的。然而，那根想像的釣線，確實平撫了他，使他目光清晰。彷彿，正要從深深海床上，勾起父親一小片恥骨。彷彿差一點，就能對朋友們證實，亡父的永遠死滅。

證人

如果，或者說當我真的去看精神分析師的時候，希望上帝有先見之明，安排一個皮膚科醫師來幫我看診，或手部外科醫師。我手上有些疤，是碰了某些人後留下來的。有次在公園裡，法蘭妮坐在嬰兒車內，我的手放在她毛茸茸的腦袋瓜上，結果放太久。還有一次是在七十二街的勒夫劇院，我和卓依在看一部令人發毛的電影。他當時六、七歲，還鑽到椅子底下，以免看到恐怖的場面。我把手放到他頭上。某些頭，某些顏色和質地的人類毛髮會在我身上留下永久的痕跡。還有一些東西也會。夏洛特有次在錄音室外，從我身旁跑開。我抓住她的洋裝，要她留步，待在我身邊。那件黃色棉洋裝，我很喜歡，因為穿在她身上有點太長了。我的右手掌心仍殘留痕跡，一抹檸檬黃。喔，上帝啊，如果要在我身上安個病名，那我就是某種偏執狂的相反。我懷疑他人密謀帶給我快樂。

——J．D．沙林傑，〈抬高屋梁吧，木匠〉

她動也不動，閉著嘴，找不到她要說的話。她的眼前浮現了她看到從監獄門口走過的那些馬，這些高大壯碩的牲畜和那些騎師結合成雙身一體的傲慢生物。她在這些生物的腳下顯得那麼低下，和他們完美的野獸形貌完全無法相比，她很想和身邊的東西融為一體，譬如一棵樹或是一面牆，讓自己消失在它們遲鈍的物質性之中。

他繼續追問：「你怎麼了？」

「可惜你不是個老女人或老頭子，」她終於說話了。

接著她又加上一句：「我不應該來這裡的，因為你不是老女人也不是老頭子。」

——米蘭．昆德拉，《生活在他方》

1.

失眠夜裡，K亂轉電視頻道，從中途，開始收看電影《野馬》。故事大概，是講囚犯馴馬：從自然保留區，人們隨機捕捉野馬，運到監獄旁馬場，由囚犯負責馴化，再運到拍賣會上，賣給各軍警單位。大概這樣，軍警就可以騎去抓囚犯。「大概」，是他瞎猜的，他看到時，男主角已經在坐牢了。他沒看見他是怎麼被抓的。但他的猜想，大概也不離譜，總之，電影的悖論設定滿易解的：受囚之人，與被馴之馬；兩者，既彼此生出情感，又在體制裡弱弱相殘。他印象深刻的，只是馬和人的力量懸殊。

男主角第一眼所見，甚至不是馬，而是一個裝馬的鐵箱子，八角形，呈亭閣狀。在裡頭，一匹史上最不馴的馬受囚。牠煩躁轉圈，不斷踢牆。就是那踢踹鐵皮的聲響，使男主角深受震撼與吸引。像強力的心搏。在馬場上，他認真學習，想有朝一日，能靠近牠。某個暴風雨夜，他和同事們，全被召去牽馬，要將馬群，牽引到某個混凝土掩體裡避難。一個囚犯，領一匹馬，走進幽暗中。人與馬，擠在掩體裡頭，外面狂風怒雨，屋裡燈光搖傾。所有馬皆頓步，所有人都屏息。因好像，只要燈光一瞬全滅，只要有任一匹馬，或任一個人失控，這間避難所，立刻就會在群馬踢踐下，成為血肉模糊的死屋。

但是夜，他們全都挺過來了。他們全都學會了。好像這就是面臨死境時，他們能做的最正確之事——噓，絕對安靜，用全副身軀，貼靠牠體溫，傾聽牠鼻息，嚮導那徐徐步伐的躊躇。這就是他們的世故，也就是他們，最佳的避難姿態。不知不覺，K看得熱淚盈眶。

K想著，在所有中途作廢的角色裡，他最喜愛沙林傑筆下的法蘭妮。法蘭妮永遠二十歲，記得的一切，都令她自責。這是小說基本設定：她被判，也要生在青春裡極久，要因為始終意識到「自我」，而時刻自覺羞愧。每天，只有一個豁免時刻（說來有點複雜）：在自己家裡，她會接到一通電話，電話中，她的小哥卓依，會轉述由二哥巴迪轉述的，最初，是由大哥西摩留下的訊息——關於人世終極真理。據信，這則層層傳遞的真理，將治癒法蘭妮，使她忘言，「彷彿世界上大大小小的智慧突然都落入她的掌握」了。由此，她空前安心地，進入「太初寂靜」般的無夢深眠中。

每天。因為所有永恆形象，都被收容於某種結界。他們，組成一個如皮藍德婁在《六個尋找作者的劇中人》裡所說的，令真實人等深深恐懼的城邦。只因他們的痛苦，比真人更逼真。只因受難，重複地受難，將是時時刻刻，他們僅有的一種生活：他們超載著，凡人皆不會那般全心地，去與之周旋的寫定宿命。

「家」是一層舊公寓，位於曼哈頓東七十街，出門，朝日落方向，步行可到公園，去看魔術時間裡的湖鴨（無論牠們在不在）。那座有著「中央公園」的河中島，彼時開始，也就是地球正中央。因此，這裡所謂的「舊」，多少顯得傲驕：和世上古蹟相比，那些公寓當然都新；和此島紛忙的營建相較，它們，卻透露特別的餘裕。

此島南端，還有另座人工小島。只有移民才需要明瞭：在那小島，實行人類史上，最嚴格的隔離與防疫。直到通過種種細項追檢，也學會背誦條條高遠的律法了，他們，才能一身無菌地入境，踏上這應許的近岸。

法蘭妮，則是世界中心的原住民：從來無傷無菌，不受追檢。據信，她最早的記憶，發生在出生未久時，自家那不曾移易過分毫的客廳裡——她躺在嬰兒床上，觀摩一旁，西摩與巴迪打桌球。當時，西摩十八歲。記憶的原初，標誌其後漫長而艱難的臨摹。不僅因為她與兄長間，有點懸殊的年齡差，也因距那不過十三年（小說家的人工尺規：這也是卓依與西摩的年齡差），全家摯愛的西摩，就將在某個無由午後，在佛羅里達度假旅館內，舉槍轟掉自己腦袋。而他的桌球對手，將獨自連人帶棺，把他運回紐約。彼時，巴迪二十九歲。

西摩之死，永久封印了世界中心的一個局部：客廳隔牆，那個他和巴迪共用的房間，裡頭堆藏的物品，都被接近完善地保存下來，誰也不想再去整理它。特別是運屍人巴迪：多年以後，當他已在外地就業了，還不忘去繳房裡，那支「私人電話線」租費，以確保紐約市電話簿裡，仍印有西摩的名字。

事實上，自此七年，家庭成員中，也只有最稚齡的法蘭妮，會不時進入這密室。似乎，她的整個青少女年代，都在從事這樣一件私隱之事：孤兒那般，潛入此間，辨識這是屬於生者的，還是死者留下的遺物。是的，都不外乎是某種「遺物」。偶爾，她也會像真有偷竊癖一般，從房裡拿走一點什麼，隨身攜帶，莫名所以。偶爾，那電話就那樣兀自響起，同樣莫名所以。同樣無人聽取。

這就是最初，我們認識的法蘭妮：默默地，她滿二十歲了。她的手提包裡，裝著一本《朝聖者之路》，竊取自西蒙的遺物。是日，她努力讓自己心生期待，前往不容閃失的「耶魯賽事週」：與男友約會，晚餐，酒吧，男友的好友們，球賽，酒吧，男友預定的過夜小旅館。或許之後還有酒吧。簡直，就像前往另類集中營：她搭上一列格外明淨的火車；裡頭，裝滿了同樣妙齡的女孩們。

2.

小說家沙林傑活到九十一歲。在比一般漫長的生命裡，好幾代讀者，等待他去完成的寫作主題計有：

一、神性，父性，新大陸。眾所周知：由專制猶太父親所壓輾成的，那些不快樂的猶太兒子們，為人類文明，做出了巨大貢獻。索爾，小說家的父親，本人也猶太，也專制。但他和那些歐洲父親們不同：他不必小心為家人撲滅族群蹤跡，或訓練他們偽裝。在精神系譜更愈遠隔的新大陸，他自持一種需要想像力的「猶太傳統」，也量販「符合教義」的乳製品。神聖與世俗的融洽創新。他居家打造倒立的集中營：要到成年以後，小說家才驚覺，那看上去完全猶太的自己母親，原來是德裔血統。就此而言，小說家可對話菲利浦．羅斯的相關作品。

二、希特勒：源起至其後。這人在咖啡館忘情講演，步入政壇之年，小說家出生——一九一九年，世界疫疾與大戰同步平息，從此，肇啟了戰事或瘟疫的重複全球化。雖不樂意，但宏觀看來，人人的生活條理，不免還是和希特勒錯織在一起。屬於小說家的貼身版本是：一九三八年德奧合併，拯救了那位奉嚴父令，遠赴維也納，實習香腸製法的猶太青年（他對此厭惡到終身茹素）；使他得以返回紐約，繼續大學寫作課。一九四五年，以反情報官之職再返戰場，進入達豪集中營的親身見歷，卻毀壞了這同一位青年，使他長久承受創傷後症候之苦。就此而言，小說家可尋讀的，自然是同齡之人，普利摩．李維的系列書寫。

三、一部「森林散記」。那也許如梭羅《湖濱散記》，在此，小說家重思拒絕「《麥田捕手》的作者」之身分後的隱居，並安頓個人，對書寫本真性的直觀：藉助他廣泛喜愛，但可能從未深究的禪宗公案、俳句或唐詩。那也許，還是一種以「森林」索引「森林」的現代小說。如艾默思．奧茲：除了「總是從火車啟動駛向不明目的地開始」（李維），見證者的記憶起點，總也重複著某座森林——在飄動林隙間，人們窺看熟識村人，怎樣被驅趕走入，怎樣葬身其中，從此不得生還。

如阿哈隆．阿沛菲爾德：除了惘惘窺看親者終局，確實也有一位少年，在森林裡藏身，躲過了嚴峻的死滅。森林在凜冬中，無差別收容他，像收容任何需要眠夢的小動物，也從此教會他，「知道人不過是一無是處的、惶惶不安的存在，毋須再雪上加霜」。

四、三部曲，或四部曲長篇小說。有關一個演藝家族，兩代九口人的幕後生活——小說家自己曾明確提及，也著手進行的寫作計畫。想像中，這也許將是卡夫卡《美國》的全員入境版。也許，這將是對表面看來，毫無異狀之日常的深描；無論那是民族誌式的，還是百科全書式的。無論如何，都令人期待。

這就是法蘭妮，一位戲劇系學生，會搭上那列火車的原因。三部曲，或四部曲，人們期待火車，抵達某個龐然話語建築的門廊。人們還不知道：這建築注定無法完成；關於這個演藝家族，小說家只寫就零餘幾個篇章。

身為那傷逝廢墟裡，最忠誠的原住民，法蘭妮從不曾遷居，只有無法別遠的在場。她熟悉屋裡，每個密室的文明或蠻荒。她知道每本被讀過的書。她甚至記得西蒙記下的，「她毛茸茸的腦袋瓜」。彷彿她曾親手觸摸過記憶。她遂被要求，要以最稚拙的生命，和最無新意的生命終局緊密疊合。所以她得等待，並一次次接聽那通發自死者房間的電話。她等待相隔七年，在這演藝家族裡，小哥卓依，終於潛入那密室，換披巴迪聲音，布達西蒙留言——她那些「我們不說話，我們雄辯；我們不交談，我們闡述」的兄長們，終於集體自那死屋，發出某種絕對亙古的回音。

之後，就總是那「太初寂靜」般的深眠。小說家寫定如此，她無法不全心承受。可憐的法蘭妮，她必定不明瞭：或許，最初那列火車，已經標誌了某種叛逃——在上述條列過的之外，還有更多被世人「期待」、被以成人邏輯講解的「寫作主題」、「對話」或「知道」，小說家沙林傑，皆一個也不想如人預期那般去寫就。帶著一種少年的憤怒，或始終緊張的自我關注。如此看來，小說家最完整的作品，就是他自己了：他早就宣判自己，為永遠的怒目少年。而法蘭妮因此，每天重複隱密的受創。

3.

K想起，在牢裡，紅髮女孩度過自己二十歲的生日。像法蘭妮，她也來自一個兩代九口之家。不像法蘭妮．格拉斯，她無名無姓，在小說《生活在他方》裡，昆德拉只讓我們知道：她長得不好看，話多，好像不是太聰明。她在冬天入獄，在三年後的春日獲釋，出獄時，看上去還是「一個穿著冬季大衣的年輕女孩」。衣著過暖似乎滿好，起碼比反過來好——你不會想一身輕薄，被重拾的自由給凍壞。特別，是當你已無家可歸之時。看起來依舊年輕，好像也不壞，至少，旁人打量她的眼神，使她漸漸也敢說服自己：廢黜自己被廢年頭，將那個冬天，與這個春天剪接在一起，假以時日，也可以做到。

一出獄，她就撞見人頭馬：幾位馬術俱樂部的騎師，正騎馬路過。貼面仰望，那視覺印象十分怪誕，卻無疑是她親眼所見。好像，可用來代替她說不定，得對人提起的獄中生活。她就想著牠們，領著牠們，隨城市電車漫行，重習上班到下班的一日人流。直到見到中年男人，牠們好像還在上方，臉噴熱氣。人頭馬，也就成為她能說出口的第一件事，與是夜，最後的念想。

中年男人，住在小說家所謂的「亭閣」裡。那是某種瞭望臺，架設在小說核心敘事線之外。據說在那，小說人物得以摘下假面，享有幕間休息。在那裡，他們彼此平安，「就像我們可以在生命範圍之外，待上片刻的那種安全」。彷彿小說結束前，脾氣不很好的小說家，終於比讀者先受夠了雅羅米爾（他全程摹寫的主角），於是，他將這間保有牛油、麵包和葡萄酒的暖房，架設在主角故後，讓「這平靜的燈，這仁慈的光」，暫照小說森冷的終局。

這「亭閣」只在時間近處，不在女孩可以忘卻、可在足夠暖化的自由裡，做成別事的多年以後——小說家無論如何，不是那種輕率編造救贖的寫作者。「亭閣」只短暫地，阻絕死亡「不耐地踱步」。如此，雅羅米爾死訊，他那不是自殺的平淡死因，經中年男子揭曉，成為女孩無法理解的聽聞。是這信息，召回廢黜年頭，使女孩，如實感覺那未完寒冬，闖入這個從來形同劇場的溫室。是在這時，她無比聰敏地，察知了仍然青春的壞處。她屈縮起來，用一身骨架藏匿自己。在中年男子懷抱裡，她彷彿另外，「躲在一個鋼鐵製的箱子裡」。女孩察知自己還不夠安全。彷彿一切只是直覺上的遺跡，仍不真的死滅。彷彿年輕，只是感受時的疲老，自身尚不及自逝，於是，時間並未踏實到來。

從前，得知中年男子偏愛同性戀女人後，紅髮女孩編了一個故事（一道謊言），說給他聽：她曾在游泳池更衣室，與陌生女子做愛。後來，男子察覺故事細節不合理，卻因此更受感動——女孩動支超乎生命經驗的個人想像，用心討好他。他覺得這相當饕餮。他們是這樣的情人：在中年男子記憶中，「她天生是個有趣的人，在性愛方面很有天分，又很配合」。

詩人雅羅米爾在跑，從母親的注視，到最後仍是母親的注視。關於整部《生活在他方》，這是我們已知之事。幾乎沒人在意：女孩同時也在跑，每個認識她的人，都只記得局部的她。她是臨場的「他方」：在小說裡，她是非布拉格人。按伊凡・克里瑪描述，布拉格本質是「悖謬」：處在中歐中心，「生活的奴役」（由歷史中，無數次「羞辱的失敗和野蠻的軍事占領」所促成），造就此城之人的精神自由。沉鬱的卡夫卡，和歡快的哈謝克，同生共死在相鄰街區。人們一面自豪此城文化，一面又有輕視文化菁英的傳統。但這些都和女孩無關，她來自化外，那偌大無聲鄉里的某處。

女孩喜歡自己的身體。身體不是一道悖論，不是什麼裝載哀愁或苦痛的器皿，不是如普利摩・李維所言，上帝這「聚合化學之王」所研發的高明包裝。整個身體，完全就是可以觸及他人的她自己。

十七歲未滿，獨自離鄉，差不多，就是與第一次共產革命同時抵達此城，她一路健朗地跑，抵達某商店，成為售貨員——彷彿，只是為了接替那另一名非布拉格女孩，使她得以返鄉婚配。差不多一進城，她就同時認識了中年男子，與雅羅米爾。她不知道他們到底都怎麼回事：當雅羅米爾滿街遊行、激情吶喊與寫詩，卻索求不得愛情時，男子下了工，就靜靜泡在浴缸裡看書，全部創造力，都用來安頓在小公寓裡，與不同情人幽會的秩序。

女孩喜歡中年男子，在對待不同情人時的同等專注，彷彿他的天職，就是使人都更愛戀她們自己。女孩理解，男子毋寧害怕（包括她在內的）她們，害怕自己，會「變成她們生命戲劇裡的一個演員」。因此那和好相待，同時也是為了絕不深涉情感。所以這裡是劇場，參與者都知道。

女孩也喜歡雅羅米爾，那激烈而絕對的情感表達方式，喜歡他，那般本真地，將她捲入生命戲劇中。女孩喜歡城裡人各行其是的「悖謬」。是日，為了雅羅米爾，女孩來跟中年男子訣別，為了僅只對她一人而言，如此必要的表述。因事實上，雅羅米爾從不知道中年男子的存在（雅羅米爾這位抒情之人，「從來就不知道任何人的任何事」）；中年男子，也並不需要這般宣明（他抗拒任何形式的抒情）。這是女孩：言辭無論如何自覺必要，總曲折繞過自己身體，彷彿還有身體，無法窮盡的妥貼與善意。她又說了一道謊言，借調邊防與親人，只為平息是日，雅羅米爾尋她不遇的怒火。她想編個在場證明，卻一不小心，做成了「他方」的塌陷。

4.

同時，小說家昆德拉也在跑。彼時，他創造同齡的雅羅米爾，做為歐洲革命與詩歌的雙身索引。如今，他也活過九十歲了。多年以前，小說家，就注定要被自己家鄉給拒絕，因為一九六八年，第二次共產革命後，他不再返鄉；也從此，不去假裝自己，仍然生活在捷克。那些生活在原鄉，撐過禁抑年代（他們的作品，在彼時都不得發表），直到又一輪民主來臨的知識分子，對昆德拉小說特別反感。

這種特別的反感，用依舊是克里瑪的分析來說，原因有二。其一，是他們認為，小說家用一種「簡化和展覽式的方式」，來「表達他的捷克經驗」。其二，是「他所表達的經驗」，「和他一九六八年前，身為前制度的一名十分投入，和受到嘉獎的追隨者的身分很不協調」。克里瑪認為，「生活的艱難，有著比我們在他的表達中找到的，更為複雜得多的形式」。而關於現實中，捷克人爭取自由的努力，原鄉人記得，「昆德拉身處所有這些努力之外」。

布拉格傳統：在此城，一切塔尖、紀念碑，與名人遺跡皆低矮。

5.

在所有虛擬的孩童見證者中，K最喜歡荷塔・慕勒的「我」。多年以後，來自巴伐利亞的兒少文學作家麥克・安迪，會在名著《默默》（亦即大江健三郎《靜靜的生活》中，當父母缺席，女孩專注讀解的書目之一）裡，寫下這則有關時間的童話。故事裡，端坐一名暴君，熱衷於改造全世界。他動員所有人，搬起一切山川河海，去製作一顆新地球。如此，舊地球一天天遭劫空，新地球，也就一日日被造成。直到所有人都移居新地球，而舊地球上，只剩一小塊石頭時，暴君獨自巡視，撿起察看，這才驚覺漫長時間過盡，無數人死難後，自己，竟只同時開創了一片廣漠荒原，和一個無異於原樣的世界。他心頭一凜，拋開石頭，掩面而去，從此不知所終。

童話初始，在德語文化圈內傳播，循著昔日，由巴伐利亞移居東歐之農民的足跡，傳抵羅馬尼亞西境的巴納特施瓦本，這片德裔族群聚居區。也只有這些移民後代，能直接讀懂這則童話：一道世界改造令；一處荒原，與一個一切細節皆被換取過，卻全然相似於過去的未來。以及最後，一名暴烈改造者的就地失蹤，因此，人們難再追問他的罪責。例如小說家慕勒——讀到《默默》時，她甫離家鄉，去向大城讀大學。從此，「施瓦本」這個語詞，總對她顯現諸多雙重詞意。

比方說：一個是多瑙河源頭之鄉，巴伐利亞施瓦本，她的祖輩出身之地；另一個即巴納特施瓦本，她的童年原鄉，某種意義的仿境。比方說：一個是童話故事裡，那個遭人遺棄之舊日荒原的局部，它曾以所在山谷為基架，擱放過建造中的新地球；另一個，則是一處故作天真之境，它在新地球上，卻與舊的並無二致，連那曾經基架，都被人纖毫無差地仿成了——那就是童年，從家屋，她每天放眼望見的那處空闊山谷。

再比方說，一個是曾經的巴伐利亞大動員：希特勒創世計畫，帶起她的父祖一輩人，自願或被迫受編為骷髏頭部隊，去向更遠境；另一個，則是後來，齊奧塞古的創世空間：整個啟蒙年歲，「我」與友伴一代人，無盡觀瞻這位羅共總書記的各種病痛消息，期待他的終於死滅，如斯摯誠，以致長久以來，「獨裁者屍體，形同人人腐敗的生命，匍匐過人人腦袋」。如斯，在無窮期望裡，深覺自己先老了，以致當「我」抬眼，再看向父輩之人時，「我」感覺他們，或將永生年輕；永遠，將會在一場更深切，卻也同時更造偽的童夢裡潛行。

父輩之人。任他們是誰，更多年後，在慕勒書寫中，他們主要是兩種人，而兩者之間，只有很小的差異。一種是失敗的納粹黨衛隊員，戰後留連異鄉，在奧地利、巴西雨林，或遠近任何可能的地方，都建起他們的施瓦本房舍：尖屋頂、尖山牆，帶十字梃架的四扇窗。在每幢施瓦本房舍裡，他們，都要生下施瓦本小孩。在任何可能有施瓦本小孩的地方，都有無動於衷的施瓦本山谷，某種自我指涉的基架，盛放他們格外無邪的出沒。

一切彷彿亙古不移，只遺憾，門前的樹會吐露實情。樹會揭曉天空、土壤和氣候條件的畢竟不同。每棵佇立地球南半，形同倒立的施瓦本門前樹，都不馴地生長，出格於施瓦本樣式——縱然那些施瓦本人，一再執拗地修剪它。

也只有樹，會開始從此就地隱瞞。因為父輩裡的另一種人，也是失敗的納粹黨衛隊員，戰後，異鄉草叢沒能留住他們，他們，遂歸返巴納特施瓦本原鄉。一回到家，一看見自家門前那同一棵施瓦本樹，他們的「襯衫裡又長出農民，又開始從前的工作」。他們生命中，某些年歲是不可算數的。他們去過別人家鄉，製造過墳墓，現在他們返鄉，也談戀愛，也成為如斯青春的父親們，還將造出許多施瓦本般的「我」。

一個是樹的吐實；另一個，則是樹的欺瞞。而無論如何，一名在自己身體內裡，比樹更密織年輪的施瓦本父親，總是對「我」證實：上述兩者，接近毫無差別。無論如何，「我」總是被迫理解：童話，歷史，或甚至是「我」的整個生命自身，都將站在這樣實證的父親那邊。

一個是身體的孤隔。它具體區別一個人，和另一個人。它卻這般詭異地，將個人最大感覺器官，皮膚，全都張撐在外，全然地袒露，彷彿就是要這人，不錯過每個有機會去體解孤絕的瞬間。在密室裡，在每個受到刑求的瞬間，它如此饕餮於自己，用每次惟「我」獨感的痛苦，颯爽刻蝕「我」，迂迴鑽穿「我」，反復拗折「我」，一絲一縷，也絕不會分享給手執刑具的另一人，讓他去同感。每種體刑，都只是便宜行事地，以「我」來懲治「我」自己。

另一個，則是身體的好客。身體會記憶一切。如果有人撫慰過我們，他的手澤，與手澤激起的膚觸，會將長久織進我們內裡。如果有人，曾經餵癒過我們的飢餓，那由我們親身吞嚥下的食糧，就將永遠，成為住在我們體內的某種靈。祂會令我們，倒看死亡威脅為確切生機，在比方說，在戰爭期間，一個全城遍受火焚的空襲夜裡，飢腸轆轆的我們，那般歡快地起跑，還是無知孩童，卻像個接受友軍掩護的嫻熟密探，跑進虛掩的每家每戶，翻找躲藏於防空洞的我們鄰人，遺留家居的可能養料。我們單純只用牙齒，定義何為可食。我們，蹲踞在豁免強光烈焰的至暗角落，像地獄裡，一頭最純粹的倉鼠那樣以手就口，專心嚼食。

我們像是以口嚼趾，為祂進食。好像是為了最初那點善，我們身體，才不能自已地，深願記存再更後來的磨難，更多密室裡的，關於個人痛楚的明細。因為正是祂，總令我們懷抱鄉愁，想一再自癒我們自己的餓與痛；想永遠，不顧一切去爭取生機——縱使成為背叛者、告密之人，殺害了最無辜之人的人，亦可能在所不惜。

我們將成為凶手。縱使現實並不寬許，縱使，只能用與善相反的身體記憶，來回饋祂，我們也想一生這般餵養祂。我們是在確認祂的實存，確保祂，得以隨著我們身體，長進我們後來的歲月裡。好像我們身體記憶，果真是在受懲之後，長成了我們內裡，一個總是反對我們的魂魄。

甚至，這個祂，還反對我們肉身的他殺或自死。在每個我們死離之地，祂都猶在，在同個死難空間裡，占據我們遺留的某處空闕。祂成為某種「心獸」。只有際遇相似的另一名「我」，方能窺見祂。只有「我」能理解：祂之難以在此生，由人自主祛退，首先，只因與人的整個龐然受難史相對的，那一點初始的他人手澤：不幸的是，任他是誰，最後成為怎樣的他，在那般孱弱、無能殺伐的最初，他都曾被應許過倖存。更不幸的是，任他是誰，就算他，曾像「我」的父親那樣，親手屠殺過某些人，事後，他竟也可以饕餮地指認自己，為某種具永恆意義的密室受刑人——餘生裡，他總是用腹語，在對自己孩子說明：是祂要他，做下了所有他已親手做下之事。

6.

在所有無聲的證人裡，K最在意那個看完電視影集後，在床上，隔牆獨聽母親動靜的小孩。小孩的人生，很早這麼開始與結束：兩次漩渦狀的水聲，在夢境外連響，像宇宙星塵，抹消星塵的宇宙。然而，如果要正確說明母親之死，在《夢外之悲》裡，彼得．漢德克會直接引述兩天後，報紙上坦露的字句：週五深夜，一名五十一歲的家庭主婦，服用過量安眠藥自殺。事情就是這個樣子。事實：某種不容更改的斷言。之後他的個人描述，無論遠距或貼近，總不過，就是對此斷言的添補、繞行，或僅只是虛飾。這是為何，對他而言，沒有合宜的那種悼亡。

悼亡話語必然抒情。他最不想陷溺進去的，就是抒情。應當有一種理想語言，使人得以冷峻思辨，並複現自殺親者的終得「安詳」。困難在於，並不存在這樣的語言。於是，寫作時，他更多是借助反語：當他描述母親平靜、有序的最後自主行動，並說，他為此「感到驕傲」時，他毋寧是在表達，自己理解粗糙現實，對母親的向不寬待。母親，就像他記憶裡，親族中許多人一樣，一生，皆在尋索與周遭重新取得真確聯繫，從此，再也「不必思鄉」的可能性。

譬如他可以說，報上那句斷言，頗令人意外地，遺漏了死亡現場——關於一切死難，最基本的一項資訊。而這最基本資訊，同時，也就是在他心中，母親之死的最特殊性：母親，自死在她出生的房子裡。她的故鄉。他可以再更詳盡補充：十一月下旬，那個週五早上，母親獨自一人，走出那間由她父親肇建的家屋，搭巴士，往鎮上，設法籌措藥丸，確保它們足以「過量」。是日天未雨，但路上，母親買了把傘。母親總是憂患著什麼。傍晚，她及時返家，很是慶幸，因她眼睛不好，近乎夜盲。她去附近，女兒家吃飯，尋常說笑。她返回家屋。待小兒子睡去，她就開始備妥她自己。

小兒子始終就睡在隔壁。在母親劬勞一生裡，他是最後一名，被應許留下的孩子——漫長幾十年內，母親頻繁懷孕，總用長針，自行墮去不要的胎兒。這幸運之子最稚齡，由母親陪看完電視，是夜，正滿足地酣眠。他尚年幼，不必區別戲劇與夢寐，就像他還不曾，分辨睡眠與死亡。

譬如那把傘。紅色的，漂亮的新傘，從不曾在雨中張展過。不曾以其微彎傘柄，體貼靠肩，陪伴人在雨裡的遊歷。陪伴雨裡，人的那種籌措。它如今蟄靠牆角，而母親走了。她自己，就是自己最後取走的性命。或者該說，母親是留滯了自己肉身，給棄兒狀的傘，和雨行般的棄兒，只為了讓人信服：自此家屋，她的最終逃脫。

7.

事實也是：母親總想離開家屋。母親一直離開家屋，一天數十回；每回，都轉著這更愈頑強的心念。十五歲那次，母親以為終於，會是此生最後一回了。家屋在國界線上的小村。或者也可以說：是家屋先立起了，然後，空前嚴格的國界線，這才尾隨此屋而來。

因為在那之前，她的父祖世代，無人坐擁地產與圍牆。地產多屬於貴族，圍牆最多是教會。父祖，是些遊農或雇工，一生，依靠耐走腿腳，靈巧雙手，與顱骨妥善包護的沉默與擬聲。還像最初的智人。他們總是在走動，拖扛家當上路，穿山脈，鑽河谷，往東經過匈牙利，直達羅馬尼亞黑海濱。往南，從南斯拉夫各邦，直至希臘盡頭，都是他們牧養自己的地界。

如果他們未能尋得經年棲地，沒有在那裡，由人變異名姓拼法，也自命為新人，那麼，當寒冬再臨，當不再能租借得生機伊時，他們，就會退守這處小村，在各自棚屋裡瑟縮與挨餓。如果他們有幸，就死在小村，人們，會為他換穿節日禮服，種植他，在無主葬地裡。他們屍體，就是他們一生最莊重剩餘，就是體面的落實，與終將朽壞的個人來歷。

生命許諾的是小村。小村許諾的，是無動於衷的墳塚。母親的父親出生，在葬地左近。地主之女，與雇工私生子，生來，繼承了不被記憶的奔勞。他立志不再遠走，極簡度日，在自己原鄉，模擬起「幽靈般的無欲無求」。他有點積蓄了，終於立起自己家屋，成為父祖世代中，第一位有產者。他意外發現，一個如此嶄新的概念，名為「自由」——原來，擁有某物的感覺，使人這般舒暢。這種自由絕不抽象，卻使他格外動容。就像癱瘓者，能再移動自己肢體的那種感動。

他想要更加自由。他卻只會儲蓄，存下來的錢，在每十年一度的動盪中，反復化作烏有。他學會另一個新穎概念，叫「通貨膨脹」。他重新儲蓄，在自己鄉土裡，卻開始活得無比恐懼。像手無憑恃的薛西弗斯。他終於睜亮眼，成為世代血脈裡，第一位看見邊防實存的人：個人自由十分貴重，亟需費勁積攢；但說到底，個人自由不是個人所有，除非，一個強大國家保護了這人。他想望這樣的國家：大南斯拉夫邦聯，德意志第三帝國，什麼名目都好。任何可以允諾生活安定，經濟成長，使他保有「最低限度自信」的「偉大國家」，都是當下惟一合理的選擇。

他的兩個兒子受徵召，死在俄羅斯戰場上。他揣摩界線，遠望而去，為孩子的孩子們，再祈大國到臨。他好似一具有欲有求的幽靈。五個孩子裡的倒數第二個，惟一女孩，母親出生，在葬地左近，家屋形狀的墳塚裡。母親愛讀書，筆跡工整，成績優秀，但對她父親而言，女孩的學習，僅是為盡義務的兒戲。幽靈有其幽靈式的貧窮。母親想抗拒一種小鎮宿命：棄學，苦勞，婚配，家管，生育，生病，重病，最後死去。母親遂只好，撿起另一種非小鎮宿命：棄學，然後去到他鄉，從事苦勞。

十五歲出門遠行，母親自覺並不孤獨。有生活的地方，人就不會孤獨。縱使她去向的地方，是一幢湖濱旅館——人們來此度假，是為暫時遺忘生活。縱使，她學習從事的職務，是洗碗工、服務生與二廚。學習各種在度假者面前，隱藏起自己行蹤的技能。在那裡，她事實上認不得什麼人，但背過小鎮，無人可以跟她說：這裡沒有生活。正好相反，這裡，有她奮力爭取到，也被允許加入的惟一一種生活方式。而這惟有的可能，只要天長日久，也可以是她會喜歡的那種，所謂自己的生活。只要日久天長，她的原鄉，也會就地生成。

但卻別無他者，只有希特勒同意了她，也應許過她：從此，再也不必思鄉。透過收音機，他的聲音「很好聽」。那麼激昂吐露自己的憎惡，彷彿深深相信，恨也可以掙得永恆。那個聲音取消國界，頒贈德奧合併的節慶氛圍。那個聲音，給了母親希望與勇氣。因這是生平首次，她感到自己「有了群體經歷」，且被平等地，收容在「一個盛大的關聯」裡，於是，「就連詭異的機械性勞動，也變得充滿意義」。因這也是生平首回，她覺得自己的生活，「得到一個既被保護，且又自由的形式」。

一種被保護的自由。這並不是悖論。所以這也並不矛盾：一個人，可以同時既是政治儀式的熱情從眾，卻也「始終對政治不感興趣」。所以，對許多人而言，這樣的解放，確切發生過：那個在十二年內生滅，捲走那麼多人性命，其後，世人皆都無疑其為「邪惡」的政權，真的，是真的，也曾為它的真摯從眾，具體指出類如難解鄉愁、階級限制與社會污名等困境，皆可就地超克——在集體狂熱中，「我」得以即刻自由。這種展演，對「我」而言，竟比任何人道理念，都還更切身且逼真地關愛過「我」。

多年以後，對漢德克而言，這就是某種比起母親自死，還更早臨的不幸：這種彷彿惟有自死，才能使其「安詳」的生命空闕。也許，正因這般空闕，人才樂意接受關於幸福的假說，為幸福本身。人也才自願投身儀式，像那是最可欲的日常。

這個並不自覺孤獨之人，畢竟何其孤獨。他的母親，這名孤獨者，在他的夢境裡漫步，因他的質問而抽泣。夢境如此逼真，初始令人寬慰：他幻見母親，還在健朗年華裡，尚不是幾年以後，那名所謂精神崩潰者。尚沒有全身莫名疼痛，時常無故摔倒。沒有包著頭巾以防風，長久長久，站在村裡公車站，等待能遇見什麼熟人，而這人，願意給她一杯咖啡的時間，聽她傾訴過去的傷悲。她以為自己，能用話語取代眼淚。但其實，她是個太差勁的回憶者：她無法憑藉訴說，將恐懼與哀慟從自己身上抖落，反而，是讓眼淚真摯而無聲地復活了。

所以，那夢境畢竟過度逼真，驟然，就不再能夠寬慰人了。醒來以後，從此，他就記得母親，曾在他面前這般垂淚。像確實，她是在一個無路可出的異境（但其實，她只是在二十九歲起，重返定居的故鄉裡），寫信給身在國外的他，「這裡很冷，環境惡劣，早晨的霧久久不散」。像她仍在沉默地說，「我想多寫些歡樂的事，但根本沒有這樣的事」。她就這麼，在字與字的纏綿裡嗚咽。但突然，她如此爽颯地，覺知了自己的分崩離析——「我不是人了。」她這麼說。

8.

界線揣摩。從那以後，漢德克的寫作，一再重複一種動線模擬：一位孤獨的觀察者「我」，在舉世異鄉裡躊躇，企圖以對眼前表象的再現，融入疏離現實，從而，完成奇特的「歸鄉」。似乎，這既是記憶的消解，也是記憶的緊握。因為，在「我」

的一路行旅中，所有「我」不盡然熟悉的，「如泉源如小溪如江河如海洋的表象」，生動環伺「我」，以它們自身的豐富，使「我」記起，「我所在乎的，就是看清自己的一無所知」。

因為「一無所知」，使「我」重新見歷自己的記憶。使「我」想起，在那終得「安詳」其外，「我」一人，還保有許多關於母親的記憶。包括被記憶之人的記憶。記憶，總是召喚且層疊記憶，於是記得一個人，漫長地憶想一個人，某種意義，就是確認遺忘的無法窮盡——死亡，充其量只能殺死人；對死亡的記憶，卻彷彿這才繁複肇啟，無時無刻，不正在生成。

於是，當時間讓「我」確知，遺忘本已無法窮盡，已然如此擁擠，「我」的思索，朝向事關文學資格的重省：最後的最後，記憶者與寫作者「我」明瞭——也許，只有曾真確存在過的，才值得寫入故事中。反之亦然，只有值得訴說之事，才可能成真。

所以，記憶裡，這是重新的起點：因無法生活，是年初夏，二十九歲的母親歸鄉，攜帶正式丈夫，兩個孩子，和一名裝在購物袋裡的女嬰。他們沒有證件，遂以偷渡方式，潛過國家北界，一路跋涉，重回國家南界的小村。彼時他七歲。到他二十九歲，母親自殺。到他年過五十一歲，他彷彿，就站在那個偷渡家庭後方，猜想彼時母親，已曾旁觀過多少人的死亡。

有時，他懷疑說不定，在某次回望時，那位年輕母親，就已告知那個七歲兒子：某個意義，從前的我自己，早在跨界此刻死去；在你二十九歲時，發現我死去時的同齡，就已死去；在你跨過我之五十一歲死齡的伊刻，在你更漫長的回憶裡，我也不會復生。這就是死亡。這就是重回自己出生家屋的感受。這也就是一名徹底挫敗、再無處可去，只能返鄉寄食之人的基本事實。

她的寄食者美德，是保持家居潔淨，一點一點，將幽靈式的貧窮，兌現成聖徒光環。她並不完全是她自己了。她堅持所有無知於貧窮之人，加諸窮人身上的高蹈標準，也如此，要求自己丈夫與孩子。她的家管，帶給家人極大壓力，但她自己，終身無法自明這一點。她以為自己，重建了新生者的存在意義，卻不知道：自她歸鄉起，他們也正緩慢離開她。

然而，當他收到通知，返家，打開房門，猝不及防，他就看見母親遺體，躺在一張床上。彷彿那仍只是同一張失魂的病榻。在守靈夜，他才認知到，面對這次死亡，自己所有表達，無論如何，只會太過溫和。好像直到守靈是夜，母親之死，才開始就地蔓延，無處不是。於是，不只那把傘，所有微物，都是母親自死的物證。

從彼時起，有一段時間，他害怕走進任何廚房。廚房櫥櫃堆疊的瓶罐，所有器物，都使他想起她。

從彼時開始，再更久以後，不知為何，他還反復思索一個由小孩聽證，並轉知給他的細節：此生，最後一次如廁後，母親，沖了兩次馬桶。她沖了第一次。然後，彷彿是害怕自己，畢竟留下了一點不潔的什麼，她遂在廁所裡靜靜站著，等候馬桶水箱，再次蓄滿水。他彷彿猶能代她，諦聽水聲的暗湧，一心，就只想跟她說：妳再聽一遍，請再聽一遍，就像夢裡或夢外，我總是反復聽見的那樣——這就是局促一生裡，妳最後一點，多餘的思量。

維也納海岸

最後，一名女性證人遠從邁阿密來到法蘭克福，因為她在報紙上看到魯卡斯醫師的名字：「那個殺了我母親與家人的人，跟我有關。」她陳述事情的經過。她在一九四四年五月從匈牙利被送過來。「我手裡抱了個寶寶。他們說母親可以和孩子在一起，因此我媽媽把寶寶給我抱，又幫我穿得老氣一點（這位母親自己抱著她的第三個孩子）。魯卡斯看到我的時候也許知道寶寶不是我的。他把它從我這裡拿走，丟給我母親。」法官馬上知道怎麼回事。「也許你是有勇氣救你的這位證人？」魯卡斯停頓了一會之後，全部加以否認。這名女人顯然完全不知道奧斯維辛的規定——帶著孩子的女人，一抵達就要直接送進死亡毒氣室。她離開法庭時，仍不明白她找到的這名殺害其親人的凶手，正是她自己的救命恩人。當人決定隻手擎天時，就會是如此。

——漢娜．鄂蘭，〈審判奧斯維辛〉

大多數人最憂心的問題是：我們能熬過集中營活下來嗎？如果不能，那麼所受的一切痛苦自然就毫無意義。不斷困擾我的問題卻是：究竟加諸在我們身上的一切苦難與死亡有意義嗎？如果沒有，那麼熬過集中營而倖存下來也就毫無意義了。如果人生的意義完全取決於能否逃過一劫而倖存，換言之，如果人生的意義完全取決於命運偶然的寬恕憐憫，這樣的人生也就根本不值得活過一回。

——維克多．弗蘭克，〈一位心理醫師在集中營的歷劫記〉

遠在維也納，弗蘭克醫師不知道：長崎原爆後四年，耶穌會士沙勿略的右臂巡禮全市，歡慶此臂主人，登岸傳教四百週年。在長崎，永井隆醫師是原爆後，首位重回浦上河谷定居的被爆者。在「死神同心圓」內，他立起「如己堂」小屋。在小屋裡，他仰躺病榻，勉力寫作，看診，教育一雙倖存兒女，並記錄自己身上的輻射反應。他想將餘生，活得像是周遭，又再現蹤的螞蟻、昆蟲，或野花的同伴。活成某種見證。右臂大遊行是日，他親眼見證：近四世紀後，沙勿略之手既未腐爛，也未蠟化，僅有些許像是「在埋葬、挖掘、切除和搬運過程中，不小心受傷的痕跡」。簡直，「就像活人生剝」一般。

聖靈充滿，分外歡喜，他去向市東，探望聖母騎士修道院的朋友們。聖母騎士組織，由波蘭神父國柏，草創於梵諦岡，循沙勿略海路，抵此宣道。戰時，修道院遭日軍接管，神父們，皆受囚阿蘇火山側。日本投降後，神父們再返，神思平寧，一如甫奉國柏派遣伊時。修道院，成為原子荒原上，最早的孤兒收容所。修道院，亦是永井隆醫師，慣常閉關靜思之地。在此，他推敲出個人，最著名的一篇原爆罹難者彌撒講詞——他堅信，原子彈會落在長崎，「全是上帝旨意，讓全日本最大天主教徒聚集處，可以犧牲自己，結束戰爭」。

雖然事實上，長崎原爆死難者，多數，並非天主教徒。這卻似乎無妨，只因長崎天主教徒，多數抗逆現實而活。長崎天主教史，是死難不絕的重複斷代史。沙勿略全身離岸後，寬永六年，信徒入山避禍，官吏縱火燒山，浦上盡成荒原。明治二年，官吏毀堂拆屋，信徒紛困船艙，流刑日本各島，浦上又成荒原。直至昭和二十年盛夏，原子風暴後，浦上三度拋荒。

死難不絕，信仰卻亦總是再返不絕。於是，也許，永井隆醫師只是想說：信仰的故事，就是廢墟的故事；就像廢墟的故事，總也就是信仰的故事。這樣的事，長於任何人壽的教史裡，還有很多。遠眺眼下，最近一次荒山廢海，一名虔信者，當作如是觀。

長崎之事，遠在隔海的長崎。見過右臂遊行後兩年，永井隆醫師病重辭世，得年四十三歲，自認一生幸福。永井隆醫師並不知道：世紀末，梵諦岡為聖母騎士組織草創者，國柏神父封聖是年，在易北河口小鎮，法蘭茲·魯卡斯醫師，也從私人診所退休了。此事，除了弗蘭克醫師外，世上已極少人留心。

國柏神父，死於一九四一年仲夏，奧斯維辛地牢裡。彼時，因一名囚犯成功越獄，獄方遂另挑出十名囚犯，欲活活餓死他們，以儆效尤。其中一人撕心裂肺，哭喊妻兒。神父聞聲不忍，自願換下他，代他赴死。在陰暗牢中，神父規律引領禱告，憑此刻度時光。十數日後，同伴皆亡，神父猶跪伏屍堆，獨自祈禱。眼見黑牢，將成另座錫安山，黨衛軍緊急為他施打毒劑，且迅速火化他。對納粹臨場諸行，常保緘默的梵諦岡如此，在數十年後，迎回一位屍骨無存的聖徒。

當神父殉難，前哲學系學生法蘭茲．魯卡斯，就要完成醫學博士學位。這位知青納粹黨員不預期，之後數年，自己將因「失敗主義言論」而遭孤立，且受罰一般，不斷奉派各處集中營，提供「醫療服務」。待在奧斯維辛的數月裡，他負責陪站月臺，監督揀選流程——某種意義，高層的確試圖排除處決現場，無謂的暴力。因這妨礙滅絕效率。直到柏林包圍戰前夕，他才擺脫高層掌握，潛往北濱，獲得正經行醫的機會。一九六三年，法蘭克福審判時，他又被揪出，成為在場人眾裡，惟一一名認真以對的被告。更怪異的是：似乎，他刻意否認於己有利的證詞。

直到服完徒刑，獲釋後，他仍返北濱，像重新自囚。他實是婦產科醫師。前後數十年裡，在小鎮，他接生了許多新生兒。弗蘭克，覺得自己必曾見過他，也許，就在彼時，自己亦不斷流徙的各處集中營其一。也許，就在某次營內召魂會上。也許從那時起，魯卡斯就已孤坐角落，默視一切，像惟一嚴肅的負罪者。

弗蘭克醫師關注魯卡斯，因為在維也納，醫師的女兒六歲了，開始上學，實習生而為人的義理。她還不知道，在戰後此城，自己，是與許多納粹兒女一同成長的。

他們讀同所學校，可能，就坐隔壁桌，是好朋友。可能僅只十數年前，她同學的父親，還在謀畫著，要如何殺光像她父親那樣的人（雖然，他們的確成功地，殺掉了她的祖父、祖母與伯父）。她還不知詳情。帶著自己的煩惱，她走來，問父親弗蘭克：為什麼，我們總說「仁慈的」上帝呢？父親想了想，回答她：譬如上週妳得了麻疹，很難受，但上帝，好心治癒妳了。她更困惑了，問：可是一開始，不也是祂，給了我麻疹嗎？

父親一時語塞，悲喜莫名。因為女兒年幼，思索的難題都像嶄新，而現成解答，似乎都太過陳舊了。因為自集中營倖存後，最吸引弗蘭克的神學概念，就是罪的奧祕。他相信，人無法徹底解說人的罪行；因若能如此，等於人就能為人脫罪。對自己不能詳解的，弗蘭克選擇接納。那倒並非是所謂「寬恕」，而只是選擇將人封存在罪中，像琥珀裡的小蟲，原態奉還，留待全知的祂去評斷。他選擇還是信望祂。

最後那處集中營，他暱稱為「樺樹林」：鐵網外，森林如斯美麗。傍晚，當雲彩由寶藍變幻成火紅，璀璨霞光，也就推動參天大樹，令千年不易的它們，幾乎是帶點悲憫，前來巡行此境。鐵網之內，是病患隔離營舍，畸零地上，他們用木樁和樹枝搭出帳篷，權充停屍間。帳篷旁有個廢井，井口蓋了木板。不多的休息時間，自願就地權充防疫專家的囚犯他，就靜坐木板上，思索樹與樹的龐然影綽下，一隻小小蝨子之所能。

蝨子最自由。作為死神（此境最高統治者）助手，牠歡跳，以「斑疹傷寒」之名，播散死訊的隨意卻絕對。牠毫不介意若有人剛死，生者即來劫光死屍，為它，換穿更不堪穿的衣物。牠總之，在每道衣縫間歡跳。蝨子最深情，比任何獄友都更情深。在那死屋，當湯桶運來，所有人圍上去搶喝，暫把死者擱靠窗外，任它全程空望時，只有蝨子陪伴它，尚饗它的靜默。當他們回去搬運它，幫它躺平帳篷時，蝨子，還在吸吮它最內裡的餘溫，憑此，繼續分娩、發育與繁殖。蝨子最幸福，就像渾不知在遊戲行徑中，自己，已經都做成什麼了的兒童。

此境衛兵，就像蝨子。他們，是弗蘭克醫師自承，最無能理解的一種人——「以嚴格的臨床定義而言」，多年以後，他客氣寫下，「有些集中營衛兵確實是虐待狂」。他們是存有的謎團：基本上，無人是自願到集中營服役的；他們會在此，只因高層認定他們不合格，不適合上戰場。然而，這些按漢娜．鄂蘭義憤的說法，乃體制「自動篩選後的人中之渣」，卻是第三帝國，最富享樂精神的子嗣了。日復一日，他們肆虐絕境，以絕無意義的暴力，驕其同僚。

他們將體制，寄身到最底最底。甚至當注定戰敗，黨衛軍開始撤守此境時，他們仍縱情戲耍。甚至，在帝國破滅，高層紛被吊死後，在為他們特設的法蘭克福審判中，他們猶群嬉法庭，忙著「侮辱證人、要求檢察官道歉，或試圖和其他人談笑」。他們皆都毫無悔意。但若有必要，他們卻也都能舉出實例，細節栩栩地，證明自己確曾營救過囚犯，是個好人。

他們狡猾得形同憨傻。沒有理由，讓你毋須畏怕。彼時，弗蘭克默坐井口，徒然觀察微小的他們其一，再次無恙地，走入這死蔭之地，遂行格外殘酷的晚點名。今夜這個他，更愈趾高氣昂，哼著歌，分海那般分錯眼前光影。像盛大生機全部禮讓他，也沒有什麼能夠殺死他。是在此刻，醫師決心逃亡。

一隻小小蝨子侵臨，到她髮膚。她是弗蘭克醫師原來的妻。他們新婚未滿周年，遭分送不同集中營。只有兩人知情：妻甫懷孕。營中第一夜，醫師對己立誓，絕不自殺。他也日夜想像遠隔的妻，彷彿身懷一道機密死訊——只要終現孕婦體態，有絕大機率，妻將不得生還。他祈願那親愛胚胎，那藏匿於黑暗底的透明雛體，也能體解母親的悲傷。於是，它會擁緊自己那罌粟籽般的心臟，令其不得起跳。它最好也痲木，也無感，也像它父母，暫時活進深眠裡。若不能如此，父親但願它即刻絕滅。

蝨子察知這意念了。重回維也納後，醫師才得知，進入集中營不久，妻就在隔離病舍內過世了。她們一起屍骨不存。所以，祂會知道吧，究竟，那「無限期的暫時生存」如何磨折人：在自己父親的記憶裡，這名毫無歲數的嬰孩，永遠倖活過片刻，在自己母親的死亡裡。

在集中營那「無限期的暫時生存」裡，弗蘭克總是揣摩一種觀注。他期許有一天，終能將痛苦的自己，視作有趣的心理研究對象。他很快明瞭，包括絕不自殺等自誓，在此境，一切嚴肅陳詞皆荒誕：當你隨時可能橫死，你已無暇心生自死之念。在營內，每時每刻，他皆忙於求生。他察覺，存活關鍵是雙腳。當起床號喚起，他落地，順利能將水腫腳板，塞進濕冷鞋裡時，他知道，自己有望撐過這天。無數黎明，總有同伴，如孩童般啼哭，提著鞋，赤腳，走向雪寒集合場。那是死者在步行。當時他看著，已經就知道，要越過那些眼淚，走向別異於國柏神父的苦路。

關鍵是著鞋雙腳，所據的位置。就此而言，他慶幸自己實是心理醫師。他慶幸管理他的卡波，總有愛情或婚姻方面的煩惱，而他，能在走向工地的數小時路程中，以專業體諒，為卡波診斷性格，並提供諮詢。卡波需要他，像莎赫札德，亟需另名更解談資的莎赫札德。在集合場列隊時，卡波總為他，保留第一伍中的一席。第一伍，免除被真正嚴酷的勞動分隊，如焚屍特別工作隊，臨時抓差的可能。為了維持秩序，他們總從後方抓人。第一伍播散紊亂。走在冰霜田野，無人會在他前方跌倒，是以，他不必承擔連環遲誤。他一邊耐心診療他的卡波，一邊靜聽後方，有人受槍托擊打，有人氣喘跑步，只為追上隊伍。他最步伐無礙，最像自由人。

當他只照管腳下方寸，且由此倒看自己時，他也能將萬事倒錯的集中營，看出絕不怪奇的條理。必須先有雙腳，然後腸胃，最後，才是心與腦。他看某些夜晚，雙腳引領他，應邀前去參與，由營區總醫師召開的降靈研習會。他看全營醫學專家，點名皆到，濟濟一堂。他看，這是些多麼愉快的夜晚——原來，他們也相信死後會有靈，靈能有言諭，就在煙囪塵灰，無聲降覆的此境。他且也陪同吃喝，也夸談，也鼓譟。他像未來北濱，一顆無稽之石，隨潮浪滾動，承受著在他想像中，每夜每夜，自囚者魯卡斯醫師的嚴肅默讀。

在想像裡，弗蘭克既寧願自己是魯卡斯，也竟然，同情起必得旁觀一切的魯卡斯。為此，多年以後，他再現一次召魂會。回到維也納後，他創作《樺樹林同步劇》。劇中，蘇格拉底、史賓諾沙與康德等著名哲學家同來，旁觀主角的自懺。主角，名字就叫「法蘭茲」。法蘭茲是集中營囚犯，卻哀憐起在營裡、在能力範圍內，「默默行善」的黨衛軍。法蘭茲的情感，引起同囚者們的憤怒，視為背叛。像彼時，弗蘭克醫師對自己的怪責。

倘若死難者有靈，眾靈理應憤怒。因為今日這個他，這個從來，格外殘酷的衛兵，走來鐵網外，埋屍井溝邊，彎下腰，抓了把泥土。今日，他特別不介意自己手沾泥污，只懇切地，提議為死者，做一場安魂短禱。

隔離營舍裡，弗蘭克醫師永遠記得，某個傍晚，同伴其一，最後一次在窗外呼喊，要他們暫且放下湯碗，前來，同看此刻，夕陽多麼好——晚霞，映滿地面泥水窪，像人人，皆在世界裡騰空。某個夜晚，當樺樹林再度影布全窗，另一位同伴臨終。他對醫師歷歷指證，窗外，有棵栗子樹，綠色枝椏，綻放兩顆花蕾。花與樹，會將永遠陪伴他，而他毫無憾恨，只盼望自己，配得上自負的苦難。

另一個臨終夜，那位同伴像託孤，要醫師代為記得，此事確曾發生過：在上個集中營，有人偷馬鈴薯，獄方，要他們自揪嫌犯，否則全營禁食。他們全都自願再更挨餓。醫師您想想：是夜，更多夜，兩千五百名囚犯，全都默默不響，之中，無一人去告密，卻也無一人，起身去抗暴。馴善如羊的我們，該說是團結，還是各自孤絕？

不知為何，醫師就像衛兵，總對傷寒免疫，於是每夜每夜，默默聽聞。後來他將慶幸，佛洛伊德是錯的。在維也納，當面對豪華躺椅上，那許多病患的講述時，大師佛氏假想，一旦面臨嚴重飢餓威脅，「所有個別差異將亦趨模糊，取而代之的，是對欲望做出相同的表現」。其實，在集中營的污穢中，總是雷同的，只有那極度寫實的欲望本身：在起床號喚起前，人人夢裡所享的，不外乎美食、香菸、熱水澡。分享那同一夢境的，卻是行為差異逐日擴大的個人。醫師也慶幸，在樺樹林隔離病舍內，別異之人最有情誼。無盡夜暗，當人人發起高燒時，總有人輪班值勤，打醒就要深陷譫妄，再不得回返之人。縱使亦總是雷同——或遲或早，他們都將一一死去。

因為，「對不起，我得走了。」今日，帶著愧意，醫師對帳篷內，三位躺平同伴其一說。今日醫師將逃亡，利用死難同伴們，更好的鞋、衣物，與全部的它們屍體。計畫是：當醫師與另位同事，奉命搬運屍體，去鐵網外掩埋時，就第一趟擔架，他們藏運同事背包，埋屍；第二趟藏運醫師背包，埋屍；第三趟（那時，衛兵應已鬆懈了），他們將斷然拋下擔架與屍體，掠起背包，潛進樺樹林。

醫師走過第一趟。醫師走完第二趟。當第三趟將行，他開始，也敢於去憶想如斯漫長的劫難，也期待起穿過樹林、迎向戰火線的自己，所體解的自由。最後的同伴屍體，只能橫躺井溝邊，空望這一切了。然而（所以，祂必定知情的吧，關於他的背叛；他的畢竟沒有信靠，到最後最底），突然，遠從瑞士來，那輛銀灰色轎車，就這麼駛到他們眼前。它的車身，漆著大大紅十字。紅色十字架，帶來藥品，即刻解放的消息，與擔架上，驟然重如千鈞的，這彷彿全營首位死難者。

於是，那個衛兵懇切走來，提議禱告。衛兵嚮導他們，為葬坑灑下第一把土。衛兵看來如此真誠，向來虔信。今日醫師，幾乎無法自抑，他將瑟瑟雙手藏在口袋裡，緊握裡頭一張紙。集中營第一夜，醫師與朋友互換外套。朋友走向毒氣室。醫師在外套裡，找到朋友撕下的，一頁祈禱書。三年以來，醫師總是帶著這張紙。三年以後，那紙經泥塗血染，無人可能識讀。露天，醫師就這麼默默無語，站在自己記憶中，集中營內，第一場安魂儀式裡。揣想自己，得赦卻如遭棄的此刻。

弗蘭克醫師不知道：像這樣的安魂儀式，另處營區裡很多。在那塵灰降覆的煙囪後方，焚屍特別工作隊，總趁兩班交替時群聚，吟誦經卷，哀悼煙囪底、堅硬磚牆內，受完火焚的他們父母與妻兒。在工作隊隔離營舍，他們設法掩護一位神職同伴，因他最善為文。神職如是，被免去營舍庶務，工餘之時，只專注靜坐暗房，將個人證詞、死難者髮束，與同伴手記，皆封印鐵罐內，且再伺機尋處埋藏。像拉波德氏變色龍埋卵。彼時無人預期，他們之中，竟真有人能夠倖存。

永井隆醫師也不知道：得赦或遭棄，就是從揣想彼刻起，想像中，魯卡斯潛逃向北濱，立誓終身負罪與行醫。亦是從此，獲釋後的弗蘭克，重回維也納，決心不再論斷他人罪惡，只慈悲靜思，在祂看來，這會否是同個空前之人，「一個發明毒氣室的生命體；同時，也是問心無愧、口中不斷祈禱走進毒氣室的生命體」。弗蘭克這般悲憫，全無預期：多年以後，在後來的女兒面前，他彷彿看見自己，這才走出那些裸身交摞、彼此纏抱的屍堆。他再次睜眼，看著那個吞噬一切的雷同之夢，開始嗚嗚咽咽，嘔出它曾見歷的無賴與聖人。這時，舉世成海，盡荒盡廢。而是日，像每一日，神靈兀自不響。

失蹤者

關於新民族主義能否繞過集體瘋狂，我比較不樂觀，尤其考量中東衝突那雙方創傷的歷史。如高史東法官在談論科索沃阿爾巴尼亞人這主題時說：我們對受創傷者的作為，有不切實際的幻想。我相信佛洛伊德也同樣不樂觀，不只因如薩依德所說，歷史會抑制瑕疵，同時也因為，最被歷史證實之創傷反應，就是去重複它。我相信就是基於類似原因，佛洛伊德才會在分歧認知中擺盪：屬於或不屬於猶太人；視猶太人為非歐人的創造，或認為猶太人是最勇敢的、甚至是最後歐洲精神的極致化身；猶太人是應作為永恆外人、進入萬國世界，還是需要（無論是否妄想）回轉家園。今晚，薩依德對佛洛伊德做出最特別禮敬，他從佛氏最後著作中，汲取一個可以超越當代身分危機的身分理想。若說我稍有異議，並不僅因我不很確定佛洛伊德有否到達那個地步，也因環顧周遭世界，我懷疑，我輩中人是否真能企及。

——賈柯琳・蘿思，〈回應薩依德〉

一九五九年十二月底，他在他的太陽城住處，被國家安全部傳去問話，那天我遠在異鄉念研究所。過了兩星期，艾妲蓬頭散髮，衣服都來不及穿，哭叫著衝進太陽城英國教會，打斷每週例行的阿拉伯禮拜。「他們到家裡來，叫我到警察局領法里德，我以為他們要放他了，到了那裡，那人要我回家多帶三四個人，我問為什麼，他說人多才抬得動法里德的棺材。」她神志錯亂，說不下去，由一名教友扶回家，我堂兄尤席夫帶三人開車趕去警察局。他們被帶到阿巴西亞一處荒涼的墳場，見到一個軍官和兩個短打士兵看守著一口坑，坑邊一個粗糙的木箱子。「你們可以把棺材放進坑裡，可是你們必須有一個人簽收。不准打開箱子，也不准多問。」法里德這些巴勒斯坦朋友慌忙又傷心，只有照辦，士兵很快往坑裡鏟些泥土。「你們可以走了，」軍官再度斷然拒絕他們開棺再看亡友一眼的權利。

——愛德華・薩依德，《鄉關何處》

1.

一九九一年，遠在維也納，他們召開巴勒斯坦民族自決問題研討會。中場休息，透過電話，紐約醫師告知薩依德，他確定罹癌的消息。聽完，薩依德數算自己年紀：五十六歲。餘生正式啟動，正好，就是將他放生當時，父親的年紀。他也想著，應當立刻將消息轉知母親。再一想，才意識到母親，已過世一年了。說來，他們才是完美對位的實踐者——他的父母，先後，都活了七十六歲。是他如今自知，已無望企及的壽命。常年以來，每當遇事，他總習慣索引他們年紀，作為對照，以便明瞭自己位置。像那是頻繁旅居時，除了總是過量的行李、絕不離身的護照外，他惟有的心理憑恃。他又想著：應當設法，在有生之年裡，重訪巴勒斯坦，確認自己，與故鄉最後的離異。

於是十年後，又是在維也納，佛洛伊德協會集議，商討薩依德問題。因為在巴勒斯坦，路過一處廢棄以色列崗哨時，薩依德象徵性投擲石塊，貌似「恐怖分子」，協會決議，撤銷已發給他的邀請函，禁止他，到協會發表論文。維也納不同了。不再是一八九七年，選出反猶者呂格爾任市長的城市。對褚威格而言，那次選舉，就是昨日世界，終結的開始。維也納，也不再是一九三三年，迫使佛氏逃離的城市了。對褚威格而言，佛氏異鄉埋骨，就是往昔文明，終結過程的終結。協會如今，就設在佛氏故居裡，有責任，將任何猶太人的「敵人」，隔離在此建築外。

薩依德只好繼續等待。其實，餘生已比他設想的，要長上許多了。餘生別無期待，連需要的睡眠都少了，所餘者，就是格外清醒的等待。他連自傳都寫完了。很久以前，他相信自己的自傳書寫，是失眠的同義詞：他想追探「我」，是如何藉有意識的回憶表述，來取代睡眠。只是，對像他這樣的一個，以再現理論聞名的學者而言，最大的尷尬是：許多文學文本，已然僭越了他的私我記憶，使不眠的「我」深眠。

長久以來，關於出生地耶路撒冷，比起個人記憶，小說家艾默思·奧茲的筆觸，對他而言更具實感。因事實上，為讓信任的猶太產婆接生，薩依德的父母，是特意返回耶路撒冷待產的；而出生後，絕大多數童年時光，他都並不在冷城度過。關於一生裡，初次見到的紐約港，他發現自己，也幾乎已無明晰印象了。他記得，那是無風的溽夏，海面霧濛，好幾天清早，甲板上什麼也望不清。新世界形同湮沒，但聞淒其鐘聲，標注近岸所在。當那艘義大利郵輪農神號泊妥，船上僕役彷彿驚醒，不片刻，就將頭等艙，改造成入境檢查場。

所以說來，他最早遭逢的「美國」，應是一個偌大艙房，裡頭，一邊坐鎮海關官員；另一邊，則是在那半月航程中，首度再無階級分野，全數擠聚同一空間的旅客。他該當，珍視這個發生在船上的候檢場景，因也許其中，所有卡夫卡小說未見的細節，都可反證他的實然在場。因為除此以外，關於他的抵達，半世紀後想來，都像《失蹤者》複寫。

那是特異版本的《失蹤者》。彼時，他還是個孩子，自認人生裡，沒有值得一提的履歷或喪失，具體，就是個隱形人。他的父親，則同時扮演了司爐、卡爾．羅斯曼，引渡卡爾的舅舅，以及卡爾之父本人。航途半月，父親不時找他，進行「男人對男人」的晤談，似乎打算要在靠岸前，教會他世故。父親用水杯打比方，指點夢遺的好處（亦即自瀆的壞處）。父親說起自己十六歲時，在巴勒斯坦，為躲鄂圖曼帝國徵兵，從薩依德港，跳上一艘英國貨輪當僕傭；之後，又在紐約跳船，成了非法移工。之後（故事在此快轉），他就從美軍退伍，開了油漆公司，存了美金，有了美國籍，幾乎，就要成為美國律師。若非母親想念他，一再隔海呼喚，他絕不會抛下一切，重返故鄉。

為此，父親終身抱憾。父親告誡他，既要銘感至親的愛，也要遠離親情羈絆。彷彿昔日，他們那樣嚴格監督他，都只為催他做好準備，有朝一日，訣別家園。彷佛贈與他，一個父親自己被剝奪的機會，就是愛的確真。彷彿，關於這種無條件的愛，惟一條件即是——從此，他負有永不遺忘至親之責，亦有義務，在每當隔洋念想起他們時，也一生抱憾。

父親的海上告誡，像某種回文詩。像遠離正是羈絆的極致形式。或者，父親是藉自身歷史，引渡給他，一則以永不抵達為母題的故事。從此，他覺得移位失所，最令他安適如歸。像最初那艘農神號，已是他最終的流寓。

2.

一九六〇年新春，以色列國防軍上士艾默思．奧茲，啟程去見國父。他獨坐候車亭，就腳邊一盞提燈，檢點自己花了大半夜，用砂紙和鞋油打磨好的大頭釘軍鞋。破曉前刻，近遠荒漠，胡狼在寒風中群嚎，浸潤整個以色列國，在並無邊廓的幽黯裡。年當二十一歲，他即將退伍，寄生基布茲（集體農場）的歲月，則已長過兩次義務役期，且可見將來，還會像有無數個三年加總那麼久長。將來難以料想，遠近，惟軍鞋至亮，像神獸虛構卻易碎的腳蹄。他覺得自己，最好別再祟動。

很小的時候，在耶路撒冷，他就察覺，夜暗中，一盞燈照，能令萬物萬事皆變得美善。一個火柴盒，一輛模型車，一本書，或任何常物，只要一經聚光圈圍，都像被原地賦靈那般，有了空前恆定的神采。好像「永恆」，其實無關宏旨，從來，就僅是微觀尺度裡的私證。事關一點發亮細節，被收攝進某人眼瞳，從此，也就像顆完滿光粒子，在至暗腦海裡，不息地流放。彷彿對人而言，只要曾經凝視，只要真的，曾專注凝視過事物一回，則「觀看」本身，已經就是修復。這是童年起，他一生自許的錯覺。

童年的夜暗，和彼時，巴勒斯坦境內萬物一樣，皆託管給英軍。每天午後，九時起，一間家屋，會與自家庭院、鄰近街巷，與舉世皆離異。宵禁時間，家屋是良民的孤島。每夜，那整座在歷史中，已無數次死滅又再復生，以致終成亙古的冷城，將被一面面窗簾，給重新切散成量子態。彷彿當下未必實存，往昔猶待新履，靜謐冷城裡，四圍簾幕中，所有人都在讀，所有人都在寫。

在那樣的時態裡，所有倖存猶太人，和所有曾經活過的猶太人，都是同一屆學童。他們是人類史中，歷時最長的遺民，受造自上古，一個貧弱小王國。如今，擁有的物質遺跡，接近微不足道——即便王國最繁華年代，冷城，也不過是個較大的村落。他們只共享累世不絕的藏書。

譬如他父親，一名通曉十數種語言的圖書館員，深造許多人文學科，卻衷心，最像微生物專家。每夜，他長坐桌前，餖飣編寫字卡，彷彿立意，要將希伯來死語，給分門別類解剖，逐一放在培養皿上救活。「枸杞樹」，與「薊草」。他永遠記得。彼時，折騰好幾天，父親新學成兩古辭，睡前，很珍重喚他到桌邊同看。

據經典所云，從前，春盡後，此城外，彼草彼木總也雙雙，猶大荒原上聊生。他聽完講解，仍不知道，那究竟都是何等植被，自古以來，什麼色澤，如何相偎，在那罕有雨行的礫漠裡。然而，多年後回想，那樣的夜，當父親抬頭，揉眼，當那盞檯燈，打亮凌亂桌面，而一些微塵，圈聚在光中，他確實覺得那點空無，挺艱難地，教會了兒時自己，某種虛幻知識。某種，年幼的你自知，在你真正懂得前，就已經擁有的知識。

好像兒時的他，果真置身過猶大荒原。不是尚在冷城外、託管給英軍的現實此端，而是每季重現，幻生如夢的彼境。好像，他確已理解所謂「信念」，比起超驗，更像某種地質體驗。因為總有一些辭彙，燃盡了時間，自己也變為化石，碎疊成費解的堊地。因為，從他的視角，平望上去，猶大荒原，具體就是眼前發亮桌面，對證了至上的虛空。於是，他也彷彿早就明瞭了為何，經典裡，所謂「猶太人」，總在荒原上撞見神。

冷城靜謐，宵禁夜裡，他的父執輩們，這般贖字來語談。於是，當多年後，再次在想像中臨摹，他好像，也就見證了是夜，在冷城，在各自窗簾後，有無數隻手，在數不清的字卡上，共同贖還了所謂「約」，這個久違的希伯來概念：無關血統，不是宗教，他們只是摯誠地，重寫所謂「猶太人」，為某種以文本記憶為中心的民族。

正是這些歷久如故的孩童其一，他父親，在準確說來，國防軍上士他，如實尚是九歲未滿那般稚齡時，從全境歡慶中走離，來到他的眠床，喚醒他，轉達給他：「從今以後，將會有個希伯來國家。」建國時刻，這位孩童擁抱他，孤單而無聲地垂淚，在幽黯中，與他分享所有同學，那般漫長卻溫潤的重生。

3.

父親說，國父是波蘭鄉親，一個空想農民。國父說：今後，世上將（再）有以色列國。童年伊時，那個安息日前夜，收音機上，國父用穩確音調，震盪全境微塵。多年以後，當巴士風塵僕僕，抵達臺拉維夫時，國防軍上士，彷彿親眼看見聲音的形狀。

國父班－古里安：巴勒斯坦猶太復國運動左翼路線領導人，以色列總理、國防部長，終身國政支配者。最遲，應是在一九四二年底，國父即已知悉故鄉波蘭，各處森林裡、各個滅絕營內的屠戮慘況。他當即推估，「如果能有效引導，災難就是力量」。這是說，就政治利益而言，大屠殺，讓以色列豐收了建國資本——大量犧牲者，將說服世人如今，惟巴勒斯坦一角，能集中安置那些再次懷抱死難記憶，因此在歐洲，更顯時地不宜的倖存猶太人。就在臺拉維夫莊園，他靜待終戰，方啟行，巡訪德國境內，幾處人跡尚存的集中營地。

冬雪中，國父與自許的故事同行。到達豪，他清點火爐、絞架與營舍，一一備查於《日記》。在慕尼黑郊外，未脫條紋囚服的群眾，手捧鮮花，夾道歡迎他進城。到難民醫院，他承諾院內猶太孤兒，未來，「每個猶太男孩女孩，都能朝每個德國士兵開槍」。

在貝爾根—貝爾森，到他抵達是日，終戰尚存的四萬八千人，半年內，又因傷寒與肺結核，故去三萬一千人。不，也不僅因疫病，取走他們性命的，還有蜂擁而來的物資。太營養的軍糧。難吸收的飲品。甚至，有人送來一整櫃口紅。一萬七千人，衣不蔽體，皮膚垂掛，瘦骨如柴，在校閱場上漂蕩；泰半雙唇豔紅，強打起尊嚴，仰頭看國父。而國父若有靈視，從萬人苦狀，生死無別地，看見四萬人同在，百萬人齊回，直至千萬部眾的實存。

其後，依他期許，百座基布茲，千座基布茲，猶太倖存者，在巴勒斯坦立起堡壘群。國父的左翼錫安主義：猶太人當返鄉，創造自給自足的農民生活，以集體勞動，將自己從敗壞的、被同化的離散狀態中拯救出來。他用生活模型，復育生活自身。國父的猶太孤兒，落實一種最特異的返鄉：彼時，故土蒼老，很多事物無法用手去指，只留下名字。很可能，他們圈圍起、每天種植的田畝，就是經典中，約西亞王遭到擊殺的山谷、所羅門王應允過的丘壇，或者，人世最後一役的戰場。此外，並無其它別種人的生活；周遭理所當然空無，只待他們歸返。

透過收音機，國父聲音，震盪全境塵土。國防軍上士想起，那個安息日前夜，母親，想必也與父親同坐同聽。事實上，昔日家屋，只有他一人，是在無知睡夢中，就被應許為國民。但國父靈視，想必預知，也會有像他這樣的一個「猶太人」：母喪兩年、父親另組家庭後，他變異自己姓氏，彷彿從此亦無父。他隻身，投向總令父親期艾存疑的基布茲。他是更特異的孤兒，自己的贋品。

在基布茲，每天，他背頂天光學農民，貼眼看土，自我評估，在一個封閉農場上，一個冷城原生的都會青年，若要將自己改造得更褊狹、更自大，更堅持仇恨，且能無礙使用軍火，需要耗費多少生命。每夜，他躲公廁，跟基布茲偷竊獨處時空，開始寫小說，像又回過頭去，私生自己的冷城。

他是雙重意義的「叛徒」。父親字卡上，又一歷久彌新的族裔辭彙。

4.

艙房此刻，〈佛洛伊德與非歐裔〉。猜想是此生，最後一場論文發表會，波折半年後，薩依德終於在倫敦，順利完成宣讀。候檢時段，輪到評論人回應，他讓出講臺。大會邀請的評論人，是精神分析學者、生理女性的女性主義專家，暨猶太裔英國人。前者，因為講題是佛洛伊德；後兩者，則顯然是為就身分政治，與他對反互補。和他的族裔出身，同樣舉世皆知：女性主義思潮，是他的知識盲區。

他苦笑，因即便現在，當聽取批評，他腦中索引的，仍盡是與她年紀相仿、學術親緣相近的男性學者。例如東尼．賈德：終戰英國，由教育改革法案創造的「菁英思想」一代人；猶太裔中，國王或女王學院裡的錫安主義批判者；賈德自承，「知道如何運用反諷、機智，與精心故作的滿不在乎，來調整道德嚴肅程度、政治投入程度與倫理嚴格程度」，因此，當直接抨擊，也不會流於挑釁的英式修辭傳承人。

請聽：這批評如此颯爽，如庖丁解牛，三言兩語，就將他大段新解的對位閱讀法，濃縮、重申為班雅明筆下，有關「每個過往意象，若未被當下體認為自身關懷，就有無法挽回地銷聲匿跡之險」的著名歷史哲學綱領。於是他的創見，頓時不出現成引文。以色列國族單一起源論，與佛洛伊德主張的摩西多元源始論。整篇論文，他費心並舉的兩種知識系譜，及其現世託言，被她破解為機鋒一句：「我感到我們幾乎可以說，巴勒斯坦考古學是佛洛伊德的傳人。」頓時，全場大笑。笑聲過後，她剴陳個人基於理性的悲觀，從而，令論述質量當場逆轉：講者的盤桓商榷，形同太過急迫的訴願，與「不切實際的幻想」；評者的簡潔針砭，卻反蘊了更務實的深思。

他連連點頭。因為是精心、精確且精闢的剖析，所以，他絲毫不覺自己，正遭降維打擊。他知道，某種意義，學術演示場阻絕當面溝通，卻開放更長程對話。若有感傷，只是他亦領會，其實，這位精神分析學者，滿可以再更直接說：她感到，年老的薩依德，是一名困在自己理想裡的夢遊者。就像論文中，他所再現的佛洛伊德，他們最後，都既是徬徨擺盪的醫師，也是忠於自我的病體。他們，都應當接受醫師佛氏，常給病患的諍言：請試學會，不藉撫慰人心的虛構而活；因汝惟一寄望，正是如斯危險的幻念，先汝而死。

如此，汝才得以及時康復。他傷感，因年輕世代如她，以微言大義，表達了對他的憂心。因為真的，這般表面犀利，內裡毋寧既體解、又客氣的修辭教養，其形式與風格的豐饒，是她的同代人，在一個如賈德所述，「希特勒遺贈給我們」的扁平廢墟裡，所齊力復育的珍貴文化財。廢墟此後，他們的睿智，是認為去「理解把事情做錯的風險」，比去「獻身於把事情做對的使命」更重要。他們的成熟，是在自知惟其不損害（特別是自己的）生存，人才好繼續耽溺於幻想。那讓學術場上的話語交鋒，像共識提醒，同歸於溫暖的普照。

法里德，請看，這個文明溫室好美啊。當聽見掌聲響起，會議結束，他幾乎不捨得離開，像眷戀起自己的有生。他抬頭，透過高窗，看見佛洛伊德博物館外，倫敦下雪了。竟然，一年又將結束——親愛的法里德，自你故後算起，第四十一個年頭，即將告終了。

5.

多年以來，他是國父的冬雪故事裡，最自覺的仿真者。他是模型生活中的原生外邦人，也是生活裡，關於不夠格去生活之人的範本。在基布茲公廁裡，他把馬桶蓋當椅子，用畫冊墊膝蓋，平放筆記本於畫冊上，盯著筆記本，鎮夜垂釣字句。直到凌晨，他可悲地，坐在昏暗中昏睡。他是疊床架屋的徒勞者。

他想起宵禁彼時，在冷城，睡前，母親會來房裡探看，為他關掉床頭燈。坐在床邊，母親會對他，遠遠說起兒時故事，送他進入夢眠。她說起烏克蘭小鎮外，那片森林，與林中小河灣。她說兒時，她在河畔磨坊的院子裡，撿到一扇淡藍色百葉窗。她把窗丟進河裡，看它漂遠，消失在視線盡頭；而後就靜靜等待，等看它，從河另一頭漂回來。但那天，只有鴨子復歸河面上。

是夜，他九歲未滿，在黑暗裡，朦朧且惘惘地聽著。像聽一名眠夢嚮導，對細節太過認真的指明；而某些她使用的辭彙，對當時的他而言，卻又形同隔遠意義的音聲。他的「母語」：他出生後，父母有意不令他親熟的非國語。是在很多年後，他才恍然領悟，這位嚮導的隔遠，即是對那些破碎故事，意義的指明。她的兒時故事所以空闊，只因她記憶之人，絕大多數，在兩個日夜裡，盡數死滅了。像她說的「茶藨子」、「蘑菇」或「草莓」，那兩萬五千人（包括四千名嬰幼兒），也像原生的脆弱音聲，全數，被納粹擰進沉默中。就在她試圖描述的那片森林裡。

她的童話故事，就像死蔭之地上，草莖勉力的破土。在昏暗裡，他低頭，盯著自己膝上，一頁空白筆記本。這就是他，早在能寫出小說前，某日午休，他睜著疲憊雙眼，腦袋空空，在農場閱報室，讀到國父宏文，〈思考〉。空想農民，父親說。他說：父親，我想我才是。

他遂又自閉馬桶上，徹夜寫投書，要與國家權威作者，商榷宏文中，關於「平等」與「博愛」之定義，與價值位階。投書竟刊出，他有了公開發表的作品。他引起國父關注。國父致電基布茲，給他公假，召他來莊園與談。就是他，徹夜磨鞋的此人。不，其實不是他，對那位權威作者而言，毋寧是建國敘事裡，一個真栩如斯的角色，引他費心去關注。國父大概以為，這隻神獸，像更多神獸，真的晴耕雨讀，天生，就嫻熟於集體生活，是一名日日在學識上精進、夜夜不懈於戰防的烏托邦鄉親。

這就是他。時隔多年，他一身軍裝，踩著像是他者的步伐，重返臺拉維夫街巷：父親舉家搬離冷城後，他們曾暫居的城市；他的家屋，最後的離散地。像是兩次役期那麼長的時間裡，他碎斷來路，前景，卻未因此自明。他走到國防部大樓後方，一處獨特院落前，從鐵欄杆上，眺見一幢巴伐利亞式兩層小樓。周遭沙地，十九世紀，德意志聖殿騎士團來過，建成此樓。英軍來過，保留它。阿拉伯人，則始終就在它左右。最後，它紅瓦綠蔭，成為一座猶太單人農場的中樞。站院落前，等人接應，國防軍上士猜想，有什麼話題，是角色，能與作者去詳談的。或許投書裡，他不該留白關於「自由」的討論。

某種綠色植物，蔓生院牆鐵欄杆，他不知該如何稱呼，只是很安靜、很專注看著它的複葉，涼風裡瑟抖。鳥鳴啁啾，一切儼然靜好。給仿真人的祝福。彼刻，他悲傷想起：或許，他該像母親那樣，留白森林故里，一切同學、鄰居與熟人的終局。因為，他彷彿看見國父眼中，校閱場上，雷同的殘雪。

6.

像昔日少年，早有預感：生平首度見雪以來，長達半世紀，他將無法克服對雪的憎惡。降雪，將他完全陌生的，由秋入冬的節候變化，鋪展成更分明異境。雪明喻死亡。那時，薩依德也十六歲了（正是父親司爐之年），父親將他，帶到新英格蘭放生，讀赫蒙山中學。幾週過去，他才遲鈍察覺，原來，他老早讀過的那類美國小說，頗逼真地，就是未來數年，他將隻身度過的惟一一種美式生活。寄宿學校的生活。赫蒙山男校，如修道院，孤立群山祕境裡，憑六千畝校地自足，與更廣袤舉世皆隔絕。只在每週六，一條六哩長的僻徑，會跨河而來，對他們開放，引他們到道路盡頭，那所同樣孤絕的女校去聯誼。

每週步行十二哩。他也期待，盼望小說是守信嚮導，會對他，兌現字句裡，與異性牽手、接吻與愛撫等啟蒙橋段。他相信滿山原生林，與沿路蘋果園，都不吝祝福這般奔走的少年們。數月以後，他才更遲鈍地察覺：樹猶是樹，蘋果自有蘋果的基因，兩校男女近乎皆白人，而寬闊祕境裡，生物特徵即邊防。似乎，只有他弄不明白，該如何自識與自處。他不像阿拉伯人，也不像美國人。他只是父親治下，既受寵、又挨揍的獨子。父親將赫蒙山厚贈給他，他卻自覺像個棄嬰。

從此，每週六，他就省走點路了。他去兩校間，山村雜貨店，坐櫥窗，花很多時間，抱喝一瓶可樂，讀更多小說。花更多時間，等看眼前，據說會從滯冷空氣裡，爆開的當年第一顆雪花。

等待雪前，法里德到訪。他彷彿，就這麼坐等了十數年，像看盡過死滅。直到終於，他將更多美國學校，都依序讀完後，才極端遲誤地體感到，這是同步發生的——是夏，就在農神號出港，悠緩駛過地中海伊時，巴勒斯坦淪陷了。

他卻似乎無知無覺。只因早在以色列建國前，父親就舉家遷至開羅。那座尼羅河心島，獨立如特權飛地，資本家父親在此，為他們揉合想像生活，也豁免現實侵擾。即便，是在以色列建國後，每夏，他們猶快車穿越巴勒斯坦，到黎巴嫩避暑。某種人造人實驗：以社交有限的生活、自成一格的條理，他的雙親看似彼此疏離，卻齊心游牧他，在恆溫般的太平裡。歲月靜好，只除了一再，集體喪邦之厄，會內化為父親一人，猛爆的急症，或「神經崩潰」（母親解說語）：德軍襲擊埃及時；

六日戰爭時；更多烽火，長期近遠交錯時。寂然炎夏，各種客居，他皆輕聲潛行，深怕驚擾療養的父親。

就這樣，農神號啟航，佯作只是父親赴美尋醫之行。農神號帶他們，到許多地中海港觀光，將戰禍未復的歐洲，阻隔靜謐群山後。農神號，遠離戰禍復起的巴勒斯坦，讓所有活口，當背轉過身，即堅強地，不去追想私密的傷逝。就是這位父親，一名病患，在船上，試圖教會他世故。

靜好歲月裡，只在某一年，當查看旅行文書，他發現父親是親族裡，首位姓「薩依德」之人：是在聽從母命、重返故鄉時，為方便英領當局統計與徵稅，父親隨手自取的。父親實是「薩依德」名下，加計的數字。另一年，他發覺原來，母親護照早遭註銷。婚後，她只能隨丈夫移動；而取消一名巴勒斯坦人法定身分，英領當局，即多一個空額，可供歐洲猶太人移民。母親是毋須秤重的行李。他無知無覺，未發現自己早知世故，因此，得以天真地，將文書歧異，認知為就只是文書的歧異。像某種，他真能澹然閱畢的死滅。

他不去推想：事實上，在「薩依德」以前，父親故鄉「耶路撒冷」，也一併被註銷了；一如猶有護照伊時，母親生活的「拿撒勒」。不只他們。未來，整片巴勒斯坦，將被錫安詮釋社群，再現為亙古無人之境，是一個沒有阿拉伯故事的神聖空景。他彷彿毫無觀察，像所謂「再現」，果真只是極遠將來，他才會在美國學院裡，習得的純粹理論。

於是就這樣，親愛的法里德到訪。法里德來報信，說是的，這真的同時發生了——當農神號出航，法里德的父親病故了。法里德父親，瓦迪博士，尼羅河心島醫師，當巴勒斯坦淪陷，博士救助難民，巡診不輟，直至盡瘁而逝。法里德渾然無傷，繼續父親志業。十數年來，只要在美，法里德即走過各種僻徑，探視坐等雪降的他。法里德視他為鄉鄰晚輩，卻也尊重他，是異鄉人造人計畫的成果，因此談天論地時，從未有一次，對他提及巴勒斯坦。

他們只是聊文學。像少年早在準備，於是，最後一回，他將會有語言，這麼告知法里德：那真像卡夫卡《審判》啊。像隻狗——小說裡，K最後這麼說。你看，埃及新春，滯冷空氣底，執法者僭法，將你們，封緘為不容勘驗的木箱。你們妻子，散髮衝撞神殿。你們朋友領得收據。你們的凶手，在無雪瘠地上，淺淺地，挖開好多土坑。薩依德將這麼說。像他曾經，及時勘驗法里德的話語留白，得知十數年裡，法里德隱瞞族親，祕密投身國際共產革命運動。又因組織多是猶太人，為避免分裂，法里德向同志，隱藏自己族裔出身。

一九六〇年新春，少數巴勒斯坦人，和他們的多數猶太同志，同赴埃及「自由軍官」的死牢裡。親愛的法里德——薩依德將像這樣，反手以指節，扣問木板——在那般龐然共享的死難中，薄土之下，被封緘在那口箱子裡的，確真是你嗎？

7.

一九六〇年新春，某種複葉，在鐵欄杆上新生。上士奧茲，抵達國父家門口，思索地質體驗問題——究竟，他們都是如何，將猶大荒原，疊進冷城裡。那是第一次，漢娜對他現形。漢娜二十歲，在冷城讀大學。某日，在學校階梯上，她滑了一跤。生活藉此，將意外偽裝成宿命，為她送來地質系學生，米海爾，這般及時、寬厚而溫暖地接住了她。

漢娜覺得不好意思，說可能扭到腳踝了。他說，「腳踝」這個詞很好聽。像詩人，像憑空託生玻璃鞋的王子。他且邀漢娜，去觀賞一部「有關死海和阿拉瓦谷地的教學影片」。猝不及防，竟連這「教學影片」也如此像詩。因為時間被快轉了，力場被摺曲了，在黑暗中，漢娜與米海爾，一同凝視水珠就地結成精鹽，潔白晶體裡，毛細血管絲縷長成，如斯真切，如斯纖弱。她看見晶體周圍，沙漠植物如柔雲的倒影，一次次，一陣陣，在荒原上幻生幻滅，美麗到了極點。

她不知道，像這般幻術，在兩人共同生活裡，不會再出現了。她的米海爾不是王子，也非詩人；那回之外，他只是一位特別老實地，研究時間與壓力之漫長作用的學者。這裡的「漫長」，指的是億萬年尺度：人的纖細求索，對它毫無意義，都是自傷的徒勞。

數年以後，漢娜還是二十歲。坐馬桶蓋上，退伍上士將一點一點，為她垂釣黑暗放映室裡，她親眼見歷的光塵。此刻，上士猜想雪覆校閱場上，人的尊嚴，同時，開始更漫長的等待。彷彿上士真能預見，母親最後路程，會是四十年後，他才在自傳體小說裡，寫下的最後篇章。在將來，大量寫作裡，他僅只一次的複述。臺拉維夫家屋，母親獨自一人，焚盡所有能辨筆跡的紙張，決絕地，清除自己存在過的證明。遠近無聲。那另一個安息日，清早，她聽從醫囑，出門散步，去「看看英俊年輕的小夥子」。去試著遭遇一些活人。是日，她卻什麼人也沒遇見，街巷間，所有貓也都迴避她，彷佛能聞見，她懷抱的兩萬五千人。她只遇見大雨。靜默裡，她踩著積水的鞋，渾身冷透地回返。深夜無眠，她倒一杯熱茶，專心等它降溫。配著溫茶，她將漫長積攢的安眠藥，全數嚥下，從此不再醒來。

人們為了他的身心健康，禁止他，出席她的葬禮。其實，他以為自己理解：母親，就像早已故去一回的孩童，一直還在那所謂「約」之外，因此，終於在自逐中，永遠地死去。從前冷城，那樣的夜，她已就漸漸不親近人，總只由一頂落地燈陪伴。落地燈，像最敦厚的學究，俯首，照看蜷坐沙發裡的她。一本接一本，她捧讀白日重尋得的歐洲小說，彷彿，影隨在昔日，那位小女孩身後，也珍重地，自拾起昔我，從烏克蘭林鎮、布拉格大學，直至孤立此境，一路上悉心手捻，並遺贈為路標的麵包屑。也許此境，只是她的伴作流淌奶蜜的糖果屋。一個童話陷阱。她的「歐洲」，則逼真地，是阿基里斯逐龜的無限序列。

他也曾以為，她的所有獨白，都事關永不抵達。像彼夜，她到他床邊所述，那扇永遠周流的淡藍景框。故事裡，小女孩那麼癡心，每天都回去河畔，等待景框漂返。每天，她都又再撲空，卻不知為何，她深信，若終究無法就在原地，重拾起森林的周知，原因，僅是自己壽命有限。

故事裡，小女孩亦九歲未滿。那樣幼小，卻執著於超出生命格度的信任。從前，比起參與母親葬禮，回想這個故事，毋寧更使他害怕。他感覺，母親確實將他當成了《格林童話》裡，陪伴葛麗特的漢賽爾，要他去代為記憶，小女孩一生標注的空望。更多年後，卻是說故事的人，那麼孤絕的信任，使惟一聽者他明瞭，也許，一直以來，自己是將故事聽反了。

8.

也許，那樣的夜，母親是想悄悄跟他說：將來，會有大雨，漫行臺拉維夫街巷。每一滴雨，都像無從一一記掛的死難。像要求人去發明另一種，逐一記掛的形式。因為是的，他也將會知曉的，就像經典《妥拉》，包容龐然的個別夢囈，一部《塔木德》，則雜糅幻想、外邦傳聞，與並無寓意的小說，她的夜暗自言，也只是完滿的虛構。對一個像她這樣的，自己的「猶太人」而言，凡她熱望的，當無人知解，已悉數抵達。那就是今日，他被應允，應當保守的緘默。

從法里德故去當年算起，漢娜永遠二十歲。《我的米海爾》：長久以來，薩依德記憶裡，比自己出生，更具實感的耶路撒冷城。你看——他猶想為法里德複述——文學如此殘酷，卻優美。這部小說是在說，青春之人，警覺任何詐偽；青春之人，卻難以防備：庸常生活，其實早已洞悉我們每個人的獨特。為了使人自願入戲、長久共舞，它會布置觸發本真的欺瞞。對嚮往浪漫之人，它總不吝，給予一個童話般的序幕。

在這文明而美麗的艙室裡，他猶想著，要和法里德傾談。像四十一年來，他不曾理解：將殘酷繁複加密，乃法里德的日常。也像他能及時理解日常，於是相遇時，他從不曾一派天真地，跟法里德陳述他的卡夫卡複寫。是這樣的，法里德。按我父親改姓的邏輯，為方便美國人計數，我該自稱「愛德華．紐約」。是夏你喪父，我父則將我，放生緬因州夏令營。明燦湖面上，我們划獨木舟玩。一個輔導員坐舟中，捧讀一本書，每讀完一頁，即撕下此頁，揉成小球，丟入湖中。他對記憶的自信（或自棄），令我心驚。我以為，那是美式生活，令人難以索解的面向其一。

昔日，那整個夏令營，及其後林地，都是少年私自的「奧克拉荷馬露天劇場」。他所複寫之《失蹤者》裡，永遠未盡、因此綿長的最末章。少年應當抱憾，因他，沒有察覺他的惟一聽者，法里德你，正是未來，失蹤者記憶裡，最特異的失蹤者。

法里德，請看：一個猶太病體，終身最後的流亡與埋骨地，如今下雪了。一名巴勒斯坦夢遊者，他，獨自默默坐望。苦難就在我們的原鄉。是否，因為法里德你，理想的「巴勒斯坦」，正是無數種人，碎裂的共享，太過超現實，因此，你索性為我留白。是否因那動盪之地，沒有似雪白書，從未留存你的一行足跡，因此，未來，精神分析學者會懷疑，對於理想，人之「企及」的真確性。

請看，這時，聽眾圍著薩依德，那位早在十年前，即已啟動行裝的誤解者。他們真誠地，關切他的健康，彷彿他的生命早已消失。又一個候檢時段，他該當沉默。他們沒有發現，他正悄悄地，對自己記憶說：餘生其長，在我餘生，不眠寂夜裡，法里德你，已是沒有文學話語，可能僭代的死亡。

巴達維亞號經過

「我不知道你父親是歷史學家。」下次見面時，我對他說。我是指他那本書序言中提到的作者。站在我面前這個人，聲稱寫那本書的人是他父親，那個每天早上去城裡做會計工作的小老頭，也是一個在檔案和古舊文本中爬梳的歷史學者。「你是說序言？」他說，「喔，那都是編出來的。」「那你父親會怎麼想，」我說——「編造他的經歷，把他作為一個人物寫進書裡？」約翰看起來不太舒服。後來我才明白，他不想讓人知道，他父親根本沒看過《昏暗之地》一眼。「還有雅各．柯慈？」我說，「那個令人尊敬的祖先，也是你編出來的？」「不，真有這個人，」他說，「至少文檔上，白紙黑字記載了某個自稱雅各．柯慈之人的口述。在那份文件下方，畫了一個X。可信的就是這個畫押。畫一個X是因為他不識字。由此看來，他不是我編出來的。」

——J．M．柯慈，《夏日》

船隊緩緩穿過赤道附近難以捉摸的無風帶時，阿里安．雅各布斯讓船隊始終位於「車轍」裡。沒什麼風，天氣酷熱，在船體裡幾乎睡不著，於是船員在夜裡上甲板避暑。船殼外板熱到翹曲，驕陽軟化了用來捻木材之間縫隙的焦油，把不小心跑到裂縫睡覺的動物困住。船體裡的蠟融化，蠟燭軟掉、流動，夜裡較涼爽時，硬化成奇形怪狀的一坨。水手到船體裡時，只纏腰布；從未碰過如此難耐之高溫的乘客寫道，太陽已「使體內的糞便乾掉」；在有效的防曬油尚未問世的時代，人人都苦於曬傷。在濃鹽水裡冷卻曬傷，只能短暫紓解疼痛，水中的鹽分引發疹子，癢得叫人受不了。由於缺乏淡水，水手向來在尿液裡洗髒衣服，起疹子的問題想必因此更加嚴重。

——麥克．戴許，《巴達維亞號之死》

1.

一六五二年，荷蘭東印度公司，為聯繫本邦與東印度群島，遂攻占非洲好望角，建立中繼堡壘——可以想像，自此十年內，航向臺江內海的公司雇員，大概也曾在此暫歇，補給過物資。中繼堡壘，水手暱稱「大洋的客棧」。抵達前，是約一百五十天的緩航：逼近赤道時，船長看海圖，研判「車轍」界限，小心駛在範圍內，以免受困無風帶。其後，則是約三個月，在南大洋上，受強風與洋流東送的疾航，不少船隻，如著名的巴達維亞號，因此撞上澳洲西岸外的珊瑚島礁。旅途極其艱險，據統計，能順利抵達東印度群島，並再安返本邦者，不到全員三分之一。日久，不少雇員，在堡壘周遭居留，且不顧公司限令，以「自由農民」之姿，逐步向內陸殖墾，沿途，創造各種人的不自由。最早以「Coetzee」這七個字母，拼寫出自己姓氏之人，正是殖墾大隊其中一員。

過了一個半世紀，這些主要是荷裔的白人殖墾者，皆都本土化了。他們自稱阿非利堪斯人（非洲人），或布爾人（農人）。一七九五年，大英帝國攻下好望角。英裔殖墾者解放舊奴隸，運來新奴隸，將阿非利堪斯人，更往內陸深處驅趕。又經過一個多世紀裡，反復和談與衝突（其中，包括兩次死傷慘重的布爾戰爭；第二次時，英國人發明了後來，大大啟發納粹的原版集中營），一九一〇年，新舊白人殖墾者後代，合組南非聯邦。又經過一個世代，一九四〇年，小說家柯慈，出生於自己可考的最早先祖，最初，在異鄉落腳的同一中繼站（即今日的開普敦），像出生自一個原地流轉，達三百年的系譜。

於是，當柯慈自述親族，是「典型的一九四八年以前的南非白人」時，他描述的，毋寧是面對集體歷史，個人記憶，不免，總以更大規模的遺忘為基礎。因非常可能，從來就沒有一種人，堪稱所謂「典型南非白人」：柯慈從小親熟、視為俗常的，事實上，僅及祖輩與父輩兩代人。他們，同時通曉阿非利堪斯語（即南非荷蘭語）和英語，也對自己，在血緣與文化上的雙重起源，有著並行不悖的認同；而這般並行不悖，已是宏觀時間，將世世代代人的記憶，一點一點侵蝕、搬運並再次沉積的成果。宏觀時間，總是撫平對立，讓本不相容的，形同本然相容。

然而，這樣一種記憶形態，自然，還是在微觀個人內裡，留下了遠大於個體生命的銘印效應。特別，是當記憶形態，正遭受時潮近切衝擊之時。一九四八年，南非國民黨執政，開始以文化保守主義邏輯（貶抑較晚近的英國傳統，尊抬較古老的、但經理想化編修的阿非利堪斯傳統），讓種族隔離政策化，以重構南非白人單一起源時，銘記親常之人如柯慈，很奇妙地，成為原鄉裡的懷鄉者——這位阿非利堪斯人後裔，在祖居原地，遭一種現代阿非利堪斯神話給流放。

幾乎可以說，柯慈一切文學實踐，均是為從各個角度，與這種特異流放作對話。對話意圖如此強烈，使柯慈，必得用兩篇假託作者另有其人的偽紀實報告，組成個人首部小說，《昏暗之地》。小說分成兩個篇章。第二篇章，〈雅各．柯慈之講述〉，從所謂「譯序」起，柯慈虛構自己是譯者，為當前英語讀者，翻譯了其父S．J．柯慈（一位歷史學家）於一九五一年，以阿非利堪斯語出版的《雅各．柯慈之講述》本文並譯序；而《講述》本文，則原為S．J．柯慈的先祖，雅各．柯慈（一位「市民」與「探險者」），以荷蘭語寫就、呈交好望角總督府的內陸踏查報告——在一七六一年的二度踏查中，為報復傷及他個人尊嚴的奴隸，他嚮導軍隊，屠殺了一個霍屯督人（非洲原住民支裔之一）聚落。

由此，藉著呈現一份檔案，在兩百多年內，被兩度重譯與新詮的「文本旅行」履歷，柯慈嘗試為當前讀者，鬆動那儼然替代了真實歷史的歷史記憶建構；並以小說創作，逼視重複喪逝的苦難現場。柯慈明確開放的，是現代阿非利堪斯神話原始碼：它輕易將總體歧錯的殖民殺戮，編譯為一線到底的白人英雄啟蒙敘事。

而當我們將上述辯證，聯繫小說第一篇章，〈越南計畫〉時，我們可知，柯慈嘗試將上述歷史景深，擲入讀者對一九七〇年代當下世局的感知中。藉著虛構一份由美國學者尤金・唐恩所著，關於「升級版」越戰心理戰略的工作報告，柯慈引領讀者，比對唐恩與雅各・柯慈兩人，思維的重複與差異。柯慈設計對照篇章之目的，並不在將美軍濫炸越南，簡單類比於阿非利堪斯人對霍屯督人的屠殺，並提出更簡明的譴責。正好相反：小說裡，唐恩參與的心戰團隊，名為「神話藝術小組」，作為學者，他深悉神話邏輯；他的「升級版」心戰目標，竟已不是敵方，而是自己同胞——他想將美國人，從「負罪感」中解放出來。

這是說：倘若昔日的雅各・柯慈，在屠殺過後，猶然自覺一絲愧疚，並將這絲愧疚，寄存為後輩，將持恆指認的「父輩原罪」，今日的唐恩，已在設法預先袪除這種罪咎意識，再次，自新屠殺現場逸出，像從一個奇點炸裂、散射，且刺痛後世之人的可能性。柯慈使我們明瞭：唐恩的研究，以類雅各・柯慈之人的記憶為盤基，而類此集體記憶模式，正是唐恩設法解構的對象——正是對「父輩原罪」的深入知解，而非無知，幫助了類唐恩之人，從起點，滅殺掉這樣一種「罪」。正是對屠殺歷史的記憶，而非無記憶，使人一面進行屠殺，一面，已在起草關於「如何忘卻屠殺」的SOP。

這是深澈內化的傲慢。或者，在柯慈描述中，一種再經理性全盤打磨過的，更堅實的瘋狂。使人悲傷的總是，重複殺戮也能啟迪人，使人智識「精進」，終於，「正向」認肯了殺戮的必要。在此，「負罪感」竟也僅被認知為是一種智識之熵。如此，從《昏暗之地》，這最初創作起，柯慈即踏入一個將歐洲現代小說中，初始由康拉德《黑暗之心》所開啟的「文明—野蠻」之思辨，再以最精鍊的可能結構，將思辨更愈疊加的寫作道路。簡單說：《昏暗之地》是關於《黑暗之心》的《黑暗之心》；是「Duskland」此詞自身的複數型。

這種精簡的二元結構，與複雜的後設語相，均使人想起柯慈長期臨摹的貝克特。從此，柯慈小說以其獨異的成熟，接上歐洲現代小說系譜，並為自己，肇始了一種越過南非，去檢視南非的「柯慈方法」。

精簡二元結構的演練，如《等待野蠻人》：在帝國邊境代行權力、負責彈壓反叛的地方治安官，因人性作為，被更高權力辨識為叛亂罪嫌，成為備受彈壓的異端之一。聯繫這般處境互換，一個抒情主體（小說主角治安官），揣摩那些靜默形同地景、形同消逝文明之遺物的「野蠻人」。令人悲傷的是，他出自私我情感與邏輯，對他者的親解，以及因此而承受的刑罰，終究未能使他，更靠近他者。他最後的見歷，只是「野蠻人」將自遠方湧來，暗影一般，覆滅帝國文明。

如《屈辱》：原大學教授魯睿，白人，因被女學生指控性侵，又拒絕向同僚合組的性平會認「罪」,因此辭職,離開熟悉城市,前去陌生鄉間,探視疏遠久矣的女兒。在那裡,他親歷女兒慘遭黑人輪暴的慘劇。使他惶惑與絕望的,是女兒對暴行的平靜容受,既像承擔「原罪」,又像參與過渡儀式,以隻身融入部族。再一次,在小說中,無論曾如何互換處境、嘗試親解他者,如魯睿這般的「異鄉人」,所能確切感知的,僅是曾容他安逸寄生的文明,在自己餘生裡碎裂崩塌。

在《等待野蠻人》中,柯慈將批判,抽象導向帝國詩學。帝國最不義之處,在於帝國將自身存有,設想為永恆;將撲殺異族,視為鍛造永恆的必要功業。在《屈辱》裡,柯慈亦以相似悲觀識見,聚集一切細節,將「屈辱」命題抽象化。小說裡,在一個他者林立的世間,如好望角東部這般異域,存有一個以焚化爐為中心的小聚落。人們生活在垃圾堆裡,拾撿剩餘,販賣維生,亦靠焚燒垃圾取暖。如此自生自滅。小說主角寄生其中,以將狗安樂死、焚燒狗屍為業。餘生裡不存寄望,只是無驚無怪地體察到:生命,就是邁向死亡的歷程;而這也許,正是生命自身,最大的屈辱。

一方面,觀察上述,將命題抽象化的不變嘗試,我們當然明白:藉由描述種種無解、卻又以各種形式一再複演的暴力侵奪(死亡,僅是其中最可期的一種暴力),柯慈凝視的對話起點,無疑,是南非長期種族隔離的現實。另一方面,這種西方現代小說話語形式，也一再活絡指實的，總是對小說中，惟一言說主體而言，一切他者的難以猜想。然而，正因這般始終自覺生疏，主體，指認了另一種主體，不可輕易由「我」消解的實存。

這是柯慈的美學政治：以對歐洲現代小說技藝的純熟轉化，與超越南非國族論述（無論是一九四八年後，南非國民黨尋索的，還是一九九四年起，非洲人國民大會追求的）之視域，去探究塑造南非的「殖民主義」，這一現代意識形態的根本問題。這種檢視方法，成就柯慈文學實踐，與南非文學場域的共生與衝突。因一方面，明確是柯慈以英語寫作，且作品，皆能在境外英語文學市場出版的事實，使他不受南非國民黨設下的審查制度所囿，而能維持創作自由。柯慈亦是在相對自由的情況下，以個人努力，為「世界文學」這個既定詮釋框架，穩固，並深化了「南非文學」的位址。另一方面，當南非文學的境內同行者，期許柯慈，為「我們」再現南非現實時，「我們」，往往受挫於柯慈作品的一貫消極、深沉，與顯然無益現實批判。

同行者最著名的一次指責，應是南非文壇領袖娜汀．葛蒂瑪，為柯慈小說《麥可．K的生命與時代》所寫的書評，〈關於園藝的想法〉。葛蒂瑪質疑柯慈從《昏暗之地》起，即運用的「寓言形式」，惋惜小說「反感於所有政治與革命解決方案」，並批評柯慈「選擇一個在危機時刻置身事外、只關注土地耕種的人物當主角，描畫了一個錯誤的黑人形象」。葛蒂瑪藉書評直述的，是一個給所有南非小說家的寫作建議：小說家，應當描畫出「當受害者不再把自己當受害者後，都做了什麼、正在做什麼，以及相信他們必須做什麼」的，這一也許在她認定中，「（較）正確的黑人形象」。葛蒂瑪期許能以小說預鑄的，自然，是後種族隔離時代，南非國族的集體理想未來。雖然不無奇妙，她期待的，不出一種黑人英雄啟蒙敘事。另一種國族文學想像所熱望的，另類現代神話。

對類此批評，柯慈的回應是沉默。事實上，無論是世界文學框架，指配予他的「即是南非」，或南非文學場域，認知他的「不夠南非」，兩個矛盾指陳，對柯慈而言，可能，皆粗暴卸載了他的對話，歸零他的創造，且一再將他，拋回他永遠像是既非離境、也非在場的同一海角。那原該是他寫作的起點，卻無論如何，總不免成為人們對他寫作的最終論斷。這正是柯慈的「南非」：一個艱難的空洞，具體，像是文學話語無法適履的地帶。特別，是他純熟疊加的那種，窮其深思的個人話語。

2.

關於國族文學定位，柯慈做過最清楚的一次自陳，應是收錄在文論集《異鄉人的國度》裡的〈何為經典？〉這篇講詞。一九九一年，講詞宣讀於維也納，刻意沿用詩人艾略特（「荒原」意象發明人；一位擅長解剖文學現代性的，「受傷的外科醫師」）於一九四四年，在倫敦維吉爾學會發表之就職演說標題，討論一件事：艾略特本人，如何以文學詮釋重構西歐文明，為通過羅馬（羅馬教會與神聖羅馬帝國），傳承至今的單一起源文明；且在這種系譜想像下，維吉爾的羅馬史詩，為何必然會被尊抬為此文明的原始經典。

柯慈結論出奇簡單。他認為經典之為經典，並不因作品有其恆定的「內在品相」，而是因它「歷經最野蠻的浩劫仍能留存」，因「世世代代人不願捨棄它」。「所謂經典，僅此而已」。就此而言，柯慈對話的是布羅茨基的批評詩學。在給美國政府的建議書中，布羅茨基主張，「真正的詩可以重構時間」。柯慈敬重在《小於一》等文學自傳裡，「拒絕把自己傷痛展示給別人看」的布羅茨基，也同意經典對時間的重構意義，但前提或悖論，是經典自身，總也已是時間的重構物：一個擬仿之作，在通過時間後，也可能被重詮為是一首「真正的詩」。

整篇講詞的論證過程，比結論有趣許多。因為，就像柯慈認為艾略特關於英國詩人鄧恩的評論，完全適用於艾略特自己，某種意義，柯慈對艾略特的分析，也說明了柯慈，對自己的設想與否證。柯慈指出，出生、成長於（前）殖民地，艾略特早期詩作，處處反映事關個人存在的，「不合時宜的感覺，生不逢時的感覺，以及活得很不自然、捉襟見肘的感覺」。而「試圖理解這感覺，或曰這命運，從而賦予其意義」，正是艾略特書寫目的論之一。並且，為了破除依舊作用在（前）殖民地作者身上的殖民文學癥狀結構，艾略特，乃重擬一個名為「羅馬」的共同體，在此，「各民族國家就像羅馬的外省（provinces），其各自文化，只是更大文化整體的構成部分」。這個想像的「羅馬」，將以更大時間跨度，涵納包括國族文學在內的，種種事因現代性的褶曲。無論這國族文學，是殖民者的，或被殖民者的；無論是歷史既建的，還是為了將來而預設的。

緣於相似感覺結構，柯慈大抵亦如此理解自己的文學實踐。他的核心關注，從來不是催生特定某種南非國族文學，而是修復「南非」，為上述「更大文化整體的構成部分」。許多時候，他引人誤解地，指稱南非文學為「一種外省文學」（a provincial literature）。雖然，他複述的是艾略特用語，而在這用語指涉的靜態宇宙裡，杜斯妥也夫斯基的「俄羅斯」，也將是「羅馬」的一個「外省」。雖然他追求的，或許，是比「所有政治與革命解決方案」，都更淪肌浹髓的「去屈辱」方案——如何可能，「讓外省作家的命運」，柯慈問，「變成作家可以毫無屈辱感地擁抱的命運」？

這種保育文學時空維度的靜態想像，是否必然，就比一再動態重啟、總熱衷於釐清邊防的國族文學想像更「正確」；或者，容讓一位（前）殖民地作家，更能與人平等地持身於世？非常可能，理解上述問題的難有定解，等於理解柯慈書寫的複雜所在。

因柯慈作品，與南非歷史敘事的語境締結，既是自擇的，也是命定的。後者，是相似於柯慈，成長於二戰後新興國家之文學創作者的普同宿命。最簡要說明，如詹明信〈跨國資本主義時代的第三世界文學〉的論斷。詹明信認為，第三世界文學，將難脫「國族寓言」這一敘事形式，因所有第三世界文學創作者，均被指配了一道內容命題：他們各自的國族。對他們而言，國族命運，被預設為是本來就超過寫作所能承載的，卻亦正是因此，他們寫下的作品，無一不可被視為，是在表達一種比起個體生活而言，更龐然的存有面向。他們寫下的日常掙扎，無一，不可被轉喻為是在描述他們自身的國族狀態。

這是形式所指定的意義溢出。延伸說來，正是這種意義溢出，使所有據在邊緣的第三世界文學，有能力向一個既存中心，定向供給那溢於言表的（他們的異質性），以穩固一個以「世界文學」為名的詮釋框架。因事實上，「世界文學」這概念，並無實際意義，有的，只是各邊緣地域文學，經中心指認，而後，重新布散的流動狀態。「世界文學」全景指涉的，正是這個流變網路：中心與邊緣的重複指配。就此而言，邊緣地域文學創作者的宿命，正是向中心，回報他們的異質性，從而添補「世界文學」畛域，並令其定義相對圓滿。更簡單說：他們參與「世界文學」，以被預設為是「世界」可解異質的方式。

當沿用這般詮釋框架，我們的確有理由，期待一種兩相簡化的締結：既是柯慈作品，印證了南非國族敘事；亦是南非國族敘事，印證了柯慈作品。於是，恰恰正是第三世界文學創作者，明確難以豁免於政治——事實上，每一種第三世界文學寫作，無論作者本人意願如何，命定，都是一種政治行動。

一九九一年的維也納講詞，除了梳理「艾略特—柯慈」的感覺結構，柯慈亦提出對那「或曰命運」的個人格思。彷彿，是為回應艾略特在演說裡，「竟隻字不提自己的美國出身」，這一奇異懸缺，柯慈引領我們，進入兒時，他私自記憶的南非。據講詞所述：一九五五年夏，一個週日午後，十五歲的柯慈，在開普敦郊區自家後院，偶然聽見鄰居播放音樂，「這音樂勾魂攝魄，直到曲終，我都待在原地，不敢呼吸」。要到更多年後，更熟悉古典樂的柯慈才確知，那生平首歷、全然震撼他的音樂，原來，是巴哈《平均律鋼琴曲集》其一。這個以第一人稱敘述的「神啟」（divine revelation，另一個艾略特用語）場景，成為後來，關於柯慈書寫的雙重索引。

一方面，它預告了未來，柯慈將寫就的偽自傳體小說三部曲：《雙面少年》、《少年時》與《夏日》。這三部曲，是一組刻意的遲覆，是在持續創作已逾二十年後，小說家才回頭，處理對許多作者而言，也許極自然地，該是少作素材的個人啟蒙經驗。我們看見一貫深思的「柯慈方法」：仍然是後設語相，柯慈此前小說話語，在此，成為這三部曲疊加對話的潛文本；甚至，在《夏日》裡，柯慈假設自己已死，由一位傳記作者，來重探他的文學生涯。這種「重探」，亦是對布羅茨基關於「拒絕展示自己傷痛」之寫作倫理實踐的，一個莊重附議：柯慈用小說話語加密自傳元素，嘗試深究的，既是類「我」之人，可能如何成為「我」，也是「我」，如何逸離了私自的原鄉。一如當《夏日》出版時，現實中的柯慈，已在二〇〇二年告別南非，並在二〇〇六年，歸化為澳洲公民。

柯慈以《少年時》重探的「他」：一名隻身寄居帝都倫敦的文藝青年。他以文學，精神求索事關存有的本質性命題；而帝都，以其豐富文化資源，內向滋養了像他這樣的一名貧困異鄉人。戀愛一般，如貝克特《瓦特》這樣的現代主義小說，強烈吸引他，因為它「沒有衝突，沒有矛盾，只是一個聲音流著，訴說著一個故事，一種不斷受到懷疑與躊躇牽絆的流」。他直觀感知：這樣的小說作者，「不屬特定階級，或在階級之外，和他自己喜歡的一樣」。

視類此作品為藍本，他刻苦臨摹，自學小說書寫技藝。他或許曾意識到，其實，有不少與他背景相似、來自（前）殖民地的學徒，集中於帝都，伸延他們各自，對英語文學的理解與學習。如早到數年的奈波爾。原則上，他們初始並無不同：因為和英語的近即親緣，在這段自我規範寫作意義，且將本無意識接受之過往，向自己做出初步總結的文學啟蒙期裡，他們傾向形塑自我認同，為英語文學的子嗣。兒時語感，此時，成為自我意義化工程的關鍵機制。

然而，文學縱有星圖，星球還是孤自據在。整部《少年時》，封印這些英語文學的化外之子們，普同卻孤絕的躊躇，與無解提問：是在學習現代文學寫作技藝，反思自己，能如何捕捉記憶實感時，柯慈惘惘察覺，也許，在文學維度裡，他能栩栩再現世上多方生活，然而，「南非卻不同」。是否，惟獨對他而言，原鄉，將永遠不具備可由他，去對他者言明的實義。除非，是當他終於「真的」，掌握他者的話語形式，於是從此，就像他者那樣，去描述南非伊時，才可能突圍？

另一方面，是一如理性解構作品所謂「內在品相」，在一九九一年的講詞裡，柯慈也將兒時「神啟」，給一併除魅了。他追查巴哈音樂，是如何在巴哈「寂寞無聞」的生平其後許久，才經過德意志民族主義，與清教復興運動等「可見的歷史力量」，「在特定的歷史情境中重製」。從而，也才可能如斯迢遠地，傳抵兒時的他周遭。所以，並非什麼神蹟，而僅是某種歷史概率，容讓一種羽管鍵琴的樂音，在某個南非的無事夏日裡，借「巴哈」之名晃遊。

只是，這種除魅分析，也帶起另類復魅：我們還是無法解釋，究竟是什麼，在猝不及防之際，襲捲了那位對古典樂接近無知的少年。彼時，他無從知悉這樂音所夾帶的歷史，尚未理解，它自隔世還魂、所重新腹語的「歐洲高雅文化」。那些，對他而言皆不重要，在現場伊刻，只有憑空的震撼是事實。所以，這個「事實」是什麼？恐怕，當我們像柯慈那樣，回顧那位獨自屏息的少年時，我們只好也承認，就個體微觀角度而言，最神祕、最不可理喻的，可能不是一個寂然荒原，所可能幻生的神祇——最神祕的，僅僅只是荒原自身。

一片荒原看似無物，但也許，一如《昏暗之地》裡，雅各．柯慈在孤絕曠野，對「屠殺現場原子化」的揭曉：霍屯督人的毛髮，汗水，皮脂，指甲，血液，凡此種種，在他們肉身死滅後，「它們的原子成分仍然存在你我之間」。一顆毛瑟槍彈，無論曾否命中過目標，子彈，最終都盡落荒原，「都留下了痕跡」。荒原親自寄存一切蹤跡，且從不遷就人情，去區別惡跡與善跡。於是，倘若族裔總體罪咎，依舊散碎在個體目不可見的無所不在之處，像潮濕空氣，沾黏我們體感，沉重我們舉措，那麼，族裔所曾親熟的，當然也可能以同等形式，微細不滅地，環伺一個人周遭。這是說：這位阿非利堪斯人後裔，也許，終究不像自己以為的那樣，對古典樂足夠無知。也許，在三百年原地流徙時光裡，許多曾陪伴過此族裔的相似音韻，相仿樂理，或甚至，只是會彈奏鋼琴給家人聽的外婆，皆暗示了少年，在此時此刻，對《平均律鋼琴曲集》某片段，孤自而全心的覺察。

這個「事實」：這種個人難能自已的，「內心活動」的本真，也許，正是柯慈對原鄉的情感記憶之核。說來奇異，但在文學裡卻屬尋常：對類「艾略特—柯慈」之人而言，這種本真，足以令人感知某種擬仿話語，為「真正的詩」。甚至，足以催促他啟行，花費一生，去創造一個虛構「羅馬」，來具實無盡近鄰話語。說來尋常，但卻是事關存有的奇異之一：類「我」之人所感知的，毋寧是一種不可測的不自由。不自由，是因在那並無神祇的「神啟」場景中，「我」終究會察覺，自己，亦不過是某種「特定歷史情境」。連同荒原上的「巴哈」，連同荒原所存跡的，連同荒原自身，凡此種種，其實無一不是。不可測，是因這整個概率維度如此龐然，在其中，一個人在短暫生命裡，微觀地證實自己為任何一種人，毋寧都是可能的。

一種柯慈視域。簡單說：包括《麥可·K的生命與時代》在內，柯慈的許多「消極」小說，事實上，都在積極維護一個容易遭時代理念，給禁制的人生常識——柯慈書寫一再表明，在種種不自由選項裡，比起「正確地」成為彼此理想鏡像，一個正常人，一個神智清醒的普通人，當然完全可能，更喜愛在自己的園藝裡試誤。

3.

掘完土、埋妥母親骨灰後，麥可．K開始設想，也許，自己天生是園丁。在那之前，在用手推車運送母親返鄉途中，母親病故了。在某醫院，母親被燒製成一小盒骨灰。K拋下手推車，帶著骨灰，繼續母親的返鄉路。走到某檢查哨，K沒有通行證，遂隨五十個陌生人，一起被抓到鐵道場，吃了冷麥片粥，又被趕上火車。蒸汽火車北上，停在山崩現場。他們全被趕下車，開始鏟土，又吃冷麥片粥，又開始無窮無盡地鏟土。原來，這是某種移動中的勞動營：戰亂時期，他們被囚禁在車廂內，隨鐵道上上下下，薛西弗斯一般，鏟走沿途，不斷橫生的各種意外事故，或刻意的破壞。他們的工資，就是冷麥片粥。

K不禁想像，未來幾年，自己都將被這般折返載運，了無終點。幸好，最後一次回到鐵道場，突然，沒有任何說明，他們就全數被棄置原地了。某檢查哨也不見了。K於是，獨自繼續骨灰的返鄉路。這一路上，他將開始可以慢慢想像：未來全部餘生，所有走過動線，說到底，還是某種流線型的禁錮。

《麥可・K的生命與時代》，卡夫卡小說的再次變形記。一則關於K不斷遭遺棄，或自行逃生，直到抵達想像的湯匙、線捲，與地底水源的故事。在小說裡，戰爭時代的因果，被柯慈刻意模糊，所以，我們無法確知，這究竟是南非歷史中哪次戰亂。然而，柯慈還是為我們，白描了一種無疑狀態：K這個在「行過戰爭的肚腸」時，「惟一擁有的防衛」，就是自己「天生的奇形怪狀」之人，他的整個生命，具體說來，就是種種無法終結的暴力，頻仍作用於身的結果。

也許因此，他最明白的願望，就是某種自主終結。他期盼，會有一方無名塊土，如斯貧瘠，所以，人皆不屑於去占領，也沒有國家或政府，想費心前來治理。如此，他就能寄生其中，「安靜地度過餘生，吃著藉由自己勞力而產出的食物，成為一個照顧土地的人」。是「照顧」，不是「擁有」。園丁不必擁有土地。園丁卻因此擁有了自由。他的工資，就是自由人才能養育出的，所謂「自由的糧食」。

是的，對K而言，真的就像是「養育」，而非一般意義的「種植」。這可能是整部小說中，K最感幸福、卻也最深自恐懼的一段時日：當藏身在某處荒原上的洞穴裡，為了不被任何人發現生活痕跡，K，把一顆顆生長中的南瓜，掩蓋在雜草堆中。像它們是連藤的祕密嬰孩。只在深夜，K才前去探看它們，逐一餵它們一小杯水。K幾乎都要幫它們，一顆顆取好名字了。這就是他必須努力藏好的「自由」。人們（包括小說裡其它角色，與小說讀者）大多無法理解，K為此親力親為的堅定奮戰，只認為他相當消極、「根本不去抵抗」欺身的暴力。人們無法理解，也許，只因K的追求，說來有點簡明，卻接近不可能實現：在一場非友即敵的戰事中，人人皆要有立場，最好還要有點理想，因此，才能放心去殺伐；K，卻只是盡力讓自己，就像從未出生過那樣，成為一名「真的沒有故事」的人。這並不是說，K真的就像小說裡，那位嘗試勸解他，使他樂意活下去的醫生說的那樣，「沒有一丁點自己是誰的概念」。這是誤診。正好相反，K充分理解自己是誰，理解到，能夠在注定是禁錮的生命裡，再祕藏一個從來不被偵破的「我」。正是這個「我」，始終活在K之生活的內裡。他熨平K的一生，讓此生久遠舒展。他讓K立下目標，想要活得比世上「最後一個人還更持久」。直到一切，毋須別有名姓。

正是這個「我」，構思出一個口袋，與一根深深垂墜向地底的湯匙。只要能以這根湯匙舀水，只要能這樣，「他會說，人就可以活下去了」。也許，關於麥可．K，最不可解的謎團僅是——在掘完土、終於埋妥母親以後，站在那恍如無物的荒原，母親原鄉之上，死亡，對這位後設園丁而言，從此，就不是一個可欲的選項了。原鄉恍似無物之荒原，卻記憶一切；藏存罪咎，一如埋葬人所親愛。因此，記憶原鄉之人的「自由」，確切說來，只是一種不可測的不自由。這種視域，也許，足令寫作時，一切事關解放的可測提案，對柯慈而言，都形同故作天真的矯飾。哲學家阿多諾，在省思過大屠殺之後，以《最低限度的道德》一書，捻出「在錯誤的生活裡，不會有正確的生活」這一基本識見，作為記憶者，在重履日常時，起碼該有的自知之明。多年以後，回顧（前）殖民地啟蒙經驗，柯慈設想記憶者的起碼世故，或「道德的最低限度」則是：承認在不自由的生活裡，不會有自由的生活。

多年以後，人們解碼柯慈重複加密的私我南非：那處見歷「神啟」的開普敦郊區自家後院，原來，僅是兒時，柯慈隨父母四處搬家時，曾暫時住過的居所。彼時，他轉入聖約瑟夫中學就讀，那是一所天主教會學校，有許多外籍老師，對南非時局，保持有禮的漠然。聖約瑟夫：父母，特意為柯慈挑選的庇護所。是在那裡，柯慈接受了自有文以來，直到艾略特詩歌的英語文學系統化教育，也才可能，獲致那般情感記憶，認納了系統裡最稚齡者，所想像的「羅馬」。像那亦是自己更恆定的住所。相對於此，相對於在這「特定歷史情境」裡，學會成熟地言說、並終不囿於南非框架的柯慈，贈與這種可能性的關鍵人物，柯慈的父親，毋寧才是歷史風暴裡的失語者。

不是S．J．柯慈，歷史學家，而是撒加利亞．柯慈，一位終身受困原鄉律法的律師。他的履歷：因類詐欺行為，遭律師協會禁止執業；長期抑鬱，或因突然揮霍，一再致家庭經濟於險境；慣性疏冷親友，或因偶發脾性，使眾人如履薄冰。如此，直到撐完一段磨盡意氣的電機配件公司簿記員職涯，一九八八年，他因喉癌，病逝養老院，享年七十六歲。這段抑鬱人生，連同「喉癌」此疾，最淺顯的隱喻意義，竟完全適合由文化精神病理學者作分析，闡明精神家園業已淪亡，但卻無法自陳這種淪亡之人，可能承受的普同苦痛。

多年以後，在偽自傳書寫中，柯慈用冷距視角，描摹父親的失語：父親，代表「典型的一九四八年以前的南非白人」，在其後的受創典型。他的創傷症候，不免，也是柯慈更多父輩之人的常見症候。柯慈認知自己，為同一文化精神醫學病歷的延續，而非超脫。大約，就在見歷「神啟」的年歲，少年即刻意背向父親，立志，成為與父親截然不同之人，是以極度自律，一天一天，嚴謹履實自己的生涯規畫。這般極不尋常的自我管理，亦是為了要及早背向自我，以便成為若按「命運」武斷判決，自己，只有絕少機率會成為的那種人。

是以，為了終能專注文學創作（少年的志願），一九七一年，柯慈返回世界框架終身指配給他的南非，謀求開普敦大學終身教職。為了取得任教資格，他先擱置創作，赴美完成博士學位。為了資助自己攻讀博士，他先赴倫敦謀職，在ＩＢＭ

擔任「第一代計算機程序員」（某種科幻世界裡的簿記員）。為了入境那個科幻職場，一九五七年，當少年成為青年，入讀開普敦大學，親近鍾愛的文學時，他頗理智地，同時攻讀了數學學位。

像小心翼翼，保育一個原地流徙的文學生命：柯慈裁抑創作之愛，直到周遭，輾轉出適合這種愛的個人生活。這是事關柯慈，上述「事實」的另一重要面向：虛構，能觸發人的最深刻本真，也許，尚不在教會人聆聽一曲巴哈、解讀一首詩，或幻見整座光亮的「羅馬」大殿堂。也許，僅在使人願意深許自己，樂意，在不自由的生活裡，設法，長久存真這樣一種愛。

這種愛，或曰「文學志業」自身，可能徵斂甚鉅，因對親者而言，理解柯慈的嚴謹，不見得，會比理解撒加利亞的躁亂更容易。一九八九年，父喪周年將近，正在美國講學的柯慈得知：大約三天前，在南非，約翰尼斯堡，他的兒子尼可拉斯，從十一樓住處陽臺墜亡，得年二十三歲未滿。據驗屍報告，因多處臟器嚴重傷損，可確知，尼可拉斯死於並無長痛的觸地一瞬。官方裁定，死因絕無可疑，是「自殺行為」。這裁決令柯慈困惑，是在他回到現場，自行蒐證之後。他發現，尼可拉斯並未留有遺書，且死前，確曾懸掛陽臺外，抓著欄杆掙扎良久，直至力竭，方才鬆手摔落。不過當然，一切細節重建，皆無法有效否證「自殺」斷言。沒有什麼發現，能解釋在一個深夜，尼可拉斯何以，孤自攀到了陽臺外頭。

尼可拉斯的經歷：生於父親赴美深造時期，「天生」是美國人；如兒時柯慈，隨父母四處搬家，在各處均自覺格格不入；在父母長期不愉快、終爾離異的婚姻裡，始終，厭憎著情感節制的父親；長期酗酒、藥物成癮，不定期，自陷如行竊等輕罪行為中。如此，懷抱對全世界的憤恨，在嘗試定居、就近陪伴罹癌母親時日裡的某夜，他莫名死去。對父親柯慈而言，那無法緩解的「父輩原罪」，他的書寫命題之一，隨尼可拉斯之死，以空前迫近的形式侵臨他。

一如既往，柯慈以文學創作，回應上述個人悲慟。仍是後設語相：在尼可拉斯亡故五年後，藉《聖彼得堡的文豪》這部小說，柯慈重探杜斯妥也夫斯基的「俄羅斯」，並擬造杜氏，對繼子巴維爾之死的偵查，憑此，逼視類尼可拉斯之人，最後獨處的暗房。在這部即便以柯慈小說標準看來，都顯得異常陰鬱的作品中，柯慈自譴一種「文學志業」的無可饒恕之處：像杜氏那樣，交託全副心神給文學之人，必將「背叛每個人」，卻無法自明有無可能，人毋須面對這種「高昂代價」，而仍能存真一種文學之愛。

這種自譴，亦是當舊時代告終，關於個人書寫實踐，柯慈的最後陳述。

一九九四年，曼德拉宣誓就任南非首任民選總統，舉國樂朗，柯慈認知自己，更真確是異鄉人了。不因他所實履的文學生涯，向所深解的傷逝往歷，而是因它曾親自墜亡的一種未來。像許多文學創作者，銘記族裔罪咎一如親善的柯慈，終究還是具實自己，為族裔裡惟一異數了。

4.

偽自傳三部曲的冷距：距離，非因敘事觀點假擬，或再現技藝演習，而因當異數檢視往歷，對往歷的疏異感，直接體現柯慈描述中。奇特的是，這種疏離，讓個人荒原，重新成為小說之可能性的沃土。柯慈如此，以十數年的偽自傳書寫期程，聯繫個人原鄉流轉，與澳洲定居年代。三部曲也因此，成為柯慈前後期小說的關鍵樞紐。相仿於此，寫作期程，同樣跨越兩個年代的柯慈文論集《內心活動》，則成為宏觀解讀類此書寫實踐時，令人無法忽略的關鍵文本。這是說：柯慈以偽自傳，寄存一名異數的實感；柯慈《內心活動》，則以更寬闊架構，涵容許多文學創作者，各自異數般的實存。

柯慈對「文學志業」的重新敬覆。具體說來，《內心活動》各篇章，是在二〇〇〇至二〇〇五年間寫成，並在二〇〇七年重理成書。絕大多數篇章，最初，都是為《紐約書評》而作，彼時，柯慈有意識地，迴避讓自己因身分政治之故，而被看待為是南非文學當然權威。因此，他主要評論非南非文學作品。成書框架，原則上即循此邏輯，以柯慈涉獵最深的歐洲現代小說，做為主評述標的。另一方面，在寫作期間，柯慈對文學理論的關注明確減弱，更有興趣的，毋寧是對文學作品，作個案深描。也可以說：柯慈想藉《內心活動》，修復文學創作者們，各自的創作歷程。

這種將作者與作品履歷，擺在學術理論之前的倫理設想，彷彿，是為了答覆書中所引，小說家艾利亞斯．卡內蒂，對文學前輩羅伯特．瓦爾澤的痛惜之詞。卡內蒂自問，「在那些把自己悠閒、安穩、死氣沉沉的平庸學院生涯，建築在這位曾活在悲慘和絕望中之作家（瓦爾澤）生涯上的人士當中，可有一個感到羞恥？」柯慈顯然有所自覺，於是嘗試以上述倫理設想，揭明「可見的歷史力量」，與文學創作者之內心本真的向來衝突。這種衝突，柯慈在個人實履的文學生涯裡，也曾一再經驗。

也於是，《內心活動》更全面接續的，毋寧是柯慈一切文學實踐，所開啟的對話性——如我們已知，這種以個人文學詮釋，「具實無盡近鄰話語」的書寫意圖，所嘗試對答的，不僅是柯慈對書中文學創作者的共感，也是柯慈自己，對個人文學想像的再次反思。這是一個獨屬於文學創作者的文論領域。

簡單說，一如《內心活動》的解讀：如果小說家布魯諾．舒茲，因對卡夫卡小說情有獨鍾，而不由得想藉個人翻譯與詮釋，「使卡夫卡，變成舒茲這個名字存在前的舒茲」，那麼，文學創作者柯慈，對創作者的解析，也體現在他想將他們，變成柯慈存在前的柯慈，而能予以深切銘記。

而無論憑藉對柯慈的哪種理解，取徑解讀《內心活動》，本書前七個篇章（即從伊塔羅．斯維沃到桑多．馬芮的分析），仍是最重要的核心部分。在這組生於十九世紀末的歐洲現代小說家群像中，柯慈具體呈現的，是當古典的神聖羅馬—奧匈帝國瓦解、現代國族國家年代全面來臨之際，立足國權洪泛地之人，所面臨的「原地流放」，或離散實況。國家們，往往不請自來，並反復再來，於是，有人一生在原鄉數易國籍，有人驟然發覺，自己已不具資格，去擁有任何國籍。

柯慈對「羅馬」終結的實境考察。就此而言，除了如阿特里奇，已在本書英文版序中指出的，卡夫卡，是這組群像的共同索引之外，佛洛伊德，亦是這七位作家的重要聯繫者。卡夫卡，既因「少數文學」的寂寞與共鳴，也因其作品，「似乎以濃縮的形式，概括了這七位作家，花更多篇幅去探討的諸多激情和苦難」。佛洛伊德，則不因其精神分析學說，而是因他個人，對那相對寬容地對待異質的古典年代懷抱鄉愁，立志，要「繼續靠它的軀幹活下去」；也因他，以柯慈所言的進步資產階級超國族文化認同立場，嘗試判讀歐洲文明危機。由此，佛洛伊德成為這組群像的同行者。

卡夫卡「不可能用德語寫作，但又不得不用德語寫作」的矛盾，在《內心活動》中，由詩人策蘭伸延到二戰其後。在〈保羅．策蘭和他的譯者〉這一篇章，柯慈展現對他而言，對作者及作品履歷的解讀，可以達到如何的深度。柯慈極完整復原，作為納粹集中營倖存者，策蘭一生，如何在德語認同中痛苦掙扎，且為何，始終抗拒著人們，想「把他恢復成一個把大屠殺，變成某種更高東西（詩歌）的詩人」之企圖。透過柯慈分析，我們得以理解，對這樣一位創作者的「或曰命運」而言，最奇特的也許是：對他的誤解，或不解，正是他的詩歌，得以被轉譯與傳世的前提。作為策蘭對照，也作為對歐洲文明危機的二戰後判讀，柯慈分析了鈞特．葛拉斯的寫作。以德國作家身分，葛拉斯嘗試在後納粹時代，重新尋索「一個容納所有人的民族歷史」。這裡的「所有人」，包括無法正當悼念納粹親者的遺族。這種集體禁抑，對集體未來存在著危險性，只因「如果根深柢固的激情被壓制，它們就會以難以預料的新面目，在別處出現」。

延異個體激情，與國族記憶間的衝突命題，《內心活動》後半的英美文學作者群解讀，可以〈華特．惠特曼〉和〈威廉．福克納與其傳記作者〉等兩個篇章為重點所在。對詩人惠特曼而言，衝突，體現為國家利益與個人愛欲的扞格。國家傾向將愛欲「崇高化」，這是說，要求個人以「國家」，做為最高（如果不是惟一）愛欲對象。柯慈釐清，惠特曼詩歌，意在「使現有關於親密關係的分類法毫無用武之地」，由此，重新追求一種「根植於愛欲本能」的民主精神。對小說家福克納而言，衝突，則體現為國家現代化進程，與文學現代性的相逆：文學現代性，留挽現代化進程中的傷與廢。於是，對柯慈而言，福克納小說人物的深刻性，是在他們選擇「承受一種任何有理性的人，都會卻步的命運」。

複查「作家的生涯」及其「命運」，柯慈以對葛蒂瑪、賈西亞·馬奎斯及奈波爾等三位小說家的文本解讀，作為全書壓卷部分。對柯慈個人而言，其中最重要的，還是葛蒂瑪文本——全書中，他惟一專論的南非文學作品。柯慈讚揚在南非非民主化年代，葛蒂瑪以個人寫作，「對公正的追求」。同時，也代為辯證對她而言，「為一個民族寫作——為他們而寫和代他們寫，以及被他們讀——意味著什麼」。這一篇章，柯慈作於二〇〇三年，亦可視為近二十年後，柯慈對葛蒂瑪書評的，一個持平且明澈的回應。這是說：文學，有文學自身的多重義理，共同面向那一「特定歷史情境」，葛蒂瑪的校對，與柯慈的試誤，不見得截然相悖。

這是一個切身的百年：從「流放─離散」，到國族履歷；從個體激情，到集體聲言，柯慈如此，將一種私我親緣的「內心活動」，深研、複陳，並開放向整個二十世紀的重要文學命題。切身，因為總結說來，柯慈一切對話性書寫，包括小說與文論，也許，是為極其繁複地，實現一次輕巧反摺：因為他，「世界文學」這個流變網路，有望成為南非文學的局部；南非文學，則亦可能留駐自己，成為世界性的亂數。

這亦是從前，某艘荷蘭公司船經過後，所傷創出的四世紀始末：終究，重新成為南非他者的這位J．M．柯慈，亦提醒所有南非解讀者，請勿將南非，簡化為普世立解的隱喻。這其實，正是最草率的看待。因為絕對沉痛的事實，需求主體，絕對漫長的時間來清理。漫長過人能想望的，接近不可能。也許，直到任一個第三世界文學創作者，能豁免於政治那天，方得澄明。

雪與鱷魚

總算所有的動物都到齊了，接著，寂靜造訪了我的房間。我再度開始作畫，被成堆呼吸著光亮的廢紙包圍、淹沒。窗戶是打開的，在窗沿的壁帶上蹲著灰斑鳩和歐斑鳩，正在春風裡微微顫抖。牠們歪著頭，露出側面和玻璃珠一樣的圓眼睛，彷彿受到驚嚇，隨時要振翅而飛似的。在最後的時光，日子變得柔軟、明亮、充滿蛋白石的光輝，有時也閃著珍珠的色彩，包含著霧濛濛的甜香。

——布魯諾．舒茲，〈天才的時代〉

德羅霍貝奇，一九四一年七月十二日。清晨六點，熟睡中被叫醒，行刑令來了。好吧，我得先當行刑手，然後埋屍人，有何不可？二十三個必須死，其中兩個女人。必須找合適地點，殺，然後埋。幾分鐘內找到地方，要他們帶鏟子來集合，自己挖坑。兩個人在哭，其他人的勇氣，真令人佩服。奇怪，我完全不為所動，毫無同情，什麼也沒有。事情就是這樣，也就這樣結束。貴重物品、手錶和錢堆成一堆，兩個女人排好隊，先走，走到坑邊，完全平靜下來。她們轉身，我們六人要開槍了。工作這樣分配：三個瞄準心臟，三個瞄準頭。我當然選其中一顆心。槍聲響起，腦漿在空中呼嘯——打頭，兩槍就嫌多了，她差點沒碎掉。

——菲力克斯．藍道，一封情書

關於時間，布魯諾．舒茲並不知道：晚他三天出生的哲學家班雅明，早在兩年前，就已自死了。這位最早預畫出大屠殺見證文學的哲學家，在人生最後日夜裡，每次醒來，大屠殺都還在。於是，他厭倦了逃生，厭倦就算對現世毫無興趣，也得受一幫流氓逼迫，離開家鄉，一路西逃，無止無盡逃。在西班牙邊境小鎮上，那間名為「法蘭西」的旅館客房內，這名被褫奪國籍、語言與情感認同的流亡者，獨對此生終點。他發現其實無人，會成為自己記憶裡沒有的那種人：他對猶太傳統接近無知，卻仍被人，憤恨指稱為「猶太人」。但其實，激情無法將他做成任何人。像他這樣的一個「猶太人」，只能由恐懼來捏成。

他服下不顧人情、絕對靈驗的嗎啡。邊鎮的天主教墓園極寬大，比全副天主教義都寬大，無差別收容他，收容這名自殺者、形上異議分子，與多年以後，同輩口中的「最後歐洲人」。初秋的海晶亮，像漂洗夢的碎片。在那墓園，「最後歐洲人」，與最後一位非洲王族，長久同看海面，像童話故事裡，一對弟兄。

舒茲知道——他也只剩下很短的時間了。黨衛軍官岡瑟逮住他，就要當頭，給他兩槍。岡瑟是為報復同僚藍道：數日前，在部隊隨機屠戮的「射擊練習」中，藍道，誤殺了岡瑟的私人牙醫，一名猶太人。舒茲，則是藍道的私人畫匠。服畫匠役期間，有時，他們也聊起維也納，那是藍道故鄉，也是舒茲一生裡去過，最遙遠的城市。有時，在舒茲家鄉，這處名為「德羅霍貝奇」的加利西亞小鎮，他們也顯得像是一對好友。就像是，為了慶賀朋友升官、喬遷暨新婚，舒茲，遂自願不辭勞苦，每天徒步大半鎮區，上門，來為他鬆繪這間育嬰房的四壁。

為了必會陸續出生的兒女，藍道要舒茲，將牆壁畫滿《格林童話》中的人物：國王、王后與甲冑騎士；大野狼，和林中小動物；吹笛手，與垂手遊行的兒童隊伍；凡此種種。藍道熱愛《格林童話》，因為故事裡，永遠不是正義神降，而是主人翁的謀略與膽量，拯救了主人翁自己。藍道要他的未來嬰孩們，都在溫室醒睡間，即熟識上述鐵律。他浸潤人父願景中，因此心生柔慈。他不無關懷，問正小心打稿的舒茲：怎麼情願常留家鄉，在中學，當一名不被看重的美術兼工藝教員？除了維也納，趁年輕時，為何不去走看更多遠方？

舒茲面壁苦笑。一瞬間，許多憶想，穿梭過他的腦袋。怎麼會，與為何不呢？這麼說吧（他對著眼前，馬車上，國王的臉廓默語），前次大戰期間，某人父親，一位愛書成癡的布匹商，在自家店鋪閣樓裡，在無人可解的瘋癲中，寂寞地消逝了。然後戰火抵達，燒光那條夢幻商店街，焚盡亡父一生的惜愛與恣縱。彼時，人子確實年輕，不知所措，卻仍勉力撐持，舉家，逃往維也納避難。他還想在維也納，繼續攻讀建築學，卻見識了整個帝國的崩塌。也許當時，在那次惶然逆旅中，他已就見過小男孩，菲力克斯，像當街許多人那樣痛哭。像彼時，年方七歲的男孩，也已知曉什麼是死難。

人子返鄉，看見小鎮上，許多事物都換過名目了。他的中學母校，也從奧匈帝國皇帝之名，改成波蘭國王的名字。熟悉的皆毀散；未毀散的，皆得重新去指稱。生活從此，是一個廢黜百事的莫比烏斯環：他想專心創作，卻必須謀得正職；他奔波謀職，卻四處碰壁；他想與未婚妻成婚，卻終因貧窮、又不放棄創作，只好與她解除婚約。好勉強，直到年過三十，母校開缺，收留了他。

教書頗累人，瑣碎枝節也耗時，往往，譬如說，當他去鎮郊木材廠，籌集工藝課材料時，一天，就這麼在輾轉中浪費掉了。他好焦急。然而，學生卻奢侈得嚇人，他們不知惜物，懶得想像哪怕一條木料，也有的無限可能性。卻不知為何，任何諧音，一點圖像，都會招惹他們邪淫顫笑，幾乎集體暴動。他教書，教得觸目驚心，也受教甚多，覺得自己，還是當時班上，那名最害羞且孱弱的學童。

生活像是不斷地留級。他幾乎以為，直到母親死前，自己一生，就要這樣逐年報廢掉了。只有一些時候，他覺得這般滯留，也是無比豪奢的。是當靜夜，當他開始寫作，嘗試復育昔日那條夢幻街之時。是在白日，當課堂暴動，學生裡有人，要他再講一則無關工藝的故事伊時。他開始講述，他們聽著，漸漸沉靜下來。一時，他們漆黑雙眼竟也熠熠發亮，而他發現自己，原來也能即席，創造出遠方來。不，那毋寧更像是目睹一名不是自己的「他」，正駕馭著遠方，來到自己身邊。好像「他」的到臨，是為撫慰在這所謂家鄉裡，自己神魂的形同缺席。

好像時間，就這樣再過去十數年，也亦無妨了。

而維也納男孩，菲力克斯，也許從七歲起，即自行收乾了淚。也許曾經的痛哭，使他從此不想，再自陷恥辱與無助中。於是，從青春期起，他熱切響應團伍召喚。他加入國家社會主義青年團，因此輟學。他入伍，在軍中發展納粹黨部，遭奧地利聯邦軍開革。他組織暗殺奧國政要的行動，因此入獄，又潛逃向德境。直到德奧合併，他成為蓋世太保核心幹部。他堂皇歸返家鄉維也納，負責為黨，聚斂地產與藝術品。那是空前榮光。貴族豪商的累代積藏，像河床沃土，沉澱在帝都許多世紀的文明裡；而這些，都由他領導的小組來品鑑，或者，是悉聽他一人，憑好惡來論斷。他認定有價值，黨即接收為黨產。然而，這般榮耀猶不足，他渴望更多、更鮮活的鑑斷。當東線戰場開啟，第一時間，他報名黨衛軍，隨大軍，奔赴加利西亞。

東線主戰略是「飢餓」：大軍少負輜重，不布綿長後勤線，而是趁秋收時分，入場掠食，希望順道，餓死盡可能多的平民。菲力克斯飽餐終日，在車駕上，如得天獨厚的鑑賞家，賞析無數會將在他過眼以後，即刻死滅的村鎮。他覺得這些村鎮，逐一皆絕美，如暗箱影畫。寧謐天光，投注在女士們的刺繡頭巾、披肩，與隨身閃動的綴飾上；歲月這般靜好，畫中人，如斯耐心地相逢。他但願自己，可再更深入這片陌異之境。

　　直到大軍遣他進駐德羅霍貝奇，去管理猶太隔離區；直到重複文書作業，使他無聊了，他才開始，再次孺慕起家鄉來。他尤其，思念遠在維也納的一位情人。他瘋狂給她寫情書，也因回信時差，而疑心她有意疏離。公務倥偬之餘，他這般苦戀，幾乎痛不欲生。某個不眠之夜，他曉悟了。天亮，他再度要求轉職，自願，加入負責殺戮的特別行動隊。

　　從那日起，他的自苦，就變得堪可承受了。第一次出處決任務，他助殺了二十三人。他隨員演練，參與「射擊練習」。彈藥一時短缺時，他們仍勤奮演習，當街突設路障，手持粗大棍棒，毆擊過路者。血流滿面的群眾。豬隻般的哀叫聲。抬著死屍，尋路竄逃的類活屍。他將這些場面，都寫進情書裡，夾在一顆彷彿滲血的心，所汩湧的自傷話語中，悉數寄給她。好像因此，他的自苦也如實了。好像，他是在當眾對情人呼號：如此天翻地覆、欺身血淋的激情，怎能不撼動妳，讓妳拋下一切，前來與我相聚？

情人果然無法拒絕，就要應約前來了。情人知道，此前，菲力克斯已另信一封，離異了妻。情人不知菲力克斯的深情：他命他的猶太人布魯諾，盡心髹飾一種未來。菲力克斯知道，此時，沒有猶太人會拒絕這項勞役——布魯諾，需要維生的食物；穿行街區時，也需要菲力克斯的保護。菲力克斯不知道：布魯諾早已不再希索遠方，因為在加利西亞，遠方總是不請自來。他也不再喜愛《格林童話》了，因為裡頭只有虐殺，和無意義的死亡。如此趨近現實。

如此趨近，所以他格外小心，將整個隔離區內，受難同族的臉容，都畫在育嬰房牆上了。那看來竟一點也不違和，好像有朝一日，當時光粉碎冠冕、盔甲或華服，當菲力克斯，真的學會觀賞時，他會立刻看懂壁中，一幅地獄變貌圖的實相。因為需要格外小心，所以——最親愛的、馬車上的國王啊（舒茲面壁默禱），請您庇佑布魯諾，因為他正將您，一點一點，畫成了書癡父親的臉容。請您務要庇佑布魯諾。護佑他，此瞬之後，當他轉身，回答那般天真的提問時，他心懷的記憶與藝術，或僅是羞愧，不會令他，說出太過明銳的答案來。

黨衛軍官岡瑟，從沒想過要問舒茲任何問題。除了報仇，他大概對什麼都不感興趣。因為對岡瑟，我們也不是很有興趣，所以底下，只簡單交代故事。是日大雪，雪後，隔離區一片清明。但那又是一個「黑色星期四」，黨衛軍齊出，又一波「射擊練習」。舒茲冒險穿街，他以為藍道之名，仍是他的護身符。是日事後，岡瑟收槍。他感到無比滿足，好像團伍裡的愛憎，對他而言，已是全宇宙幅員。他低頭，瞥了舒茲一眼，又頗感遺憾，卻無能察知事實上，自己只是以復仇行動，驗算了仇人藍道，早在一封盛夏情書裡，寫就的證詞——打頭的話，兩槍果然是太多了。因為岡瑟看來那般惋惜，我們幾乎以為，他就要流下冰霰一般的淚。

他這麼辛苦去附議仇人，也差點把我們逼出淚來。我們馬上遺忘他，想起故事之死，與故事裡的死亡，在哲學家班雅明的異論裡，是一組對反互補的概念。故事，總是來自遠方，而活生生的、聲氣可聞的說故事之人，卻已在現代絕跡。再沒有什麼來自遠方的陌異，得以，在點燈與紡紗之夜裡，由吟遊訪客，那樣迢遠而漫長地為我們抽繹。再沒有那般耐性的相逢。

然而死亡，卻也總是蟄藏在故事語義夾層裡，如薪炭，可由小說作者掘取而出，重新點燃。於是多年以後，一名小說讀者，得以「借他讀到的一次死亡，來溫暖他那冷得發抖的生命」。更簡單說：特別是在現代，所謂「虛構」，不免總是時間作下的功——故事死滅極久後，小說掘燃死亡為炭薪，在烈焰裡，誕生它自己、它的讀者，與更未來的小說作者。

就此而言，舒茲的小說話語，和班雅明的創作論，形成了ＤＮＡ雙股螺旋式的對位關係。也許，兩人實是彼此書寫索引，或理解的鑰匙。這無關兩人境遇相似，而是因就作品論，兩人，都執著以狹小篇幅裡，極盡超荷，不容喘息地，縮擠進龐然表達；使這些篇章，確如蘇珊・桑塔格的形容，「彷彿都在它們自我崩毀前，及時被劃下句點」。

這種字義超荷，體現一種笨重的流亡：並非針對追捕他們的納粹，而是內向地，抵拒向來俗成，或曰「辯證性」的詮釋體系。大約因此，舒茲小說，或班雅明的憶往散文，總也令幾乎所有詮釋者，首先想起另一位歐洲末世之子，與文學先行者，卡夫卡的書寫：格外字斟句酌，格外費力地以敘事，在文字表義系統內部，驅逐敘述必然招致、與結構成的明確象徵意涵。彷彿，所有斷語式的句構，與固著於具象事物的細節，乃僅為在文本內，結成晦暗且不可穿行的迷宮。

這個迷宮，以過度確切壓伏字句，使其平貼成曖昧；以微縮全觀的視野調度，來成就逝往核心的隱匿。彷彿，是在伏案書寫，馴字造句的彼刻，他們即在織就遺稿。彷彿自出生起，他們即命定同列「土星座下」作者群：他們是城市漫遊者；訓練有素的迷路人；童年視角的世故重拾者；將逝去時間系統賦格，代換出特定空間的拓樸學專家；微物，及其形變的熱衷探索者；凡此種種。

他們的類遺稿，成為未來，事關「虛構」的重要贈禮：早在寫作之初，班雅明即已明瞭，「那『天真單純』、『清透澈亮』的眼眸已成一道謊言」，而正是因為回憶的運作，必然摧毀時間序列，如桑塔格形容，班雅明遂把從過去挑選而出，作為回憶的大小事件，皆視為對未來的預言。班雅明：大屠殺文學，最早預畫者。

這可能，亦正是舒茲小說中，那些童年憶往，與一次次父變遊戲裡，被重重隱去的核心：書寫，乃在以只能藉由書寫來思索、與斷片琢磨出的新型序列，如基因工程般，創生、並召喚獨屬於它的未來讀者。而當然，無可迴避地，那個最近臨的未來讀者，總也就是書寫中的自我——作者，被自我詛咒成無法安生，或常存於此時此刻，任何知識體系裡。

就此而言，卡夫卡是以森冷修辭，變形描摹自己，對「過去時代亡靈」的肉身恐懼；舒茲那「如舊桌布般柔軟」的敘事，則體現在某位世故孩童，對父親肉身的緊迫凝視。死亡，正是舒茲撿拾的惟一與一切。那最接近生命來處，也最即臨死亡去處的父親肉身，在孩童目光逼視下，疊合兩端虛空，重新序列成一種彷彿始終就在，且在久遠將來，依舊還在的溫暖本質。

這種緊迫凝視，讓舒茲小說，以兩個時間點為基底不斷幻化。一是父親去溫泉地療養，因而預演其缺席的，「那熾熱而又令人暈眩的」盛夏；另一，則是父親終於病倒臥床的，那個「漫長而空虛」的初冬。以這兩個時間基底，話語，被著意催發到逆反的極限，去一次次贖還父親，去代他求生。那「被囚禁在靈魂深處的時間」，「在清晨透明的寂靜中大聲喧譁著」；那個容受父親的房間，生長成溫室花園；那些父親等候中的街道，「似乎在成倍地繁殖」；「那些密密麻麻的眼睛和耳朵從夜色中不斷湧現，以隨時翻新、幽靈般恐怖的抽芽和發芽速度，在黑暗的子宮中不斷壯大、不斷繁衍、不斷瀰漫」，生意盎然，到令人驚駭的程度。

而這一切話語，只讓時間輕輕悄悄，挪動一小格。讓盛夏剩餘出秋季，在那裡，父親曾孵育與豢養過的鳥，多餘地歸返，代替父親，去習慣死亡。讓初冬結存出春天，而並非父親離開「我們」，是「我們」，就此別離世界與父親。「我們都是來自這個被遺棄的地球的移民，劫掠著浩瀚無涯的螞蟻般的星群」。再一次溫柔造影，只留下父親，在那顆容受過他的孤星上，「在黑洞洞的公寓裡」，「悄無聲息地穿過一個又一個充滿鼾聲的房間漫遊」，且再繼續漫遊。這是毫無啟示用意的啟示錄。這卻亦是虛構話語的目的即本質：留駐此間，不容穿行。

然後，他個人的初冬，才過早地抵達我們。多年以後，這位常留家鄉的小說家，舒茲，將成為全加利西亞最受緬懷的夢遊之人（暨失蹤者）。雖然，黑色是日，在舒茲心中，只有單純一念：他想趁難得休假，去到某個密處，取得一條麵包，預備趁夜，隨同伴逃亡。

不為「劃下句點」，他確想生活下去，在這並不寬待他的現世裡。他窮盡孤獨一生，想厚待時間，祈語在最後日子裡，他的心，依舊明亮且柔軟。因為他知道：時間，總是那般蠻橫穿行。是夜，同伴回返街頭，為舒茲收屍，埋葬他，於無名之境。惟一索引，只是紛亂雪跡中的一行。是日，一百多人當街同死，所以白茫大地上，渺無特定為誰而留的索引。好像從此，全歐洲文明，直到最末世的厚藏，都將隨雪消融了。好像這般靜緩融雪，是在請問：要多長時間，多久以後，這整代末世之子的同死，也可以，是未來的焰火？

文學叢書 725

拉波德氏亂數

作　　者　童偉格
總 編 輯　初安民
責任編輯　陳健瑜
美術編輯　陳淑美
校　　對　吳美滿　陳健瑜　童偉格

發 行 人　張書銘
出　　版　INK 印刻文學生活雜誌出版股份有限公司
新北市中和區建一路249號8樓
電話：02-22281626
傳真：02-22281598
e-mail：ink.book@msa.hinet.net
網　　址　舒讀網www.inksudu.com.tw

法律顧問　巨鼎博達法律事務所
施竣中律師
總 代 理　成陽出版股份有限公司
電話：03-3589000（代表號）
傳真：03-3556521
郵政劃撥　19785090 印刻文學生活雜誌出版股份有限公司
印　　刷　海王印刷事業股份有限公司

港澳總經銷　泛華發行代理有限公司
地　　址　香港新界將軍澳工業邨駿昌街7號2樓
電　　話　852-2798-2220
傳　　真　852-2796-5471
網　　址　www.gccd.com.hk

出版日期　2024年 1 月 10 日 初版
ISBN　978-986-387-705-9
定價　450元

國家圖書館出版品預行編目(CIP)資料

拉波德氏亂數／童偉格 著.
--初版. --新北市中和區：INK印刻文學，2024. 1
面； 14.8 × 21公分. --（文學叢書；725）
ISBN 978-986-387-705-9 (平裝)

863.55　　112021708

舒讀網